아늑한 세계

위의 QR코드를 통해 〈아늑한 세계〉 팟캐스트를
청취 하실 수 있습니다.

아늑한 세계

일 영 세 굴
미 영 루 선
　 　 코 생

아늑한 세계

아늑하다

1. 포근하게 감싸 안기듯 편안하고 조용한 느낌이 있다.

2. 따뜻하고 포근한 느낌이 있다.

귤선생, 세루코, 영영, 일미. 네 사람이 모였다.

나에게 아늑한 세계가 생겼다. 우리에게 아늑한 세계가 생겼다.

우리의 인연은 22년 가을 경북 의성 촬영장에서 시작되었는데, 이 인연은 촬영이 끝나도 이상하게 끊어지지 않았다. 그냥 잘 맞았던 것이리라. 결이 맞는 사람과 함께 있을 때의 소중함과 편안함의 가치를 우리 모두 묵직하게 생각하고 있던 터라, 우리는 서로의 존재를 소중히 지켜 주었다.

"다들 새해에 하고 싶은 것 있어?"

이 프로젝트는 누군가의 질문으로 시작되었다. 누군가는 팟캐스트를 하고 싶어 했고, 누군가는 글을 쓰고 싶어 했고, 누군가는 매거진을 만들고 싶어 했다. 각자의 희망이 모였고 우리는 서로의 존재를 지키는 마음처럼 서로의 희망을 지켜 주었다.

'일주일'을 주제로 각자 일곱 달 동안 매달 한 편씩 글을 썼고 그 글을 테마로 한 달에 한 번 모여 4주 분량의 팟캐스트를 녹음했다. 이 책에는 지난 칠 개월간 도망치지 않고 서로를 붙잡으며 써 내려간 총 28

편의 글이 담겨 있다. 소설도, 수필도, 시나리오도 담겨 있어 정확히 어떤 형식이라고 일컬을 수는 없어서 그저 우리들의 아늑한 기록이라 이름 붙이고 싶다.

글을 써 내려가면서 우리는 비슷한 고민을 나누었고, 비슷한 어려움에 봉착했고, 각자 다른 방식으로 문제를 해결해 나갔다. 매달 한 편의 글을 완성해 나가는 것, 다섯 시간 이상 팟캐스트를 녹음하는 것은 때론 버겁기도 했지만, 결국 그 시간이 다음 달을 살게 할, 다음 달 글을 쓰게 할 기운을 내게 했다. 서로가 없었다면 해내지 못할 과정이었다.

따뜻하고 포근한, 편안하고 조용한. '아늑하다'는 형용사는 온갖 다정한 수식어를 품에 안고도 더 채울 곳이 남아있다는 듯 넉넉한 느낌이 든다. 세상 살이는 여전히 쉽지 않고(아니 점점 쉽지 않고), 사람에 대한 희망이 신기루처럼 느껴질 때도 있지만, 나에게는 아늑한 세계가 있다. 이 세계 안에서 나를 들여다보고, 나를 꺼내 보이고, 서로의 세계를 궁금해하면서 이 책을 만들었다.

이 책을 읽으실 독자분들도 우리의 아늑한 세계 안에서 잠시간 아늑함을 느끼실 수 있다면, 더할 나위 없겠다.

| 차 례 |

월요일

아무래도 네 생각은 나겠지. 널 만난 순간부터 너를 생각하지 않고

잠들어 본 적이 없으니까. 그래도 이제부턴 널 향한 내 마음은 많이

편해질 거야. 너만이 나를 구원해 줄 거라 생각하지 않기로 했거든.

PS. 사실 네 뒷담화도 많이 했어. 미안.

헤어질 결심

귤선생

  오후 1시 21분, 싱글 침대 위에서 나의 하루는 시작된다. 새벽 3시까지 ASMR 유튜브를 보다 기절하듯 잠들었으니 10시간 정도 잤다. 힘겹게 몸을 일으켜 침대 끄트머리에 걸터앉아 발밑에 놓인 2L 생수를 통째로 들이킨다. 컵에 따라 마시거나 하는 그런 거추장스러운 행위는 과감히 생략하고 침대 머리맡에 놓인 유산균 한 알을 꺼내 먹는다. 새해 목표 중 하나인 '아침에 일어나 (아침이 아니지만) 유산균 한 알씩 먹기'는 100퍼센트 성공률을 달리고 있다. 반면 '아침에 일어나 (아니지만) 휴대폰 안 보기'는 100퍼센트 실패다. 오른손에는 생수를, 왼손으론 휴대폰을 들고 SNS 피드를 쭉 훑어본다. 내가 잠든 10시간 동안 세상에 별일이 없었음을 확인하고 안도한다. 침대에서 어기적어기적 두 발짝 걸어가 원룸 한편 늠름하게 자리 잡은 커피 머신 앞에 선다. 캡슐을 하나 넣고 아이스 아메리카노를 만든다. 한 번도 안 깨고 10시간 내리 푹 잔 사람이 일어나자마자 카페인을 찾는 꼴이 제법 웃기다는 생각이 스치지만 커피를 한 모금하고 나서야 온몸에 피가 싹 도는 것을 느끼며 만족한다. 커피잔을 들고 어렵사리 책상 앞에 앉는다. 깨어있는 시간이 짧기 때문에 스트레칭이나 명상 같은 서론은 집어치우고 바로 본론으로 들어가야 한다. 책상 위에 놓인 맥북을 힘겹게 연다. 작년 겨울 촬영한 단편영화 한 편의 편집본이 그곳에 잠들어 있다. 내가 찍어 놓고 그 어떤 영화보다도 안 보고 싶은 마음이 들어 놀랍다. 엄마가 나를 너무 사랑해서 차라리 나를 안 보고 사는 게 마음 편한 거랑 비슷한 마음일까? 너무 마음이 쓰여서 쳐다보지도 못하겠다. 나는 괜히 딴청을 피우며 마우스 커서를 왔다 갔다 움직여 본다. 맥북 상단에 시간은 벌써 오후 1시 48분을 가리키고 있다. 그제야 나는 오늘이 월요일임을 깨닫는다.

한 주의 시작, 월요일은 말해 뭐해 현대인의 기피 대상 1순위다. 월요병이 오다 못해 토요일 저녁부터 월요일이 두려워 벌벌 떠는 사람들이 있을 만큼 월요일은 그 자태부터 어마어마한 존재다. 그러나 나에게 월요일은 그리 위협적인 존재가 아니다. 학생 신분을 벗은 후 나는 줄곧 월요일이 없는 일상을 살았다. 일정한 루틴이 없는 삶. 물론 정기적인 일이 없다고 해서 모두들 나같이 얼레벌레 오후가 돼서야 하루를 시작하지는 않겠지만. 변명하자면 나는 똑같이 8시간을 자더라도 밤 11시에 자서 아침 7시에 일어나는 것보다 새벽 4시에 자서 낮 12시에 일어나는 게 더 상쾌한 체질이다. 내가 이런 말을 하면 주변인들은 그냥 게으른 체질이 아니냐 반문하곤 하는데 그것도 일부 인정하지만 정말로 태어날 때부터 야행성으로 태어난 사람이 있다고 나는 믿는다. 과학적 진실은 모르지만 일단 믿는다. 이를테면 나는 아침 알레르기가 있는 게 아닐까.

　타고난 잠꾸러기에 누워있길 좋아하는 나는 우연히 단편영화 한 편을 찍게 되었다. 그 이후로는 필사적인 나의 의지로 영화를 몇 편 더 찍었다. 팀 버튼이 처음 영화 연출을 하고 나서 가장 놀란 사실이 너무 일찍 일어나야 한다는 사실이었다던가. 나도 그런 생각을 했던 것 같다. 예술을 한다고 하면 다들 유유자적한 천성에 느지막이 일어나 뭉그적거리기 일쑤일 것 같은 느낌이었는데 내가 만난 대개의 촬영 현장은 이른 아침부터 늦은 밤까지 이어지고 몸도 머리도 바빴다. 그래도 다행인 건 영화를 찍을 땐 잠이 오지 않았다. 하루에 3시간만 자도 버틸 수 있었다. 영화를 찍을 때면 커피 5잔을 마신 것처럼 심장이 뛰고 각성이 됐다. 아침 알레르기가 있는 내게 잠을 빼앗다니 이건 운명이라 여길 만 했다. 처음 내가 쓴 시나리오로 영화를 찍게 되었을 때 나는 내가 너무나도 운이 좋은 것 같아 생애 처음으로 로또도 샀다. 그만큼 내가 정말 잘할 수 있는 일을 만난 것 같았다. 그런데 이젠 내가 찍은 영화도 들여다보기가 싫어서 괜히 안 하던 책상 청소를 하고 있다.

　올해부터는 생계를 유지할 수 있는 일을 찾아보기로 했다. 자취를 시작하고부터 쭉 월세를 지원해 주던 부모님의 불호령이 내려져 스스로 월세, 생활비를 감당할 만한 일자리를 찾아야 했다. 꼭 돈뿐만이 아니라 내가 생각해도 나는 이제 일을 좀 해야 했다. 지금 나의 삶은 정상이 아니다. 대다수의 인간들이 아침 일찍 일어나 9시까지 출근하는 삶을 사는 데는 이유가 있을 터였다. 이젠 좀 월요일이 무서워 벌벌 떠는 보통의 인간이 되고 싶다는 바람에 구직활동 사이트에 들어가 영상 카테고리로 검색을 시작한다. 광고 영상, 유튜브 콘텐츠 제작자를 찾는 글들이 몇 개 보인다. 제출 서류 : 이력서. 포트폴리오. 그간 내가 만든 단편 영화들이 포트폴리오가 될지 의문이다. 나는 그들에게 뭘 내세울 수 있을까. 영화 촬영에 필요한 로케이션을 찾기 위해 무작정 초인종을 누르던 넉살? (혹은 치기?) 영화 촬영 중 화를 내는 사람들에게 1초 만에 사과할 수 있는 내려놓음? 영화 촬영을 위해 내 사비도 탈탈 털 수 있는 배짱? 과연… 먹힐까?

구직활동 사이트에서 나의 희망 직무와 비슷해 보이는 일자리들에 좋아요를 누르며 커피를 들이켠다. 그리고 자연스럽게 월요일을 되찾아 주 5일 근로 생활을 견디는 나를 그려본다. 어쩌면 목에 사원증을 걸고 있을 수도 있겠지. (나는 그게 늘 멋있어 보였다) 내가 앉은 책상 주변은 어느새 나의 흔적들로 채워지겠지. 갑자기 걸려 온 업무 전화에도 능숙하게 응대하게 되고 회사에서 쓰는 영어로 된 이상한 용어들도 익숙해지겠지. 퇴근 후엔 헬스를 하고 (과연 할까?) 집으로 돌아와 지친 몸을 이끌고 샤워를 하겠지. 그리고 침대에 몸을 누이고 내일 출근까지 몇 시간 잘 수 있는지를 계산하다가 유튜브를 조금 보고 나도 모르게 잠들어 버리겠지. 그리고 알람 소리에 눈을 부릅뜨면 곧바로 화장실로 직행해 나갈 준비를 하겠지. 상상해 보니… 놀랍게도 그렇게 살고 싶었다. 너무나도 반복된 일상이라 지루하고 노동하는 기계가 된 것 같고 내 취미생활 따위는 할 시간이 없이 그렇게 살고 싶었다.

　내친김에 나는 영화와 잠시 헤어지기로 결심한 이유를 적어보기로 한다. 생계 활동을 안 하는 동안 매일매일을 영화와 관련된 일을 하며 살아온 것은 아니지만 그래도 그동안 나의 정체성은 영화를 만드는 일에 있다고 생각했었기에 내가 회사원이 된다면 영화와 잠정 휴식기를 가지는 것과 마찬가지 아니겠는가. 다신 안 볼 듯 울고불고 싸우다 이별한 커플이 시간이 갈수록 불행했던 기억이 미화되어 기어코 다시 재회하고 나서야 그때 왜 헤어졌었는지를 떠올리며 후회하는 장면을 자주 목격해 왔다. 챗바퀴 같은 삶을 살게 되었을 때 영화와 함께하던 이때의 삶을 미화할 수도 있으니 기억 상기용으로 적어놓아야겠다는 나름 발칙한 아이디어였다. 아직 그 어느 회사에도 붙지 않았고 심지어 입사 지원도 하지 않은 상태지만 자기소개서를 쓰는 것보다는 이 편이 훨씬 재밌으므로 나는 영화의 단점들을 적는다. 아끼는 백지 노트를 펼쳐 볼펜을 꺼내 든다. 영화의 싫은 점들이 재빠르게 머릿속을 스쳐 지나간다. 지금의 나를 괴롭게 하는 점들이었다. 지난 몇 년이 떠오른다. 분명 싫은 점들인데 줄곧 생각해 왔던 것 같은데 막상 손으로 적으려니 그럴 수가 없다. 지금은 소원해졌더라도 한때 가깝게 지내던 친구의 욕을 적는 기분이다. 그래도 걔가 천성이 나쁜 애는 아닌데.

미래의 내가 편하자고 이런 리스트를 쓰는 건 못 할 짓이다. 나는 영화 단점 리스트를 지우고 차라리 영화에게 편지를 써보기로 한다. 헤어지는 마당에 구질구질하게 단점 리스트를 적는 것보다는 이렇게 인사하는 편이 훨씬 산뜻하게 구질구질한 것 같다. 그동안 할 말이 쌓였는지 술술 써진다.

영화에게. 안녕. 영화야. 나 귤선생이야. 반말 깔게. 나는 너랑 지내는 동안 특별한 사람이 된 기분이 들곤 했어. 그런데 이젠 너랑 있을 때의 내가 자주 작아지고 비통해진다. 그만큼 내 욕심이 커져서일까? 그래도 난 줄곧 너랑 잘 지내고 싶었는데 너는 왜 그렇게 어렵게 굴어? 내가 뭐 잘못했니? 아무튼 너랑 있는 동안 전에 없던 행복을 느꼈던 건 틀림없는 사실이야. 그래서 고마워. 조금 더 번듯한 사람이 되기 위해 너를 잠깐 안 볼까 해. 아무래도 네 생각은 나겠지. 널 만난 순간부터 너를 생각하지 않고 잠들어 본 적이 없으니까. 그래도 이제부턴 널 향한 내 마음은 많이 편해질 거야. 너만이 나를 구원해 줄 거라 생각하지 않기로 했거든. PS. 사실 네 뒷담화도 많이 했어. 미안.

편지를 쓰다 보니 몇 달 전 유튜브에서 본 '유 퀴즈 온 더 블록'의 한 장면이 떠올랐다. 구교환 배우가 나와서 그동안 영화한테 대시하는 마음으로, 편지 보내는 마음으로 영화를 만들었는데 답장 받은 기분이 든다고 했다. 나 역시 언젠가 이 편지에 답장 받는 순간을 떠올려 본다. 발신자가 영화로 된 편지. 그런 순간이 왔으면 좋겠다. 구교환 배우는 대사하는 마음으로 썼고 나는 헤어질 결심으로 쓴 점이 사뭇 다르긴 하지만, 영화라면 결국 같은 마음이라는 걸 알아줄 것 같다.

자세히 보면 그게 뭐든 각자의 사연이 존재합니다.

사연 없는 세상은 없지요. 물론 자세히 들여다보았을 때의 일입니다.

주정차위반 의견진술서

적당한 거리

세루코

설렁탕, 그래 그날 먹은 것은 설렁탕이었습니다. 당시에 저는 다니던 회사를 그만두고 간간이 촬영 현장에서 보조 출연 아르바이트를 하고 있었습니다. 호기심에 한 번 나가 본 촬영 현장은 생각보다 활력이 넘치고 흥미로웠습니다. 현장 컨디션이 매번 변덕적이니 오히려 지루하지 않았고 내가 일하고 싶은 날 선택해서 일할 수 있다는 것도 큰 장점이었지요. 그날 제가 할 일은 별로 없었습니다. 보조 출연자가 아주 많이 나오는 장면이었지만 선택된 몇몇만 촬영하면 되었기에, 저는 밤새 세트장 한 구석에서 함께 온 분들과 삼삼오오 모여 수다를 떨었지요. 그 가운데엔 배우가 꿈이라는 단발머리 여대생도 있었고, 자식을 다 키워 놓고 어릴 적 못 이뤘던 배우의 꿈을 체험해 보고 싶어 왔다는 아주머니도 계셨습니다. 보조출연 경력만 몇 년 차라 이미 이곳에서 스타였던 청년도 있었고, 스케줄 변동이 쉬운 당일 알바 정도로 생각하고 온 커플도 있었습니다.

　여기도 하나의 커다란 세계였네요, 잘 몰랐는데.

　그죠, 언니. 저도 몰랐어요. 저기 저쪽에 있는 사람들 있죠. 저 사람
들은 보출 아니고 배우들이래요. 이미지 어쩌고 하던데, 사실 하는 건
우리랑 똑같은데, 카메라에 더 잡히는 건지 뭔지. 어쨌든 배우들이에
요. 저도 보출 말고 배우님으로 불리면 좋겠어요.

　단발머리 여대생의 심드렁한 말투가 오히려 애처롭게 느껴지는 밤
이었습니다. 자세히 보면 그게 뭐든 각자의 사연이 존재합니다. 사연
없는 세상은 없지요. 물론 자세히 들여다보았을 때의 일입니다. 촬영
은 해가 뜨며 끝이 났고 보조출연자들은 모두 한 데 모여 버스를 타고
이동했는데, 어쩐지 여의도로 가야 하는 버스가 그날따라 무슨 축제
가 열렸다고 합정역으로 갔습니다. 할 수 없이 우린 합정역에서 내려
얼떨떨한 인사를 주고받으며 헤어지게 되었지요. 하룻밤 함께 했을
뿐인데, 이상하게 단발머리 여대생이 눈에 밟혔습니다. 저는 돌아서
가려는 아이의 이름을 충동적으로 불러 멈춰 세우고는, 그 아이를 꼬
옥 안아주었습니다. 언젠가 그 아이가 꼭 '배우님'으로 불리기를 그
순간만큼은 진심으로 기도했습니다. 그 아이의 얼굴도, 이름도 지금
은 기억이 나지 않지만요.

　그와 헤어지고 반년이 흘렀던 때였습니다. 반년이 속절없이 흐르는

동안 저는 그쪽 동네는 단 한 번도 가지 않았습니다. 6개월 만에 마주한 그 동네는 어쩌면 변한 것이 하나도 없었고, 어쩌면 모든 것이 변해있었습니다. 갑자기 과거의 모든 장면들이 경계 없이 허물어져 쏟아지는 통에 괴로움에 가까운 곤란함을 느끼며 저는 황급히 설렁탕집에 들어갔습니다. 혼자 먹는 것은 아무래도 상관없었습니다. 단지 그가 그 집 설렁탕을 좋아한다는 사실이 기억났을 뿐입니다.

[이모네 설렁탕집. 혼자. 바빠?]

설렁탕 안에 들어있던 소면을 다 건져 먹을 즈음이었습니다. 반년 전과 조금도 다르지 않은 모습으로 그가 나타났지요. 문자를 보낸 지 10분도 채 지나지 않은 때였습니다. 슬리퍼를 직직 끌고 모자를 푹 눌러쓴 채 오랜만이네. 이모, 설렁탕 하나요. 말하며 제 앞에 앉았습니다. 마치 그곳이 당연히 자기의 자리라는 듯, 나는 당연히 그 앞자리를 비워 놓았다는 듯. 그의 행동이 너무나 자연스러워서, 그의 모든 행동이 너무나 여전해서 순간 저는 6개월의 공백을 단숨에 잊고 말았습니다. 모든 것이 갑자기 여전해진 세상에서 그가 물었습니다.

피곤해 보이네. 어떻게 월요일 이 시간에 밥을 먹고 있어? 회사는?

그가 회사 이야기를 물어준 덕에 저는 순식간에 현실로 돌아왔습니다. 6개월의 공백 동안 철저하게 각자가 된 채 홀로 보낸 시간이 느껴졌달까요? 퇴사는 지난 반 년 동안 제 삶에 있었던 사건 중 가장 큰 사건이었고, 그는, 그는 어떤 일이 있었을까요? 저 또한 알지 못했습니다. 그는 전보다 조금 말랐고 머리는 더 짧아졌습니다. 늘 끼고 다니던 팔찌는 사라졌고, 마치 그의 정체와도 같았던 고질적인 외로움은 더 짙어진 것 같았습니다. 여전히 설렁탕을 잘 먹었고, 여전히 말할 때 눈을 깜박이지만, 이제 저는 그를 부를 이름도 찾지 못해 난감했습니다.

혹시 검도라는 스포츠를 경험해 본 적이 있으실까요? 그와 저는 도장에서 처음 만났습니다. 다닌 개월 수로 치면 제가 8개월 정도를 더 다녔는데, 운동신경이 좋았던 그는 들어온 지 삼 주 만에 호구를 쓰더니 한 달 반 만에 제 머리를 때렸습니다. 도장의 사범님은 검도라는 것은 본디 칠 수 있는 거리에서 상대의 액션을 살피고 그에 맞는 리액션을 취하고, 나의 리액션에 상대가 또 리액션 하는, 그러니까 액션, 리액션만 존재하는 스포츠라고 하였습니다. 함께 하는 스포츠이기 때문에 상호 존중은 말할 것도 없이 중요하고, 머리를 때려야지 혹은 머리를 막고 손목을 쳐야지 생각하며 거기에 고착화되면, 자연스레 흘러갈 수 없다 셨지요. 고착화되는 것을 경계하고 서로 순간순간 반응하라는 사범님의 말씀엔 인생이 들어있는 것 같았습니다. 그러던 어느 날, 저는 그와 자유대련을 하게 되었습니다. 중단 자세를 취하고 칼끝과 칼끝을 마주 겨누며 긴장감은 팽팽했습니다. 그가 한 발 수욱 밀고 들어오자 저는 한 발 수욱 뒤로 나갔습니다. 그는 반 발 앞으로 다시 반 발 뒤로 계속해서 움직였습니다. 저는 그의 움직임에 맞추어 반

발 뒤로, 다시 반 발 앞으로 움직였지요. 검도는 거리 싸움이 생명이니까요. 그런데 그때, 갑자기 그의 몸에서 힘이 쫙 빠지는 것이 보였습니다. 그는 제 몸에 스스로 힘을 빼고 긴장할 게 아무것도 없다는 듯 시큰둥한 표정을 지었습니다. 그 순간 저는 정확히 그의 지루함을 보았습니다. 결국 제가 그의 머리를 치고 대련은 저의 승리로 끝났지만, 저를 포함해 도장 안 모든 사람들은 이 승패가 무의미함을 알았습니다. 훗날 그는 그날의 대련을 두고 이렇게 말했습니다.

나한테 검도는 칠 수 있는 거리에서 최선을 다해 상대를 보는 거야. 넌 그날 칠 수 있는 거리 자체를 아예 안 만들었잖아. 그렇게 물러서기만 하면 아무것도 일어나지 않아. 그렇게 무승부가 나면 뭘 하나. 진짜 상대를 본 적이 한 번도 없는데. 상대가 들어오는 게 뭐가 무서워. 너를 때릴까 봐 무서운 건가? 때론 버티는 힘도 필요한 거야. 맞더라도 버텨서 상대를 봐야지. 그렇게 도망만 다녀서야 원. 이거 순 겁쟁이 아니야.

그는 모든 거리를 단숨에 뛰어넘을 수 있을 만큼 재빠르고 용맹했지만, 저는 적당한 거리감이 보장되지 않으면 경직되고 마는 고집스러운 사람이었습니다. 그는 언제나 저의 고집을 존중하며 제 위치를 가늠했지요. 그러니 그는 그날도 분명 알았을 것입니다. 무얼 먹고 있는지도 모른 채 설렁탕을 입에 들이켜고 있는 저를, 거리 확보를 위해 필사적으로 물러나고 있는 저를, 차라리 아무것도 일어나지 않은 채이 시간이 그냥 지나가기만 바라고 있던 저를. 그날이 그를 본 마지막 날이었습니다.

이곳으로 이사 오기 전 아내는 말이 없었다. 자주 눈물을 보였고, 사람들이 무섭다고 했다. 언젠가 한 번은 산책하고 집으로 돌아오는 길에 누군가 뒤에서 자기를 해칠 것 같다고 했다. 도시의 높게 솟은 건물들이 하늘을 가려 아내의 마음에 그림자가 진 듯했다.

"하늘이 잘 보이는 곳에서 살고 싶어."

한동안 말이 없던 아내가 금방이라도 눈물이 쏟아질 것 같은 얼굴로 나직하게 건 낸 말이었다.

우울한 좀비와 브런치

영영

아내의 몸이 얼음장처럼 차가웠다. 그에 반해 나는 한겨울인데도 등에 땀이 흥건했다. 아내가 있는 안방에 보일러 온도를 최고로 높였더니 방바닥에서 아지랑이가 필 지경이다. 삐, 삐– 휴대전화에서 재난 문자가 울렸다.

[괴성 군 좀비 바이러스 감염 인원 39명, 오한, 기침, 근육통 등 좀비 바이러스 증상 시 선별 진료소를 방문하여 검사 받으시기 바랍니다.]

아내의 이마 위로 따뜻한 물수건을 올리고 이불을 턱밑까지 덮어주었다. 아내의 얼굴이 며칠 새 몰라보게 달라졌다. 눈에 띄게 창백해진 얼굴, 갈라져 검붉게 변한 입술, 눈 주위로는 시커멓게 멍이 든 것처럼 보였고, 동공에는 초점이 사라졌다. 아내는 이따금 고개를 한 번씩 튕기듯 돌릴 뿐 다른 움직임은 보이지 않았다. 영상 속 좀비들은 기운이 넘치다 못해 주체를 못 할 정도였는데, 좀비가 된 아내의 모습은 어째서인지 너무 힘이 없어 안쓰럽게 느껴졌다.

지난주 월요일이었다. 그날 아내는 분명 정상이었다. 뉴스에서 간간이 좀비가 출몰한다는 소식을 들었지만, 여기는 면 단위의 시골이라 딴 세상 이야기처럼 느껴졌다. 단지 정부에서 국가재난 사태를 선포하고 외출을 자제시켰기 때문에 몹시 답답할 뿐이었다.

"딱, 두 시간만. 두 시간만 산책 다녀오자."

먼저 말을 꺼낸 건 아내였다. 나는 몸이 근질거리던 참이라 그 말이 참 반가웠다. 사람들이 없는 농로 쪽으로 걸으면 문제없을 것 같았다. 농로로 계속 가다 보면 생태공원이 나오고 그곳은 하늘이 잘 보이는 곳으로 우리 부부가 좋아하는 산책로였다. 우리는 혹시 모르는 상황에 대비하여 두꺼운 외투를 걸치고 밖으로 나섰다.

"동네 사람들. 밖에 좀빈가 뭔가 하는 것들이 몰려 댕기니까. 밖으로 나가지 마세요. 세요~ 세요~ 세요."

스피커 너머로 열변을 토하는 이장님의 목소리가 메아리치며 울렸다. 마을을 벗어나 생태공원에 도착하니 사방이 고요했다. 온 세상이 멸망이라도 한 듯이. 아내와 공원을 걸었다. 어느새 하늘이 핑크빛으로 물들어 있었다. 말로 표현할 수 없을 만큼 아름다운 풍경이었다. 한참을 그 자리에 가만히 서 있었다. 얼마 지나지 않아 뒤에서 좀비 개가 사정없이 달려들었다.

조금이라도 도움이 될만한 좀비 관련 자료를 수집하기 시작했다. 다행인 건 사회 전반적인 시스템이 무너지고 있었지만, 전기와 인터넷은 끊기지 않은 상태였다. 수집한 정보를 취합해 보면 이랬다. 좀비가 되면 죽은 사람처럼 몸이 굳고, 동공이 풀린다. 피에 굶주린 괴물처럼 움직이는 모든 동물을 물어뜯는다. 그냥 물고 마는 것이 아니라 살을 뜯고, 내장까지 파먹는다고 한다. 좀비를 진압하기 위해 정부에서는 호신용으로 사냥용 엽총을 소지 신고 없이 살 수 있게 허가해 주었다. 게다가 좀비가 된 인간을 포박하여 좀비 수용소로 데려오면 한 명에 300만 원이라는 포상금도 내걸었다. 그러자 전국 곳곳에서 좀비 헌터들이 등장했다. 유명 특수부대 출신 유튜버는 팀을 이뤄 좀비 사냥을 나섰고, 사나운 좀비들을 갖은 방법으로 사냥하는 콘텐츠를 올렸다. 여기서 한 가지 이상한 점은 화면 속 좀비들과는 달리 아내는 공격성도 없었고 마치 삶의 의지를 상실한 것처럼 그저 가만히 누워만 있었다.

아내를 위해 뭐라도 하고 싶었다. 기운을 차릴 수 있는 음식을 떠올렸다. 평소 아내가 좋아하던 프렌치토스트가 생각났다. 늦잠을 자는 날에도 프렌치토스트를 굽고 있으면 그 냄새를 맡고 어느새 식탁에 앉아 있던 아내였다. 계란 물을 입힌 식빵을 노릇하게 굽고 그 위에 꿀을 바르고 얇게 썬 사과를 올렸다. 그러면 아내가 좋아하는 맞춤형 프렌치토스트였다. 하지만 아내는 반응이 없었다. 빵을 조금 뜯어서 입안으로 가져다줘도 입만 벌리고 있을 뿐이었다. '살아 있는 게 필요한가?' 냉장고 냉동 칸에서 수육용으로 구매했던 돼지고기를 발견했다. 조금 오래되긴 했지만, 이만한 게 없었다. 돌처럼 딱딱하게 언 돼지고기를 전자레인지에 넣어 해동 버튼을 눌렀다. 그리고 좀비가 좋아할 만한 음식 검색했다. 좀처럼 검색되지 않았다. 한참을 돌고 돌아 포박한 좀비와 함께 사는 어느 외국 유튜버를 발견했다. 그가 올린 영상 중에 염소 피와 생고기를 섞어 먹이는 장면이 보였다. '이거면 되겠다.' 나는 대단한 발견을 한 것처럼 기뻤다. 하지만 피를 어디서 구할 수 있을지가 의문이었다. 밖으로 나가자니 위험했고, 그렇다고 피를 대신할 만한 것도 떠오르지 않았다. 아내는 오전보다 더 기력이 없어 보였다. 나는 싱크대 서랍 속에서 과도를 꺼내 나의 왼쪽 팔뚝을 찔렀다. 과도가 무딘 탓도 있었지만, 겁이 났는지 전혀 상처를 내지 못했다. 좀 더 세게, 그리고 과감하게 힘을 주어 팔을 그었다. 그제야 피가 몽글몽글 솟아올랐고, 바닥에 떨어질세라 국그릇을 받쳤다. 처음에는 콸콸 나오던 피가 어느 정도 시간이 지나자 멈췄다. 팔을 쥐어짜서 겨우 국그릇의 절반 정도를 채울 수 있었다. 해동한 돼지고기는 먹기 좋은 크기로 썰어 피가 담긴 국그릇에 함께 담았다. 비주얼이 별로긴 했지만, 언뜻 보면 시리얼같이 보였다. 아내가 즐겨 먹던 초콜릿도 잘게 부셔 포인트로 조금 뿌렸다. 잘 먹을 수 있게 아내의 몸을 반쯤 일으켜 세우고 크게 한 숟가락 떠서 입에 넣어 주었다. 아내는 입을 살짝 움직이는가 싶더니 동공이 커지면서 허겁지겁 국그릇을 들고 삼키기 시작했다.

이곳으로 이사 오기 전 아내는 말이 없었다. 자주 눈물을 보였고, 사람들이 무섭다고 했다. 언젠가 한 번은 산책하고 집으로 돌아오는 길에 누군가 뒤에서 자기를 해칠 것 같다고 했다. 도시의 높게 솟은 건물들이 하늘을 가려 아내의 마음에 그림자가 진 듯했다.

"하늘이 잘 보이는 곳에서 살고 싶어."

한동안 말이 없던 아내가 금방이라도 눈물이 쏟아질 것 같은 얼굴로 나직하게 건넨 말이었다. 나는 아내의 말대로 도시 근교에 있는 평야 지대로 집을 알아봤다. 직장도 그만두고 퇴직금과 적금을 깨서 작은 빌라에 들어갔다. 이사를 하고 아내는 한동안 계속 잠만 잤다. 잠을 많이 잤는데도 이상하게 계속 잠이 온다고 했다. 그러다가 근처 평야로 산책을 조금씩 다녔다. 보이는 풍경이 단순하고 계절이 아주 느리게 천천히 변하는 곳이었다. 조금씩 기운을 차리고 나서는 아내가 좋아할 만한 요리를 했다. 유튜브에는 정말 많은 요리 선생님이 있었다. 아내의 흥미를 끌 수 있는 요리가 필요했다. 샥슈카, 감바스, 바질 페스토 파스타같이 비주얼이 좋고 이국적인 맛이 나는 요리로 아내의 입맛을 돋웠다. 달콤한 디저트도 빠질 수 없었다. 식사가 끝나면 크림치즈 케이크, 독일식 팬케이크, 에그타르트 같은 기분을 낼 수 있는 디저트를 만들었다. 그러면 아내의 기분은 마냥 좋다가도 한 번씩 그렇지 못한 날이 있는데, 그런 날은 안개가 자욱했다. 보통 오후가 되면 안개가 걷히기 마련이지만, 온종일 안개가 자욱한 날에는 근처 카페에 갔다. 카페에 앉아 있으면 가라앉은 기분도 쉽게 올라왔다. 두 해가 지날 무렵 아내는 점차 웃음을 되찾았다. 그리고 한동안 쓰지 않던 글을 다시 쓰기 시작했다.

쾅! 쾅! 쾅!

자정 무렵에 누군가 현관문을 두드렸다. '좀비 헌터면 어떡하지?' 순 간 불안감이 몰려왔다. 아내가 있는 안방 문을 닫고 현관으로 갔다. 현관문 외시경을 통해 밖을 확인했다. 다행히 옆집 할머니였다. 할머니는 집에 전기가 들어오지 않는다고 좀 봐달라고 했다. 나는 같이 가보자고 하고는 할머니 집으로 들어갔다. 먼저 신발장을 열어 두꺼비집을 살폈다. 두꺼비집에 차단기가 내려가 있었다. 일이 생각보다 쉽게 풀릴 것 같았다. 차단기를 올리니 거실 형광등이 켜졌다. 할머니는 고맙다며 내 팔을 잡고 연신 쓸어내렸다. 다시 집으로 돌아오는 길에 할머니 집 현관문 옆에 있던 전동 휠체어가 눈에 들어왔다.

아침에 눈을 떠보니 창밖으로 안개가 자욱했다. 아내가 좀비가 된 이후로는 밖으로 나갈 생각을 못 했다. '오늘이라면 나가볼 만한데…' 나는 가만히 서서 생각했다. 마침 어제 봤던 전동 휠체어가 떠올랐다. 옆집 할머니에게 부탁해 전동 휠체어를 빌려왔다. 누워 있는 아내를 일으켜 전동 휠체어에 태웠다. "여보, 오늘 안개도 꼈는데, 우리 기분 좋게 카페 다녀오자." 나는 아내에게 말했다. 그러자 아내의 고개가 획−하고 돌아갔다. 밖은 안개가 짙게 깔려 한 치 앞이 보이지 않았다. 아내의 무릎에 담요를 덮어주고 천천히 이동했다. 카페까지는 동네를 가로질러 가면 15분쯤 걸린다. 혹여나 차들이 다닐까 봐 사람이 없는 농로로 돌아갔다. 시간이 더 걸리지만 그편이 더 안전했다. 뿌연 안갯속을 걷다 보니 세상에 둘만 살아남은 것 같았다. 멀리서 사이렌 소리가 들렸다. 나는 그 소리의 방향을 찾기 위해 귀를 쫑긋 세웠다. 소리가 점점 더 가까워지더니 정면으로 헤드라이트가 보였다. 나는 논길 옆으로 전동 휠체어를 세웠다. 구급차가 지나가고 그 뒤로 빨간 LED가 깜빡거리는 오래된 승합차가 연이어 두 대가 지나갔다. 그중에 마지막 차가 멈췄다. 나는 차에서 아내를 보지 못하도록 휠체어 옆으로 막고 섰다. 그 차가 멈춘 이유를 알 것 같았다. 지금 내 눈앞에 보이는 좀비 개를 저 차도 보고 있겠구나 싶었다. 나와 눈이 마주친 좀비 개는 앞으로 달리기 시작했다. 나는 휠체어를 힘껏 밀었다.

좀비 개가 아내에게 달려들었다. 아내는 일어서서 좀비 개를 두 손으로 내팽개쳤다. 순식간의 일이었다. 하얀 입김을 내뱉으며 거친 숨을 몰아쉬는 아내의 눈빛이 살벌했다. 저 멀리 쓰러진 개가 다시 일어섰다.

탕! 탕!
들판에 새들이 날아올랐다. 좀비 개는 일어서는가 싶더니 곧 쓰러졌다. 멈춰 있던 차가 천천히 후진했다. 후진하는 차에서 '엘리제를 위하여' 멜로디가 단음으로 날카롭게 귀를 찔렀다. 나는 양손을 벌리고 서 있는 아내를 껴안아 들었다. 곧이어 아내의 두발을 내 신발 위로 얹었다. 중심을 잡기가 힘들어 발의 보폭이 크게 혹은 작게 휘청거렸

다. 의도하진 않았지만, 박자에 맞춰 발이 움직여져서 마치 왈츠를 추는 것 같았다. 그 자리에서 두 바퀴 반을 돌았다. 심장 소리는 계속 빨라지는 데 반해 시간은 느리게 흘러갔다. 음악이 멈췄다. 나와 아내는 어정쩡한 자세로 중심을 잡고 섰다. 잠시 정적이 흐르고 어느새 안개 속으로 차가 사라졌다.

나는 아내를 안고 한참을 가만히 서 있었다. 안개가 좀 전보다 더 짙어지는 듯했다. 안개가 언제 걷힐지. 어쩌면 내내 자욱할지 알 수 없는 일이었다. 아내를 다시 전동 휠체어에 앉혔다. 나는 전동 휠체어를 밀어 저 멀리 안개 속에 가려진 마을로 향했다. 그곳에는 카페가 있었다. 그리고 아내가 좋아하는 브런치도.

그들의 유일한 단점은 물 밖으로 나오는 순간, 우울해진다는 거야.

아쿠아월드 31

일미

며칠째 사장님과 연락이 닿지 않는다. 지난 카톡 내용을 봐도 특별한 이야기를 나눈 것 같지는 않다. 출퇴근을 알리는 문자, 가게에서 있었던 소소한 일들, 수신인을 알 수 없는 택배, 사장님의 안부를 묻던 손님 정도. 마지막 대화에는 잘 부탁한다는 말이 남아 있었다. 내가 모르는 다른 어떤 것을 부탁한 걸까 골똘히 생각할수록 여과기의 기포 소리만 크게 들릴 뿐이었다. 하나 다행인 것은 사장님의 잠수가 이번이 처음은 아니라는 것. 그는 보기와는 달리 아주 섬세하고 예민했다. 커다란 어깨로 조그마한 어항의 이끼를 닦는 모습이 떠오른다. 손님이 가게 앞에 몰래 생물을 유기하거나 애써 돌보던 것들이 하루 새 용궁으로 떠났을 때 사장님은 갑자기 사라지고는 했었다. 개나 고양이가 죽으면 사람들은 무지개 다리를 건넜다고 하고, 물에 사는 것들이 죽으면 용궁으로 갔다는 말로 죽음의 장르를 동화로 바꾸었다. 용궁에 대한 이야기는 사장님에게 처음 들었다. 그렇게 현실과 동떨어지게 표현하면 죽음과 사라짐에 대한 감각이 둔해지는 모양이었다. 그는 용궁에 배웅을 다녀온 날이면 늘 창고 한구석에 처박혀 영화를 봤다. 정확히는 애니메이션. 주로 픽사의 장편 애니메이션 [니모를 찾아서]였다. 어두컴컴한 창고에서 사장님의 얼굴에 형형색색의 빛이 묻어가며 편안한 얼굴이 될 때 나는 편의점에서 콜라 하나 사다 주면 되었다. 사장님은 그럴 때면 속에 아이가 든 어른 같았다.

 하루 정도는 사장님이 소식 없이 가게에 나오지 않아도 경력직 알바는 견딜 수 있다. 그러나 지금은 이야기가 조금 다르다. 가게를 폐업하기로 결정짓고, 매일 거래처와 정산을 하고 있으며 중고로 수족관이 팔려나가고 값비싼 어종들을 흥정해가며 분양해야 하는 중대한 시기였다. 이럴 때 사장님이 없으면 어쩌자는 말일까. 어항이 있던 자리가 비어가면서 바닥에 눌린 흔적만 늘어가고 있는데, 내일이면 대형 수조도 빼야 하는데, 복잡해진 머리를 쿵쿵 수조에 찧었다. 예민해진 물고기들이 신경질적으로 헤엄친다. 게다가 뱃속의 허기도 요동친다. 점심도 건너뛰고 근처 거래처에 물건을 배달하고 왔으니 그럴만도 했다. 월요일에는 모두 일을 열심히 하고 유독 컴플레인도 많으며 전화도 많이 오니까, 나는 당장에 햄버거를 먹으러 가야겠다고 생각했다. 허둥대다가 손에서 지갑이 미끄러졌을 때 가게 문에 달린 종이 울렸다. 발가락에 난 수북한 털 사이로 조리를 껴 신은 사장님의 발이 아니라 검은색 수제구두가 가게로 들어왔다. 짙은 곤색의 양복 차림, 회사원치고는 좀 덥수룩한 헤어스타일. 처음 볼 때 와 달리 더 구부정한 등. 문 앞에서 그의 인사는 깍듯했으나 점원의 '뭐 필요하세요?' 란 말에는 곁을 두지 않고 수족관 뒤로 숨는 조금 특이한 단골손님이었다. 그는 주로 대형 수족관에서 손가락을 움직여 물고기들을 불러 모았다. 사람을 좀처럼 따르지 않는 생물인데 신기하게도 그의 움직임에 맞춰 물고기들이 따라다녔다. 그 모습이 높낮이가 다른 기포기 소리를 지휘하는 음악 선생님 같기도 했다.

한번은 그가 양복 셔츠 소매가 다 젖도록 팔을 집어넣어 물속을 휘휘 젓고 있는 광경을 목격했다. 당장에 가서 말리려는데 사장님은 되려 나를 붙들었다.

그냥 둬, 알바. 알바 경력도 오래됐고 이제 우리 아쿠아월드의 비밀을 공유할게

에? 사장님, 저분 가시 복어한테 물리면 치료비 물어내셔야 해요.

…….

수다스러운 사람은 대화에서 일방적인 자신의 침묵이 신빙성을 더해 준다고 믿는 것 같았다.

이건 우리 아쿠아월드만의 비밀은 아니야, 정부 차원의 아주 큰 비밀이지. 알바도 이제 우리 식구니까, 잘 들어 둬.

사장님이 쪼그려 앉았다. 나는 장단을 맞추려 대충 의자에 걸터앉았다. 한층 더 낮아진 목소리와 진지한 눈빛으로 말을 이었다. 사장님의 말을 정리하자면 이렇다. 저이는 태아기 때 물고기의 형상으로 이 수족관에서 길러졌다. 그러다 성어가 되면서 인간 형상으로 변이하고

인력이 부족한 곳에 파견되는 정부 비밀 시범사업의 피쉬맨이라는 것
이다. 인구감소와 지구 소멸의 위기를 걱정한 정부가 추진하는 사업
이라고도 했다.

여기서요?

물고기 애니 덕후 사장이 운영하는 평범한 동네 외곽의 작은 수족관
에서?의 의미였으나 사장님은 아랑곳하지 않았다.

그들의 유일한 단점은 물 밖으로 나오는 순간, 우울해진다는 거야.

우울? 제가 집 밖을 나서면 우울해지는 거랑 비슷하네요. 사장님 사
는 건 왜 채워지지 않는 수족관 같을까요?

사장님의 이야기는 귓등으로 듣고 창고 밖 실리콘 터진 수족관에 물
이 새는 걸 바라보았다. 오늘 아침 컴플레인 들어온 수족관이었다. 사
장님이 실리콘을 찾으러 간 사이, 피쉬맨은 사라지고 없었다. 그를 가
만히 떠올려 보면 하루하루가 고역인 사회 초년생의 얼굴을 하고 있
기도 했다. 파리한 낯빛과 잔뜩 힘이 들어간 어깨, 수족관을 바라보면
아주 잠시 스치는 해맑은 얼굴. 그가 인간이든 물고기든 2년 넘게 일
하며 거의 매주 봐왔으니 친해질 법도 한데 말 섞는 걸 극도로 꺼려
그가 오면 책을 보거나 다른 손님을 응대했다. 그럼 그는 대부분 조용
히 수조를 구경했고, 잠시 다른 일에 한눈을 팔면 사라지고 없었다.

전화가 울렸다. 사장님일까 했지만 전화기 너머엔 또 다른 우울한
손님이 있었다.

이게 어떻게 무소음이에요? 들어보셨어요? 잘 때, 이거 들어보셨냐

구요. 진짜 너무 시끄러워서 잠을 제대로 잔 게 언제인지 모르겠어요. 이거 끄면 또 죽을까 봐 끄지도 못하겠고.

잠꼬대인지 컴플레인 인지 헷갈렸다. 무소음에 가까운 무소음 산소기를 사간 손님으로 한 달 동안 벌써 세 번째 였다. 남자가 교환해간 산소기 모두 수거해서 확인했지만 별다른 이상은 없었다. 긴 대화 끝에 어항을 집 안 어디에 뒀는지 물었다. 그 사이 피쉬맨이 다가와 말을 건넨다.

저, 혹시 여기 정리하시는 건가요?

하필 이럴 때, 대화는 이쪽이랑 해보고 싶은데, 일단 무소음 산소기와 결단을 내야 했다.

네, 맞아요. 잠시만요, 천천히 보고 계시면 이따가...

그때 우울한 남자가 대답했다.

거실이요.

신혼 가전이라 했었다. 남자는 묻지 않아도 신나서 말을 줄줄 덧붙였다. 낭만적인 어항이 와이프의 로망이라고, 깜짝 선물이 될 것이라고. 피쉬맨은 자리를 뜨지 않고 아주 작은 목소리로 무언가를 물었다. 물속의 강아지라고 불리는 워터독에게 밥을 줘봐도 되냐고 묻는 것 같았다. 그 뒷말은 전화 소리와 혼동하여 온전히 듣지 못해 대충 답을 해야 했다.

네, 뭐든 편하게 하세요.

통화를 계속하며 창고로 갔다. 다른 무소음 산소기 여러 대를 작동시키고 전화기를 갖다 대었다.

들리세요? 이것도 들리세요? 이건 어때세요? 이 정도는 불량 아니예요.

전화기를 얼굴과 산소기에 여러 번 번갈아 갖다 대며 히스테릭하게 되물었다. 남자는 말없이 콧물을 들이마셨다.

불량이 아니라고요?

말끝은 남자가 흐리는데, 내 눈앞이 아득해지는 기분이었다. 당신의 숙면에 이 교환행위가 어떤 식으로든 도움이 된다면 좋은 거겠지요. 그러나 당신이 돌려보낸 산소기 때문에 이제는 저도 잠을 설치게 생겼네요. 지구 어딘가에 당신처럼 잠을 설치고 있을 누군가의 존재가 필요한가 봐요. 그리 노력하지 않아도 아주 많은 불면의 시간이 우리의 밤을 채우고 있다는 걸 모르지 않잖아요. 속에서 부글거리던 말들은 거품처럼 가라앉았다. 전화기를 들고 서로 간의 침묵으로 대화를 했다. 대화를 끝내는 것은 그가 아니라 내가 해야 했다.

마지막 교환입니다.

이 행위에 드는 경비는 모두 남자가 지불하기로 했다. 전화기 너머에서 물 따르는 소리가 들렸다. 갈증이 난 모양이었다.

가게엔 아무도 없을 거라 여기며 창고에서 돌아왔는데 염불이라도 외워야 정신을 붙들 수 있을 것 같은 상황이 펼쳐졌다.

정말 정말 죄송합니다. 실례를 좀.

팬티 한 장 걸친 피쉬맨이 황망한 얼굴로 나를 쳐다보았다. 찰나였지만 수분 같기도 했다. 말릴 새 없이 대형 수조 안으로 들어가 버렸다. 물이 바닥으로 넘쳐흘렀고, 핸드폰을 찾아 112를 눌렀으며 밀대를 찾아 손에 들었다. 통화 버튼을 누르려는데 적절한 상황 설명이 떠오르지 않았다. 그사이 물 넘치는 소리가 잦아들고 사방이 고요해졌다. 수조 안으로 들어간 남자의 모습은 온데간데없었다. 밀대를 쥔 손에 힘을 주고 수조 앞으로 다가갔다. '아쿠아월드 31'이 프린팅된 회색 팬티 한 장이 수면 위로 떠올랐다. 밀대 끝으로 건져 올려 살펴보았다. 아무래도 사장님 대신 큰일을 처리하느라 생긴 과도한 업무 스트레스가 원인이 아닐까 생각했다. 스스로 다독이며 수족관 내부를 살폈다. 못 보던 흰동가리, 그러니까 니모 한 마리가 말미잘에 기대어 기분 좋게 꿈틀대고 있었다. 내가 기억하기로 니모는 분명 사장님이 제일 먼저 거래업체로 보냈었다. 머릿속에 나타난 사장님이 터무니없던 피쉬맨 이야기를 이어갔다.

사업은 실패로 돌아갔어. 우울한 인간들은 도처에 널렸잖아. 뭐 하러 돈과 시간을 써가며 실패할 인간을 만들어내겠어.

뭐야, 힘 빠져. 그럼 저 사람은요?

자기 살 방법은 이제 자기가 찾아야지. 지금 내가 해줄 수 있는 건 그냥 여기 오도록 내버려 두는 것뿐이야.

사장님은 나에게도 그랬었다. 내가 이곳에 왔을 때 그저 내버려 두었다. 물속을 헤엄치던 니모가 다시 말미잘에 포근하게 안겼다. 입을 뻐끔거리더니 물방울로 맥도날드 로고를 만들어 보였다. 놀람도 잠시 난데없이 뱃속에서 이제 더는 참기 힘든 허기가 밀려왔다. 메모지에 '일단 잠시 갔다 오겠음' 휘갈겨 쓰고 니모가 볼 수 있게 붙여두었다.

맥도날드에는 손님이 너무 많았다. 되려 안심이 되었지만. 햄버거를 한 입 베어 물었는데 탄 맛이 강하게 났다. 외관상 멀쩡했던 햄버거의 빵을 뒤집으니 시커멓게 그을려 있었다. 다시 계산대의 알바생에게 돌아가 대화를 나누고 싶지 않았다. 빵을 씹고 밀크셰이크를 마시며 밀어 넣었다. 약간의 허기가 해결되자 잠시 엎드려서 생각을 정리하기로 했다.

붓을 씻다가 물통에 담긴 물을 쏟았다. 발밑이 축축했다. 일곱 번째 교수평가를 앞두고 있던 삼수생은 불길함을 직감했다. 시험시간 5분여를 남기고 빈 종이를 들고 가 신발장 어딘가에 쑤셔 넣었다. 내가 나가는 동안 아이들은 내 허리 디스크가 도진 게 아니냐며, 이쯤 되면 디스크가 아니라 징크스라고 깔깔댔다. 한참을 걷다가 어둑해졌을 무렵 동네 모퉁이에 불 켜진 수족관을 발견했다. 유리문 너머 물속은 몇 시간이고 쳐다볼 수 있을 것 같았다.

혼곤히 잠든 나를 깨운 건 부득불 발밑을 치고 들어오던 축축한 밀대였다. 맥도날드가 마감 시간이면 도대체 시간이 얼마나 지났다는 걸까.

파랗게 빛나는 네온 빛 '아쿠아월드 31' 간판이 손톱만큼 보일 때부터 비린 냄새가 공기 중에 묻어왔다. 가게에 도착했을 때 오늘은 아마 꿈일지도 모른다고 생각했다. 조심스레 가게 문을 열었고 절망이 쏟아져 나왔다. 발목까지 차오르는 물, 수족관 다리에 뒤엉킨 수초, 분양되지 못한 물고기들이 팔딱팔딱 뛰거나 가쁜 숨을 몰아쉬었다. 생각할 겨를 없이 양동이에 물고기들을 담아 멀쩡한 수조로 연거푸 옮겼다. 신고 있던 운동화에 구멍 난 틈새로 걸을 때마다 물이 들었다 빠졌다 하는 게 보일 즈음 냉장고 아래에서 공기 방울이 나오는 것을 발견했다. 먼지에 둘둘 말린 니모를 손바닥에 올렸다. 힘없이 입을 조금씩 움직이다 멈추기를 반복했다. 사장님에게는 날이 밝으면 연락을 할까 잠시 고민했다. 하지만 이내 사진을 찍고 상황을 알리는 문자를 전송했다. 답은 오지 않았다. 투명 봉투에 물과 함께 담긴 니모를 흔들어 보았다. 소용돌이 속으로 헤엄치는 것처럼 빨려 들어갔다. 젖지 않은 택배 상자와 니모를 챙겨 가게를 나섰다. 끝나지 않을 하루가 쫓아올 듯해 발걸음을 빨리했지만, 신발 속에서 채 빠져나가지 못해 쉭쉭 소리를 내며 따라 왔다.

02 화요일

| 화요일 |

필자에겐 화(火)가 있다. 뜨거운 국물을 삼킬 때 비로소 식도의 존재를 느끼듯 화가 펄펄 끓을 때 필자는 몸속 화의 존재를 감지한다. 화가 나면 눈물부터 나는 타입이기에 필자의 화는 눈물샘에 있는 것으로 추정된다. 어떨 때는 두통이 오는 것으로 보아 미간에도 있고, 복통을 호소하기도 하니 대장에도 있다.

일상 속 화(火)에 대한 고찰 :
귤선생의 분노를 중심으로

연구자 : 귤선생

목차

1.넋두리 서론

 필자에겐 화(火)가 있다. 뜨거운 국물을 삼킬 때 비로소 식도의 존재를 느끼듯 화가 펄펄 끓을 때 필자는 몸속 화의 존재를 감지한다. 화가 나면 눈물부터 나는 타입이기에 필자의 화는 눈물샘에 있는 것으로 추정된다. 어떨 때는 두통이 오는 것으로 보아 미간에도 있고, 복통을 호소하기도 하니 대장에도 있다. 신체 곳곳에 늠름하게 터를 잡은 화가 내장지방처럼 쌓이는 것을 막기 위해선 어떻게든 몸 밖으로 빼내 줘야 한다. 그러나 문제는 필자가 자아 성찰 및 자기검열 마니아라는 사실이다. 화가 났을 때 화가 난 자신의 모습에 더 화가 나는 사람을 본 적 있는가?[1] 필자가 그렇다. 여기서 더 가버리면 화가 난 내 모습에 화가 난 내 모습에 화가…. 말을 말자.

필자는 이상을 추구한다. 필자의 이상향은 실제와 많은 괴리가 있다. (이하 귤선생의 이상 속 귤선생을 감선생이라 칭함) 일단 감선생은 화가 없고 모든 것을 포용할 줄 아는 성숙한 인간상으로 김칫 국물이 튄 셔츠 따위 입지 않는다. 티셔츠를 거꾸로 입는 일도 없고 늦잠을 자서 머리를 안 감고 외출하는 일도 없다. 필자는 자주 상상 속 우아한 자태의 감선생을 꺼내어 귤선생과 비교해 보는 취미가 있다. 언제나 현실은 감선생에 비해 여러모로 남루하다. 온화한 감선생과 달리 귤선생은 불쑥불쑥 화가 치미는데 그걸 처리할 방법을 모른다. 차라리 필자가 <파리의 연인> 박신양이나 <내 남자의 여자> 속 하유미[2]처럼 멋들어지게 화를 낼 줄 안다면 모를까. 필자는 분명 절체절명의 순간 말을 더듬고 눈동자를 어디 둘지 몰라 화를 내는 것도 울부짖는 것도 아닌 요상한 상태가 되어버릴 게 뻔하다.

---

1 있다면 혹시 INFP인가? 궁금하다.
2 멋지게 화내는 사람을 떠올리니 왜 이렇게 옛날 드라마만 떠오르는지 모르겠다.

2. 필자의 분노

 무엇이 귤선생을 화나게 하는가. 필자는 그것부터 정리해 보고자 한
다. 본 연구는 2023년 2월 한 달간[3] 진행하였다.

공인인증서 (火火火火)

 아무도 몰래 만기 되어버린 공인인증서에게 화가 난다. 꼭 필요할
때 열어보면 두어 달 전 어느 날 조용히 자멸한 후다. 특히 사용 중인
맥북에서는 공인인증서 발급이 안 돼 더 화가 난다. 이 모든 불편함을
감수하고도 맥북을 고수하는 필자의 허세에 화가 난다.

스무 번째 우산을 두고 왔을 때 (火火)

은행 업무 (火火火火)

 대체로 은행 업무에 화가 난다. 그곳에만 가면 무엇이든 뜻대로 풀
리지 않는다.

 신용카드를 발급하러 갔다가 소득증명이 안 돼 앵무새처럼 "프리랜
서입니다만…."과 같은 전혀 도움이 되지 않는 말만 되풀이한다거나,
예금을 들러 갔는데 이체 한도가 걸려 진행을 못한다거나, 지역농협

3　2023년 2월은 총 28일이다. 2024년은 윤년이라 29까지 있을 예정이
다.

에 가야 하는데 농협 중앙회를 간다거나, 신분증을 두고 왔다거나, 발급하러 간 특정 카드가 그 지점에 없어서 발급 자체를 못한다거나 하는 그런 비극이 벌어지는 곳이다.

비밀번호 5회 이상 오류 (火火火火)

회원가입을 할 때마다 갑자기 해킹에 대한 온갖 걱정이 몰려와 평소 쓰는 비밀번호를 창의적으로 변형시키는 기행을 저지를 때가 있다. 다시 로그인하려고 보면 100퍼센트의 확률로 기억에 없다. 그럼 과거의 나 자신과 경쟁이 붙어서 정신없이 비밀번호를 추측하게 되는데 그러다 보면 어느새 로그인이 막혀 있다.

식당에서 앞치마 이외의 모든 구역에 다 튀었을 때 (火火)

진심 어린 충고 (火火火火)

듣기 싫어.

작은 사이즈의 옷 (火火火)

이 세상 여성복 평균 사이즈가 너무 작아서 화가 난다. 더불어 여학생 교복을 보면서도 화가 난다. 겨드랑이가 그렇게 찡겨서 공부가 되겠는가…?

노상 방뇨 (火火火火)

필자의 동네에 노상 방뇨 인구가 전체 인구 대비 기하급수적으로 많다. 말도 안 되는 비율로 골목을 들어설 때마다 노상 방뇨 인간과 마주친다. 그 순간 시공간이 멈춰버리고 게임 속 세계관에서 노상 방뇨하는 NPC랑 마주친 듯한 착각이 든다. 늘 그 스팟에서 노상 방뇨 중인 NPC. 먼저 물러나 주는 법이 없다.

PMS : 생리 전 증후군 (火火火火火火火火)

이 시기에 겪는 모든 일들이 나를 화나게 한다.

사례를 정리해 본 결과, 필자는 2월 한 달간 대체로 작은 일들에 화가 났다. 필자의 본 연구 목적은 필자를 분노케 하는 사례들을 정리해 그것들을 직면하고 해결 방법을 찾아내는 것이었다. 그러나 해결 방법을 찾을 필요도 없이 이것들은 너무나도 순간적인 문제였다. 또한 필자를 화나게 하는 것들을 발견할 때마다 관찰일지에 적다 보니 필자의 몸속 화가 비실비실 힘을 잃기 시작했다. '나 왜 이런 거에 화가 나지?'에서 '엇, 나 이런 거에 화나네. 체크.'가 되면서 스스로에 대한 판단, 비판 없이 오롯이 감정 그 자체를 들여다보는 경험을 했다. 인정해 버리는 순간 화의 부피가 꽤나 줄어들고 가벼워졌다. 그동안 감사일기를 쓸 게 아니라 분노 일기를 썼어야 했다.

3. 놀라운 목격

최근 화(火)가 말도 안 되는 파워가 되는 순간을 목격한 경험이 있다. 가족과 식사를 하다 필자의 어머니를 격분하게 만드는 누군가가 이야기의 주제로 오른 것이 화근이었다. 그는 불 뿜는 파이리처럼 분노했다. 쩌렁쩌렁 복식으로 소리를 내고 밉상인 그 사람의 행동 묘사까지 곁들이는 완벽한 스토리텔링이었다. 여느 스탠딩 코미디보다도 에너지가 넘치는 그의 분노 연설에 온 가족이 숟가락도 내려놓고 점점 빠져들었다. 그의 말이 끝나자 집 안은 잠시 소강상태에 접어들었다. 정적을 깬 건 아버지의 나지막한 한마디.

"근데… 너네 엄마 아픈 사람 맞니?"

그는 두 번째 항암치료를 마친 직후였다. 일어날 힘도 없던 그를 살아나게 만든 것은 그의 분노였다. 그는 당신조차도 환자라는 사실을 잠깐 잊은 듯 멋쩍게 웃었다. 그는 그 어느 때보다도 화낼 때 가장 생기가 넘치는 사람이었다.

그는 그동안 집안의 싫은 소리 담당이었다. 가족 구성원 중 누군가 부당한 일을 겪고 입이 쭉 삐져나와 집으로 돌아오면 그는 그것을 해결했다. 필자는 그런 그의 행동력에 가장 큰 수혜자이면서도 그의 그런 지점이 과할 때가 있다고 생각했다. 지금 돌아보니 그는 자신의 가치를 지킬 줄 아는 사람이었다. 이젠 그 지점이 강인하다고 생각한다. 그는 본인이 느끼는 불편함과 부당함을 표출할 줄 아는 사람이다. 우리 가족은 그동안 그의 덕을 보았다. 필자는 화가 났을 때 찌그러지는 그의 미간이 좋다. 그가 계속 화가 났으면 좋겠다.

4. 성급한 결론

화났어? 누군가 묻는다면 대다수 사람들은 다급히 아닌 척을 한다. 화를 낸다는 것은 부끄러운 감정이니까. 전혀 쿨하지 않으니까. 심지어는 무례한 언행을 저지른 상대에 표정이 굳어지다가도 그런 질문을 들으면 손사래를 치며 웃어넘기곤 한다. 여전히 찝찝한 감정은 가슴 속 어딘가에 묻어두고서.

필자는 사소한 일에 화를 내는 사람이 되고 싶지 않았다. 내 안의 화를 억누르고 드러내지 않는 방법에 대해서 골몰했고 애써 외면했다. 그러다 최근에 화를 내야 마땅한 순간을 맞이했다. 필자의 작품이 받기로 되어있던 지원금을 담당자가 다른 용도로 횡령해 약속된 날짜까지 지급할 수 없다는 말도 안 되는 통보를 들었을 때, 필자는 분명 화를 내고 따져 물어야 했다. 그런데 그러지 못했다. 속은 부글부글 끓었지만 어떻게 표출해야 할지 몰랐다. 목구멍에서 턱하고 막혀 아무런 말도 하지 못했다.

참는 법을 배우고 공손할 것을 교육받는 동안 분노와 같은 불편한 감정을 포용하는 법은 배우지 않는다. 이젠 분노가 존재하지 않는 척

하고 싶지 않다. 내면의 분노를 잘 들여다보고 잘 사용할 줄 아는 사람이 되고 싶다. 분노는 누구에게나 있고 필자는 그것을 받아들이는 연습을 시작해 보고자 한다. STEP 1. 누군가 "화났어?"라 물어올 때 이렇게 답하기를 망설이지 말 것.

"네. 화났어요."

후에 그는 말했습니다. 갑자기 자기 앞에 앉아 이러쿵저러쿵 주절주절 말을 늘어놓는 저를 보고 상실의 시대 속 '미도리'가 떠올랐다고. 사람이 이렇게 생긋하고 명랑하고 청량할 수 있구나 싶었다고. 조금 쑥스러운 이야기입니다만, 그는 갑작스레 심장이 두근거렸다고 했습니다.

주정차위반 의견진술서
상실의 시대

세루코

저희의 시작은 저희가 헤어진 순간만큼이나 자연스러웠습니다. 지금은 검도장이 많이 사라졌지만 그땐 무슨 일로 같은 동 안에서도 도장이 여러 개 있을 만큼 검도가 붐이었는데, 당시 저희 도장 근처에는 저희 도장까지 총 다섯 개의 도장이 있었습니다. 2018년 동계올림픽 개최지가 평창으로 확정되던 날, 이에 감격하고 흥분한 도장 사범님들은 우리 지역에도 검도 대회가 있어야 한다고 뜻을 모았다고 합니다. 대회는 일사천리로 바로 다음 달에, 동네 초등학교 체육관을 빌려 진행되었는데, 도장별로 참가 인원수를 맞춰야 했기에 그 또한 출전하게 되었지요. 그때 그는 검도를 시작한 지 네 달도 채 되지 않았을 때였습니다. 그 대회에서 그는 당연히 단 1승도 하지 못했습니다. 아니, 시합 동안 단 한 대의 가격도 성공하지 못했습니다. 그 당시 저는 문제의 대련 이후 그가 몹시도 얄미워, 눈이 마주쳐도 까딱 고개 인사만 할 뿐이었는데, 그날은 경기장 안의 그가 어쩐지 신경이 쓰였습니다. 그 친선 대회는 소위 평생 검도를 해 왔다 하는 '어른들' 몇몇이 모여 저들끼리 어떤 권위에 도취된 채 만든 이상한 싸움터였을 뿐이었습니다. 그는 그 '어른들'의 재미의 희생양이 되어버린 것 같았어요. 그리고 그가 희생양이 되길 거부했다면, 그 희생양 자리는 제 몫이었을 겁니다. 뒤풀이 자리에서 그는 단 한마디도 하지 않고 고기만 먹어댔습니다. 민망해서 저러나, 말동무나 해 줘야겠다 싶어 그 앞에 다가간 저는 이런저런 말을 늘어놓았습니다. 저 어른들은 무지하니 네가 큰마음으로 용서해라. 나도 사실 미워했던 사람이 있었다. 근데 진짜 어쩌다 그 친구를 용서하게 됐는데, 어떻게 그랬는 줄 아느냐. 어느 날 버스를 타고 가는데 창밖의 나무가 정말 예쁘더라. 해를 받아서 반짝반짝. 근데 이상하게 걔는 죽었다 깨어나도 이 아름다움을 모르는 애일 텐데, 싶더라. 그 순간 내가 걔보다 한~참은 행복한 애라고 생각하게 됐다. 그러더니 더 이상 걔가 밉지 않더라. 말을 마치고 앞을 보니 그가 저를 물끄러미 쳐다보고 있었습니다. 그리고 말했습니다.

너 상실의 시대 읽어봤어?

제가 이 대화 내용을 나름 세세하게 기억하는 이유는 어쩌면 간단합니다. 이 대화가 저희의 시작점이었기 때문이에요. 후에 그는 말했습니다. 갑자기 자기 앞에 앉아 이러쿵저러쿵 주절주절 말을 늘어놓는 저를 보고 상실의 시대 속 '미도리'가 떠올랐다고. 사람이 이렇게 생긋하고 명랑하고 청량할 수 있구나 싶었다고. 조금 쑥스러운 이야기입니다만, 그는 갑작스레 심장이 두근거렸다고 했습니다.

그의 설렘은 조금도 눈치채지 못했지만 전 무언가에 홀린 듯이 바로 도서관에 가서 상실의 시대를 빌려 보아야겠다고 생각했습니다. 833.609ㅅ-2. 상실의 시대 도서 위치였습니다. 팔백삼십삼 쩜 육공구 시옷다시 이… 팔백삼십삽 쩜 육공구 시옷 다시 이… 저는 위치 기호를 속으로 읊으며 팔백삼십삼 쩜 육공구 칸을 찾았습니다. 원목의 책장 저 끝, 몸을 조금 숙이니 상실의 시대 세 권이 모여 있었습니다. 가장 깨끗해 보이는 책머리를 조심스레 잡아당겨 책을 꺼냈습니다. 허리를 펴고 책을 들어 올리는데, 참 이상하죠. 그 순간이 바로 어제 일처럼 선명합니다.

화요일은 원래 여섯 시까지 수업이 꽉꽉 차 있던 날이었습니다. 그런데 그날따라 교수님이 수업을 하다 말고 중간에 황급히 수업을 끝냈습니다. 이유는 알 수 없었지만 예기치 못한 시간에 수업이 마무리된 채 저는 계획보다 조금 이르게 도서관에 가게 되었지요. 수업이 일찍 끝난 탓에 도서관은 아직 환했습니다. 제 눈높이까지 누운 햇살이 도서관 안을 가득 메우고 있었거든요. 그리고 팔백삼심삼 쩜 육공구 시옷 다시 이에 위치한 상실의 시대를 집고 허리를 들어 올려 책이 위치하게 된 바로 그 좌표에, 노랗게 누운 햇살이 슬며시 닿았습니다. 책 표지에 묻은 햇살을 바라보며, 팔백삼십삼 쩜 육공구 시옷 다시 이… 이 위치를 혼자 몇 번이나 읊조렸습니다. 그리고 불현듯 이 책을 다 읽으면 그에게 연락을 해봐야겠다고 결심했지요. 느닷없이 왜 그런 생각을 하게 되었는지는 모르겠어요. 단지, 표지에 묻은 햇빛은 정말 지금 이 순간, 지금 여기에서만 닿을 수 있는 빛깔임을 온몸으로 느끼고 있었을 뿐이었습니다. 저는 곧 사라질 지금의 햇빛을 마음껏 바라보며, 지금 이 순간을 잊지 않겠노라 마음먹었지요.

그야말로 상실의 시대로구나, 이 햇빛이 저물어 가는 것처럼 나도 매 순간 저물어 가고 있겠구나, 모든 게 다 사라짐을 향해 가고 있구나, 말장난 같지만 그러니까 지금은 오직 지금뿐이구나.

이런 생각들이 왜 그에게 연락을 해야겠다는 마음으로 연결되었는지는 지금도 알 수 없지만, 그냥 그래야 할 것 같았습니다. 연락을 하고 싶다는 희망보다는 오히려 연락을 해야겠다는 결의에 가까웠어요. 그에게 연락을 취하는 일이 유일한 결말 같았습니다.

책을 읽는 동안 도장에서 간간이 그를 마주치긴 했지만, 저와 그는 책에 대한 이야기는 일절 나누지 않았습니다. 오히려 평소처럼 서툰 목 인사만 주고받고 각자의 위치에서 주어진 운동을 할 뿐이었습니다. 상실의 시대는 급히 먹으면 행여 체할까 두려워, 하루에 몇 장씩만을 욕심내지 않고 꼭꼭 씹어 읽었습니다. 아주 참을성 있는 독서였지요. 이 책을 왜 읽고 있는 것인지, 읽고 있다는 사실을 왜 그에게 숨기는 것인지 스스로 이유를 찾을 수는 없었지만, 그 시절엔 그게 궁금하지도 않았습니다. 그냥 아주 조용히 분주함 없이 책을 읽고 또 읽을 뿐이었습니다. 그러던 어느 날, 책의 결말 부분만이 남았을 때였습니다. 운동을 마치고 도장에서 나가려는데 그날따라 이상하게 그와 동선이 겹쳤습니다. 아마 저 앞 신호등까지 5분은 같이 걷게 되겠지, 생각하며 걷고 있는데 그가 대뜸 물었습니다.

다음 주 화요일, 바쁘지 않으면 밥 먹을래?
화요일? 화요일이라면… 6시에 끝나.
그래, 그럼 저녁 먹자.

이성적인 호감이나 설렘보다는, 이상하리만치 자연스럽고 평온한 바람이 저를 에워싸는 기분이었습니다.

그날 저희는 버섯 수제 버거와 자몽 에이드를 먹었습니다. 뭘 먹겠냐 묻지도 않고 턱턱 시켜대는 모습이 믿음직스러웠다기보다는 오히려 아이 같았는데요, 당시 저는 버섯이나 자몽은 취향을 타는 음식이 아닌가 생각했기 때문이에요. 버섯은 특유의 향이 있고, 자몽은 쌉싸름해서 싫어하는 사람들도 있던데, 묻지도 않고 내 버거를 버섯 버거로, 자몽 에이드는 두 잔씩이나 시켜 버리다니. 당시 그는 왠지 데이트란 으레 그래야 하는 법이라고 (맛집 검색이며, 음식 주문이며 다 본인이 리드를 해야 멋진 거라고) 생각하는 것 같았습니다. 그날 저는 괜스레 난 사실 자몽을 먹지 못한다는 장난을 쳤더랬지요.

식사를 마친 후 저희는 낙산 공원에 올라갔습니다. 그리고 성곽에 걸터앉아 수다를 떨기 시작했지요. 도장끼리의 친선 경기 어땠어? 제 질문에 그는 고개를 갸우뚱하더니, 대.. 련? 하고 말했습니다. 늘 하던 대련 그 이상도 그 이하도 아니었다는 듯 무심한 말투였습니다. 애초에 그는 어른들이 지들끼리 도취된 시합장을 만들어 버리건 말건, 그냥 자기 싸움을 하는 사람, 자기 중력대로 자기 길을 걷는 사람이었습니다. 그의 무심한 말투에서, 그저 대련일 뿐이었다는, 제 질문의 의도도 파악하지 못하는 순수한 대답에서, 그리고 성곽 밑에 펼쳐진 주황색 가로등 불빛을 바라보는 반짝이는 눈동자에서, 저는 그의 본질을 목격했습니다. 그 순간, 단숨에 그가 제 안에 들어왔습니다. 중력이 센 쪽으로 다 붙게 되잖아, 어쩔 수 없이. 나는 그냥 내 중력을 키우고 싶어. 어느 날 실제로 그가 했던 말입니다.

혹시 우리 만나볼래? 만나다 아니면 말지 뭐.

지금은 그 성곽에 걸터앉는 게 금지되었습니다. 생각해 보면 이미 벌써 그랬어야 마땅하지 않나요? 문화재이기도 하고 사실 위험하잖아요. 지하철 스크린도어도 말이에요. 지금 와서 그게 없던 시절을 떠올리면 너무 위험천만하고 불안하기 짝이 없잖아요. 아, 그런데 생각해 보면, 그러한 규범, 제약이 없던 시절에도 끔찍한 사고는 아주 가끔이었지요. 그런

규범과 제약이 전보다 많아졌대도 끔찍한 사고는 여전하고요. 모든 사고는 예기치 못해 발생하고 말지요. 우리가 놓친 게 무엇인지 어렴풋하게나마 우린 모두 알고 있어요. 하지만 우리는 우리가 놓쳐버린 구멍을 메우기보다는 오히려 그 구멍을 가려버리는 쪽을 선택했는지도 모르겠어요. 어쨌든 저는 예기치 못할 위험에 반하여 그것을 미연에 방지할 보호막을 설치하는 것과는 정반대로 향하는 그의 덤덤한 제안이 좋았습니다. 그냥 한 번 만나보다가 아니면 말 수 있다는 게 생각보다 쉬워 보였다고나 할까요? 늘 저의 안전이 최우선이던 삶 안에서 아니면 관둬버릴 수 있는 만남은 전혀 위험해 보이지 않았다고나 할까요? 그 후 5년의 시간을 그와 함께 보내면서 알았습니다. 사랑이 있는 세상은 말이죠, 1 더하기 1이 더 이상 2가 아닌 세상이었습니다. 그 세상 안에서는 모든 것이 정답일 수 있었고 그렇기에 모든 것이 가능했습니다. 지금 돌아보면 그의 가벼운 고백은 그의 용기였고 배려가 아니었을까요? 무거운 책임을 제게 지우지 않기 위한 그의 배려, 그리고 무책임하게 저와의 만남을 포기할지도 모를 미래의 자신을 투명하게 선언 한 그의 용기.

분리된 영혼은 어디로 가냐고? 자유를 찾은 영혼은 그 자리에서 공장 천장을 뚫고 하늘로 날아오른다. 구름을 지나 온전한 태양이 보일 때까지 끝없이. 드넓은 하늘에 잠시 멈춰서 숨을 깊게 들이키고 아래를 내려다보면 가슴이 뻥 뚫린다. 그대로 스모그 낀 공장지대를 지나 바닷가를 가서 해변을 거닐거나 도심으로 가서 골목을 걷는다. 그러다 보면 어느새 벨 소리가 들리면서 라인이 멈춘다.

할머니의 콘티 노트
영영

   나는 조금 특별한 능력을 가지고 있다. 모르는 사람은 그 능력을 쓸데없는 능력이라고 말하겠지만, 아무튼 그렇다고 한들 이 능력을 가지고 있는 것에 대해 매우 감사하게 생각한다. 다른 일도 마찬가지겠지만 특히 생산직 노동자에게 일하는 시간은 정말 괴로울 정도로 느리게 흘러간다. 아무리 공장 자동화가 된다고 해도 인간의 손을 거치지 않으면 안 되는 일이 있다. 사람이 기계처럼 움직일 순 있지만, 기계와 같을 수는 없는 법. 인간의 마음은 딴 곳에 있기 마련이다. 나의 특별한 능력은 여기서 발현된다.

   화요일 오전 8시, 출근하고 인원을 체크한 뒤 음악에 맞춰 축 늘어져 체조를 한다. 체조가 끝나면 귀마개를 착용하고 모두 자기 자리로 찾아간다. 내가 하는 일은 아주 간단하다. 벨 소리와 함께 생산라인이 돌아가면 차례로 넘어온 여러 겹의 얇은 철판에 기다란 파이프를 끼

우는 일이다. 이렇게 간단한 일이 자동화되지 못한 데는 이유가 있다. 파이프가 아주 얇은 재질의 알루미늄으로 되어 있어 조금만 힘을 줘도 파이프가 눌리거나 휘어져 불량이 되는 섬세한 작업이기 때문이다. 나는 수년 동안 이 일을 하며 익숙해져 한 치의 오차 없이 움직인다. 지금은 어느 경지에 올라 있다고 해도 과언이 아니다. 이를테면 일을 하는 와중에 몸과 영혼을 분리하는 지경에 이르렀다. 쉽게 생각하면 유체 이탈과 비슷하다고 보면 되겠다. 이게 무슨 쓸모가 있냐고 반문하겠지만, 겪어 보지 않으면 모른다. 같은 행동을 반복적으로 하는 일은 시간이 평소보다 두 배, 혹은 세 배는 느리게 흘러가니까 괴로워지는 것이다. 그러면 분리된 영혼은 어디로 가냐고? 자유를 찾은 영혼은 그 자리에서 공장 천장을 뚫고 하늘로 날아오른다. 구름을 지나 온전한 태양이 보일 때까지 끝없이. 드넓은 하늘에 잠시 멈춰서 숨을 깊게 들이키고 아래를 내려다보면 가슴이 뻥 뚫린다. 그대로 스모그 낀 공장지대를 지나 바닷가를 가서 해변을 거닐거나 도심으로 가서 골목을 걷는다. 그러다 보면 어느새 벨 소리가 들리면서 라인이 멈춘다. 내 특별한 능력이라는 것은 딴생각으로 시간을 보내는 것이다.

종이 울리자마자 사람들을 따라 구내식당으로 향했다. 조금만 늦으면 점심시간이 줄어들기 때문에 걸음을 재촉해야 한다. 오늘의 메뉴는 카레와 자장면. 나는 줄이 짧은 자장면을 택했다. 자장면과 단무지, 김치가 든 식판을 들고 빈 식탁에 앉았다. 자장면을 먹기 좋게 비볐다. 면이 불어있었지만 그럭저럭 먹을 만했다. 습관적으로 휴대전화를 꺼내 들었다. 휴대전화를 살피자 엄마가 보낸 문자가 와 있었다. '할머니가 위독하시니까 오늘 마치고 병원으로 곧장 와.' 나는 일하는 시간도 아닌데 하염없이 하늘을 날아다녔다.

내가 초등학교 3학년 무렵이었다. 새벽마다 아침 조깅을 즐기던 할아버지는 뇌졸중으로 쓰러졌다. 나는 인간의 죽음이 생소했고, 지루했다. 빨리 시간이 지나갔으면 하는 생각뿐이었다. 그러다 서럽게 우는 아버지의 모습을 보고 이유는 모르겠지만 눈물이 쏟아졌다. 할머니는 그 이후로 우리 집에서 같이 지냈다. 시골의 흙을 밟다가 도시의 아스팔트를 밟으니 자주 무릎이 아프다고 했다. 우리 집은 신도시 주택가였는데, 주변에 개발되지 않은 공터가 많았다. 할머니는 누가 주인인지도 모르는 공터에 이것저것 씨를 뿌렸다. 타고난 농사꾼이었던 할머니는 잡초만 무성했던 땅을 반년 만에 가지, 무, 상추, 배추, 고구마, 옥수수, 깻잎, 콩이 자라는 거대한 밭으로 일궜다. 농사가 잘 되기 시작하자 할머니는 더 이상 무릎이 아프지 않다고 했다. 당시 형과나는 같은 방을 썼는데, 종종 형과 다투는 날이면 할머니 방 장롱 속으로 숨었다. 캄캄한 장롱 속에는 쇳내가 났다. 머리에 부딪히는 딱딱한 것이 있었는데, 옷을 거는 봉에 수동 카메라가 여러 대가 걸려 있었다. 평소에 할머니가 카메라를 들고 다니는 것을 본 적이 없기 때문에 나는 할머니가 만화에서 나오는 사립 탐정이 아닐까 생각했다.

할머니는 대학병원 중환자실에 누워 있었다. 코와 입에 하얀 호수가 연결되어 있어 숨 쉴 때마다 슈 우우– 하는 바람 빠지는 소리가 났다. 의사 선생님 말씀으로는 오늘을 넘기기 힘들 것 같다고 마음의 준비를 하라고 했다. 나는 할머니의 손을 어루만졌다. 할머니의 손은 거칠었고, 양손은 노트를 꼭 쥐고 있었다.

"글쎄 엄마가 아버지가 남긴 돈을 다 썼다지 뭐야. 돈 빼돌린 거 아냐?"

"지금 무슨 말 하는 거예요? 어머님 지금까지 모신 게 누군데."

고모가 엄마를 힐끗 보며 얘기하자 엄마는 발끈했다. 엄마 말로는 할머니는 할아버지가 남긴 돈으로 취미 생활을 해왔다고 했다. 하지만 그 취미 생활이라는 것이 도저히 믿기지 않았다.

"어머님이 그 돈으로 줄곧 영화를 찍었어요."

"그게 말이 되냐고요."

"차라리 도박을 했다고 하세요."

고모의 언성이 높아졌다. 나는 할머니 손에 있던 노트를 유심히 들여다봤다. 노트에 크게 '가창 댐 가는 길'이라고 쓰여 있었다. 노트 속에는 큰 글씨로 된 시나리오와 투박한 그림으로 만화 같은 것이 그려져 있었다. 영화를 찍을 때 쓰는 그런 노트인 것 같았다. 나는 할머니가 영화를 과연 찍었을까 하는 의문이 들었다. 만약 영화를 찍었다면 '세상에 이런 일이' 같은 티브이 프로에 나왔을 일인데, 분명 인터넷을 뒤지면 흔적을 찾을 수 있을 것 같았다. 휴대전화의 검색창을 열어 할머니의 이름을 검색했다. 할머니에 대한 기사나 정보는 보이지 않았다. 할머니와 동명이인의 방송인만 검색되었다.

할머니는 자정을 넘기지 못하고 돌아가셨다. 사인은 급성 심근경색이었다. 날이 아직 풀리지 않은 쌀쌀한 이른 새벽에 촬영 현장을 갔다가 쓰러졌다고 했다. 동료들이 119에 신고하여 급히 병원으로 이송되었지만, 하루를 넘기지 못했다. 사망 판정을 받고 병원 내에 있는 장례식장으로 할머니를 모셨다. 나는 회사에 휴가를 내고 상복으로 갈아입었다. 우리 가족이 장례식장에 도착하기도 전에 할머니의 동료들이 먼저 와 있었다. 김 씨 할머니는 커다란 캠코더를 손에 들고 있었는데, 앞이 잘 보이지 않는지 돋보기안경을 쓰고도 눈을 찌푸렸다. 최 씨 할머니는 털이 달린 긴 마이크를 들었고 다녔는데, 잘 들리지 않는지 내내 큰소리로 김 씨 할머니에게 되물었다. 이 씨 할머니는 등이 많이 굽어 있었지만, 특유의 고상한 분위기가 있었다.

"아니고 네가 막냉이 손주가? 내는 김행순. 촬영감독이데이."
"느그 할머니 이래 가서 우짜노, 녹음하는 최순옥."
"야야 괜찮나? 마이 놀랬제? 내는 연기하는 이말순."
　할머니의 동료들은 이상한 방식으로 자기소개를 했다. 나는 어정쩡하게 서서 차례로 양손을 한 번씩 붙잡았다. 할머니들의 옷차림은 장례식장에 어울리지는 않는 작업복 차림이었다. 할머니들은 자기들끼리 구석에서 상을 펴고 음식도 알아서 가져다 먹었다. 어색한 우리 가족들보다 더 능숙하게 행동했다. 나는 친구들과 친척들에게 부고 소식을 알렸다.

새벽 2시가 넘어가자 피곤함이 몰려왔다. 장례식장 바닥에 앉아 천장을 보다가 문득 할머니의 동료들을 언제 봤는지 생각이 났다. 그러니까 지금으로부터 13년 전, 내가 대학을 졸업하고 집에서 방문을 닫고 온라인 게임을 하고 있을 때였다. 당시 할머니의 일과는 아침을 먹고 오전에 노인정에 갔다가 저녁 식사 시간에 맞춰 돌아오곤 했다. 나는 직장이 없던 때라 어디 갈 때가 있는 사람들이 부러웠는데, 할머니는 도대체 노인정에서 무엇을 하는지 궁금했었다. 한날은 저녁을 다 차려놓고 식탁에 앉아 티브이를 보던 엄마가 나더러 노인정에 가보라고 했다. 나는 못 이기는 척 노인정으로 갔다. 할머니는 노인정에 없었다. 고스톱을 치고 계시는 할머니에게 우리 할머니 행방을 물으니 근처 공원에 갔다고 했다. 나는 할머니들이 알려준 공원으로 갔다. 그곳에서 할머니들 네 명이 모여 있었다. 캠코더를 들고 있는 할머니와 털이 달린 긴 마이크를 들고 있는 할머니, 노란색 원피스를 입고 있는 할머니, 빨간 확성기를 들고 있는 우리 할머니가 있었다. 할머니는 집에서는 볼 수 없는 해맑은 얼굴을 하고 동료들과 이야기를 나누고 있었다.

서울에서 늦게 내려온 형이 장례식장 위치를 찾지 못해 데리러 나갔다. 병원 정문에서 형을 만나 함께 장례식장으로 들어오는 길에 하얀 한복을 입은 할머니 한 분이 장례식장 밖으로 뛰어나가는 것을 보았다. 돌아가신 우리 할머니와 너무 닮아서 나와 형은 동시에 얼굴이 마주쳤다. 연이어 할머니의 동료들도 뛰어나갔다. 멀리서 엄마의 목소리가 들렸다.

"할머니! 할머니 붙잡아!"

나는 엄마의 다급한 목소리를 듣고 무슨 일이 났구나 싶어 할머니들을 쫓아갔다. 할머니들은 병원 앞에 정차하고 있던 택시를 타고 사라졌다. 병원 앞에는 택시가 보이지 않아 큰 도로로 나가 택시를 잡아 할머니들의 택시를 따라갔다. 택시는 도시를 벗어나 가창으로 향했다. 내가 탄 택시 뒤로 아빠 차가 따라붙었다.

가창 댐 뒤쪽에는 할아버지의 산소가 있다. 명절 때마다 들러 성묘를 가던 곳이다. 직장이 생기고 난 이후로는 피곤하다는 이유로 잘 가지 않았다. 밤중에 이곳으로 오게 되리라고는 생각지 못했다. 공동묘지 입구에서 택시가 멈췄다. 할머니들은 차에서 내려 할아버지 묘지 쪽으로 갔다. 나는 할머니들을 뒤쫓아 달려갔다. 할머니들은 그곳에서 일제히 콘티 노트를 꺼내 들었다. 내가 할머니에게 다가가자 할머니는 손사래를 쳤다.

"영아야. 마지막 컷이다. 하나만 찍자."

"시간이 없다. 내가 또 언제 죽을지 알고? 이거 하나만 빨리 찍자."

"할머니!!"

"영아야 이거 하나만 찍으면 된다. 마지막 장면이다. 이것만 찍으면 죽어도 여한이 없다."

"시간이 없다. 영아야."

나는 할머니의 애절한 부탁에 잠시 머릿속이 하얘졌다. 이 씨 할머니 는 동료들이 들고 온 옷을 입었고, 캠코더를 든 김 씨 할머니와 우리 할머니는 콘티를 살피며 마지막 장면에 관해 이야기를 나눴다. 곧이어 고모와 엄마, 아빠가 도착했다. 나는 할머니의 마지막 촬영에 대해 잘 알지는 못했지만 도와야겠다고 생각했다. 할머니에게 다가가는 고모와 엄마, 아빠를 막고 서서 할머니의 마지막 촬영에 관해 이야기했다. 김 씨 할머니가 나에게 쫓아와서 조명이 부족하다며 휴대전화 불빛을 최대한 많이 켜달라고 했다. 나는 우리 가족 모두의 휴대전화 조명을 켜게 하여 촬영 현장을 비추게 했다. 암흑 같았던 공동묘지는 작은 불빛들이 모여 사람의 형체를 알아볼 수 있었다. 할아버지 산소 옆에 이 씨 할머니가 섰다. 할머니는 소리쳤다.

"레디, 액션!!"

할머니의 외침에 이 씨 할머니의 굽었던 허리가 펴졌다. 이 씨 할머니는 할아버지 산소 앞에 꽃을 들고 서 있었다. 천천히 산소를 한 바퀴 돌고는 그 자리에 앉아 산소를 쓰다듬었다. 이윽고 감정이 복받쳤는지 흐느끼면서 산소를 껴안았다. 모두 숨죽여 그 장면을 바라봤다.

장례식장에 사람들이 붐볐다. 아빠의 직장동료들, 나의 지인들, 형의 지인들, 친척들, 모두 할머니의 죽음을 애도하기 위해 모였다. 나는 줄지어 오는 사람들과 절하고 간단한 안부를 나눴다. 멀리서 온 친구들이 있으면 자리로 찾아가 근황을 묻고 이야기를 나눴다. 장례식이 끝나고 할머니를 모시고 다시 공동묘지로 왔다. 할머니의 묘지는 마지막 촬영했던 그곳이었다. 할머니를 깊게 파 둔 구덩이에 안치시켰다.

곧이어 모두들 돌아가며 삽으로 흙을 퍼 관위로 뿌렸다.

　장례식이 끝나고 나는 다시 직장으로 돌아왔다. 나의 일상은 변함이 없었다. 다만 나의 상상력이 일하는 시간을 넘어 나의 일상을 점령하기 시작했다. 나는 틈틈이 상상하는 것들을 메모해두었는데, 내 특별한 능력이 여기서도 발현되었다. 그리고 언젠가는 할머니처럼 영화를 만들어 보겠다고 다짐했다.

그러니까 혹시라도 목욕탕에서 고양이세신사를 만나면 깍듯이 대해
야 해.
 깍듯하게 안 하면?
 때를 계속해서 엄청 아프게 밀지. 빌어도 안 멈춰. 등이 시뻘개 질 때
까지.
 엄마가 문구점 사장님이 아니라 이야기 쓰는 사람이 되었다면 어땠
을까 잠시 생각했다.

신묘탕

일미

엄마의 옷을 태우기로 했다. 막상 마당에 모두 가져다 놓으니 얼마 되지 않았다. 단정함을 잃으며 쌓인 옷들은 이불을 덮고 누운 엄마의 뒷모습 같아 고개를 들 수 없었다. 바짝 마른 나뭇잎들이 바람을 타고 날아와 엄마의 옷을 스쳤다. 파스스 부서지며 엄마의 세계도 같이 바스러져 갔다. 오빠와 잠시 눈이 마주쳤지만, 곧 자신의 얼굴에 떠오른 감정들을 불쏘시개로 쓸 종이와 함께 구겼다. 능숙하게 일을 끝낼 사람처럼 동작을 꾸몄지만, 라이터의 부싯돌은 헛도는 소리만 냈다. 딸깍, 딸깍, 딸깍, 좀처럼 불이 붙지 않아 다른 라이터를 찾아야 했다. 오빠가 집 안으로 간 사이 나는 참지 못하고 엄마가 오래전 입던 코트 하나를 집어 들었다. 기름이 꽉 찬 라이터를 흔들며 내려놓으라고 간결하게 말하던 오빠. 고양이의 꼬리처럼 길게 늘어지던 라이터의 불기둥. 내가 내려놓지 않겠다 말하는 순간 우리 남매는 뒤엉키고 말았다. 우리는 아주 오래 참았다는 듯이, 장례가 끝나는 내내, 서로가 자라는 걸 지켜보는 내내 억눌렀다는 듯이. 나는 하나뿐인 코트를 악착같이 뺏기지 않으려 몸을 옹송그렸다.

　마당에는 한눈에 봐도 오래된 감나무가 한 그루 있다. 동네 사람들은 집 앞을 지날 때마다 열매도 시원찮게 열리는 걸 하루빨리 베어 내버리라고 말하곤 했는데 엄마는 그럴 때마다 사는 데까지 그냥 두겠다고 감이 열리지 않아도 새들이 놀러 오니 마당이 재잘대서 좋다고 했다. 오빠와의 실랑이 끝에 내가 감나무로 내동댕이쳐졌다. 앙상한 가지 끝에 간신히 붙어있던 썩은 까치밥 두 개가 투-둑 바닥에서 터졌다. 코트 소맷단의 단추 하나가 굴러갔고 멍청해진 얼굴로 단추를 주우려는 오빠를 밀치고 집을 뛰쳐나왔다. 오빠가 쫓아오지 않는다는 사실을 알았지만 멈추지 않고 달렸다. 뛰는 내내 발바닥이 아프도록 콘크리트 바닥을 세차게 밀어냈다. 두꺼운 진회색의 모직 코트가 그리 부드럽지도 따뜻하지도 않다는 사실은 신호가 긴 건널목의 빨간 등 앞에서 깨달았다. 한파가 심했던 어떤 날에 엄마가 내 손을 쥐고 엄마의 코트 주머니 속에 넣어주던 그날도 떠올랐다. 뜯어진 코트 주머니를 만지며 다음 신호를 기다렸다. 주머니 안에서 무언가 바스락거리며 손에 잡혔다. 꺼내든 분홍색 종이에는 이렇게 적혀 있었다.

신명탕 입장권 1997년 12월 5일

　1988년에 지어진 신월 시티프라자는 그 당시에는 아주 세련된 건물이었다. 옷 가게부터 미용실, 헬스장 등등 사람들이 필요로 했던 대부분의 시설이 한 빌딩 안에 있었다. 가장 높은 층이었던 5층에는 목욕탕, 가장 낮은 지하 1층에는 대형 슈퍼마켓이 들어섰다. 반경 500m 안에 엄마의 가게도 있었다. 주변 어른들은 나를 문구사 집 딸이나 문방구 집 딸이라 불렀다. 엄마를 만나면 세상을 갈라버릴 듯 깔깔깔 웃던 동네 아주머니들은 나를 방구 집 딸이라 부르며 깔깔댔다. 엄마는 무리 중 신명탕 주인아주머니와 제일 친했는데 특별하다 하지 않아도 먹을 것이 생기면 '조금 밖에 없어서 자기 밖에 못 줘. 사람들한테는 받았다 하지 마' 하며 우정을 쌓아가는 걸 지켜봤다. 엄마가 건넨 것은 할머니 집에서 가져온 싱싱한 상추나 감자 같은 식재료였다.

엄마는 목욕탕을 사랑했다. 일주일에 한 번씩 엄마의 자유시간이자 치유의 시간으로서. 나는 새벽에 일어나 목욕탕에 가야 한다는 것 말고는 엄마와 함께하는 주말 목욕이 그리 싫지 않았다. 실상 나와의 목욕은 한두 시간이면 끝이 났고 내가 밖에서 TV를 보다 잠들면 엄마는 느긋하게 사우나를 즐겼다. 나도 그 시간이 지루하거나 애타지 않고 목욕이 끝난 후 각자의 시간을 가진다는 것이 퍽 마음에 들었다. 물론 바나나우유, 초코우유와 함께라면 더없이 만족스러웠다.

그러던 어느 화요일, 목욕탕에 간다고 나서는 엄마를 보고 기를 쓰고 쫓아갔다. 6살 어린이에게 어른들도 못 가는 닫힌 빌딩 안으로의 모험을 어찌 모른 척할 수 있겠는가. 시티프라자 입 간판에 '매주 화요일 휴무'의 지나치게 붉은 '휴무' 글자를 보고는 색다른 일상을 상상하며 들어섰으나 기대와는 달리 내가 본 것은 점 100의 시시한 고스톱판이었다. 화투장의 요란한 그림도, 두 장을 적절히 겹치며 착 달라붙는 소리를 내는 기술도, 금방 달았다 꺼지는 아줌마들의 기분을 구경하는 것도 금세 재미가 없어져 게임에 몰입한 엄마의 팔을 잡아당기며 방해를 했다. 아줌마들은 그러지 말고 나에게 광이나 팔라며 달랬다. 나는 콧방귀도 뀌지 않고 무언가를 파는 건 지긋지긋하다고 했다. 첫 한판 빼고는 줄곧 줄어들기만 하는 엄마의 천 원짜리 때문이었는지 집에서는 볼 수 없는 엄마의 묘하게 신나버린 얼굴이 낯설어서인지 그저 빨리 자리를 떠나고 싶었다. 엄마는 나에게 먼저 집으로 돌아가라 이르고 휴무의 목욕탕에 남겠다고 했다.

엄마의 말을 곧이곧대로 듣기 싫었던 나는 반항심에 혼자서 빌딩 안을 쏘다녔다. 불 꺼진 미용실의 속눈썹이 긴 마네킹을 구경했고, 누가 쓸까 싶은 색색의 가발을 보고는 알고 있는 모든 대머리 어른들을 떠올리며 킥킥거렸다. 정지된 시간 속에 있는 가게들을 구경하며 잘 닦인 대리석 바닥을 운동화로 미끄러지듯 스케이트를 탔다. 방해하는 이 없는 자유시간을 한껏 즐기려는데 상가 복도 끝에서 누군가 나를 보고 있는 느낌이 들었다. 자세히 보니 커다란 고양이 탈인형 이었는데 뭔가 으스스한 기분을 지울 수 없었다. 괜히 엄마가 해 준 이야기가 생각나 꾸벅 크게 인사하고는 그길로 곧장 집으로 향했다.

엄마는 한밤중에 돌아왔고 아버지와 크게 다투는 바람에 내가 건물

안에서 본 그것에 관해 이야기할 순서는 오지 않았다. 며칠 뒤 목욕탕 집 아저씨는 간판을 고치다가 사다리에서 떨어져 다쳤고, 그날 이후로 더는 엄마의 화요일 고스톱 모임은 성사되지 않았다.

 신월동은 거의 20년 만이다. 이곳에서 태어나 초등학교 3학년 때까지 살았으니 정확히는 나의 고향이다. 지하철에서 내려 사거리를 두 번 지났고 그동안 알고 있던 가게들이 대부분 없어진 것을 보고, 엄마와 자주 들리던 떡집이 프랜차이즈 카페로 변한 것을 보고 지나온 시간을 느꼈다. 신호등 하나를 두고 바람에 펄럭이는 공사용 천막과 철골 구조물들이 눈에 들어왔다. 재개발을 환영한다는 조업의 문구와 재개발로 죽음에 내몰린다는 주민들의 문구가 대로를 사이에 두고 마주 보고 있었다. 건물 외벽에는 붉은 글씨로 '공가' 혹은 알 수 없는 숫자 표시 들을 휘갈겨 놓았고 온기라고는 없는 폐허 같았다. 외부인 출입 금지를 알리는 노란 테이프만 휘청휘청 날렸다. 잰걸음으로 걷느라 흘린 땀이 등줄기를 서늘하게 만들어 잠시 멍해졌다. 정말 그대로인 것은 하늘뿐인가 하고 올려다보다 낮게 깔린 먹구름 사이로 퐁퐁퐁 올라가고 있는 수증기를 발견했다. 신월동 한가운데는 신월 시티프라자가 있고 그 꼭대기 층에는 목욕탕이 있다. 신명탕. 믿기지 않았지만, 확인을 해보고 싶었다. 노란 테이프를 넘어서 발밑으로 유리 파편과 건물 외벽의 조각들을 밟으며 신월동의 중심으로 향했다. 종종 담벼락에 올랐던 고양이들만 놀라 도망갈 뿐 사람은 보이지 않았다.

신월 시티프라자 앞에 도착했을 때 누군가 길고양이들에게 밥을 준 흔적이 보였다. 허기진 고양이들은 사료를 아득아득 씹어 먹느라 바빴고 유독 덩치가 큰 삼색 고양이 하나가 문 앞을 지키듯 가만히 앉아 있었다. 목욕탕 굴뚝에서 선명히 올라가고 있는 수증기를 다시 한 번 확인하고 간판을 찾아봤다. 신묘탕. 주인아주머니의 말에 따르면 '명'의 'ㅇ'은 태풍 매미가 가져갔고 간판을 통째로 바꾸기엔 목욕탕 수입이 시원치 않아 대충 받침 없이 지냈다. 그러다 'ㅕ'까지 떨어져 나갔을 때는 목욕탕 아저씨가 손수 고쳐보려다 사다리에서 떨어지는 바람에 병원비가 더 나왔다고 했었다. 어쩌다 보니 글자들이 '신묘탕'으로 되었지만 동네 사람들은 그대로 '신명탕'이라 읽었다.

고무대야 속에서도 창창하게 잘 자란 사철나무들을 지나 손수 만든 투박한 매표대를 마주했다. 오래된 요금표를 보다가 투명한 창에 뚫린 구멍으로 손을 넣어 종을 눌렀다.

계세요?

답을 기다리다 돌아섰을 때 익숙한 목소리가 들렸다.

이 동네 분인가? 어떻게 알고 오셨대?

신명탕 아주머니였다. 이제는 머리칼이 하얗게 셌고 두꺼운 안경을 쓰고 있었다.

보자, 혹시 내가 아는 사람인가?

나는 재빨리 아니라고 답했다. 아주머니는 이번 주가 마지막 영업이니 목욕을 하고 세신도 공짜로 하고 가라며 손님이 없어서 물도 아주 깨끗하다고 했다. 나는 주머니에 있던 입장권을 내밀었다.

 아가씨가 오늘 목욕탕 전세 낸 거야. 여어− 손님 왔어.

 주인아줌마가 누군가에게 손님이 왔음을 알렸고 나는 여탕 탈의실로 향했다. 탈의실 내부는 난로 덕분인지 변함없이 따뜻했다.

 해가 뜨기 전 가장 캄캄할 때 세상을 휘저으며 목욕탕으로 가는 길은 한 치 앞도 알 수 없어 엄마의 옷자락을 잡아야만 했다. 첫물이 나오는 새벽 4시 반에는 꼭 목욕탕에 도착해야 한다는 엄마의 인생철학 때문에 비몽사몽간에 도착했던 목욕탕. 사춘기에 접어들기 전 엄마와 마지막으로 목욕하러 가던 날이 떠오른다. 걷다 보면 날이 파랗게 밝아가고 잠들었던 주택가의 기척이 들린다. 그날은 무척 이상한 날이었는데 아이들이 없는 놀이터에 고양이 수십 마리가 몰려있는 걸 봤다. 그들은 모두 털을 쓸어내리는 것에만 열중했고 아직 건너오지 못한 작은 고양이가 건너편에서 울고 있어 나는 자리를 조금 피해 주었다. 앞서가던 엄마는 내가 쫓아오지 않는다는 걸 알고 멀리서 내 이름을 불렀다.

 고은아! 빨리 와.

 어, 가고 있어.

 꼼짝하지 않고 고양이를 구경하며 대답했다. 고양이들은 마치 목욕탕에 모인 사람들 같았다. 엄마의 채근하는 목소리가 다시 쩌렁쩌렁하게 골목길을 울렸다.

 빨리 와, 목욕탕에 사람 많아지겠다.

나는 힘껏 달려 엄마의 팔짱을 꼈다.

엄마 놀이터에 고양이들 모여서 세수하고 있는 거 봤어?

엄마는 내가 본 것이 세신사를 뽑는 장면이었다고 말해주었다. 우리 동네는 대대로 그루밍을 잘하는 고양이가 사람들의 목욕탕에서 세신사로 일한다고 말이다.

고양이는 물 싫어하지 않아?

그니까, 물에 안 들어가고 사람들 씻겨 주기만 하는 거야.

에이 고양이가 어떻게.

목욕을 제일 질히는 고양이를 뽑아서 옛날부터 그랬어. 게네들은 변신술도 하고 시간도 맘대로 다뤄. 그러니까 혹시라도 목욕탕에서 고양이 세신사를 만나면 깍듯이 대해야 해.

깍듯하게 안 하면?

때를 계속해서 엄청 아프게 밀지. 빌어도 안 멈춰. 등이 시뻘개 질 때까지.

엄마가 문구점 사장님이 아니라 이야기 쓰는 사람이 되었다면 어땠을까 잠시 생각했다.

탈의실 안, 난로 위로는 큰 양은 주전자가 얹혀있고 곧 달그락 소리를 내며 뚜껑을 들썩거렸다. 아무도 보이지 않아 뚜껑을 조금 빗겨놓을 생각으로 손을 가져다 댔다.

거 손대지 마요, 뜨거.

휴게실이라고 적힌 나무 문을 열고 은회색의 낡은 로브를 걸친 아주

머니가 나타났다. 로브는 정말 어깨에 겨우 걸쳐있어 검은색 레이스
가 달린 브래지어와 팬티를 입고 나타났다고 해야 맞을 것 같다. 짧은
파마머리에는 롤이 잔뜩 말려 있었다.

손님 없어서 지겨워 디—질 뻔했네. 난 빵이 치는 것보다 사람들 등
에 물 끼얹고 때밀이 치는 게 더 좋지.

아….

손바닥을 강하게 마주 착착 두 번 치는 아주머니.

턴!

깔깔 웃는 아주머니를 보자 나도 웃어버렸고 잠깐 어깨가 떨렸다.
세신사 아주머니는 무거운 양은 주전자를 능숙하게 기울여 보리차를
따라주었다.

난 준비 좀 해야 되니까 몸 솜 녹이고 때 좀 푹 뿔려놔요.

저는 괜찮은데요.

개안키는, 이래 봬도 피부 마스터다. 뱀 껍질 같은 피부도 돌고래 맹
키로 매끈매끈하게 밀어 뿐다고.

아…저기.

마스터, 마스터라고.

그러고 보니 휴게실의 문패에도 '마스터 대기실'이라고 적혀 있었
다. 마스터는 일회용 샴푸, 린스, 바디워시, 로션, 여성청결제까지 챙
겨서 휘리릭 던져주고는 로브를 훌렁 벗어 던지고, 속옷 차림 아니 근
무복 차림으로 마스터룸으로 들어가 버렸다.

손에 쥔 열쇠는 31번. 탈의 실 한 가운데이고 맞은편에 난로가 있어 옷을 벗어도 춥지 않을 것 같았다. 목욕탕 와서 옷을 벗을 때는 항상 조금 뭉그적거리다 엄마의 채근을 받고는 했다. 갑자기 집이 아닌 곳에서 옷을 벗는 게 어색하달까. 코트를 잘 접어 벗어둔 옷들 위로 올려두었다. 다음 순서는 체중을 재는 것. 탕 입구에 비치된 은색 커다란 체중계 앞에서 엄마가 심호흡하고 올라서면 늘 엄지발가락으로 살짝 뒷부분을 눌러 체중을 늘리는 일은 꽤 즐겨 하던 장난이었다. 엄마는 늘 흠칫 놀랐고 나의 기척에 뒤를 돌아보고 웃어주었다. 기억을 떠올리다 가슴에 무언가 콩 하고 내려앉았다. 재빨리 체중계에 올라 눈을 감고 심호흡을 했다. 들이마시고 내쉴 때마다 몸 안의 공기가 모두 빠져나가는 기분이 들었다. 마음을 가라앉히고 눈을 떴을 때, 체중계는 내 몸무게를 띄웠다. 숫자는 아무리 봐도 이상했다.

15kg

체중계에서 내려오는데 팔찌처럼 끼고 있던 목욕탕 열쇠가 스르륵 흘러내려 바닥에 떨어졌다.

고은아, 이고은! 빨리 들어와. 뭘 꼼지락거려.

김이 잔뜩 서린 목욕탕 유리문 너머에서 엄마의 목소리가 들렸다. 사방에 비치된 거울에서 내 모습을 봤다. 어깨 아래로는 보이지도 않을 만큼 작아져 있었다. 작고 동그란 얼굴, 초등학교 3학년쯤 되었을까. 천천히 얼굴을 쓸어내려 만져보는데 누군가 내 팔을 낚아서 목욕탕 문 안으로 끌고 들어갔다. 뜨거운 물이 콸콸 쏟아져 나오는 목욕탕 내부는 김이 가득 차 눈앞이 뿌옇게 보여 한 걸음 떼기도 어려웠다. 보이는 건 내 팔을 잡은 하얗고 커다란 손뿐.

빨리 챙겨 들어, 뭐해?

엄마?

엄마였다. 엄마는 많은 의자와 대야 중 조금이라도 깨끗한 것으로 고르고 있었다.

엄마… 혹시 여기 사후세계야?

엄마는 내 등을 찰지게 때렸다.

뭔 세계? 잠 덜 깼어? 애가 무슨 뚱딴지같은 소리를 한 대. 얼른 머리 감고 때 불리고 와.

조금 전까지 어른이었던 내가 꿈이었을까. 어린이가 된 지금이 꿈일까. 모르겠다. 다만 나는 엄마와 목욕하는 시간을 아낌없이 즐기기로 했다. 그렇게 마음먹고 나자, 어른이었던 시절이 아득해지면서 꿈처럼 느껴졌다. 엄마가 시키는 대로 온탕에 들어갔지만 뜨거워서 참을 수 없었다. 냉탕에서 놀다 엄마가 사우나에서 나오는 타이밍에 맞춰 눈치껏 온탕에 들어가 앉아 있었다.

으 시원하다.

엄마가 탕에 들어오는 순간 물이 탕 밖으로 넘쳐흘렀다. 나는 뜨거워서 엉덩이를 들썩거리며 엄마의 말을 따라 했다.

으으 시원하다.

엄마가 웃었고 가슴 속까지 뭉근해졌다.

쫌, 똑바로 좀 해봐.

엄마가 때밀이로 내 등을 벗겨내는 것 같았다. 몸을 비비 꼬고 이리저리 뒤틀다 못해 도망을 다니자 잔뜩 골이 난 엄마는 세신사 아줌마에게 가라며 나를 보내버렸다. 쭈뼛대며 세신실의 커튼을 열고 들어갔다. 머리에 수건을 두르고 위아래 검은색 브래지어 팬티 세트를 맞춰 입은 세신사 아주머니가 침대 위에 물을 뿌리고 있었다. 아주머니는 나를 보고 씨익 웃더니 요구르트 한 줄을 통째로 뜯지 않고 빨대를 꽂은 다음 내밀었다.

냉탕에서 잠방잠방 하는 거 다 봤다 애, 그러니까 때가 나와?

요구르트를 세 개쯤 비우고 천장을 보고 누웠다. 따뜻하게 데워진 수건으로 몸을 감싸주었는데 깜빡 잠이 들뻔했다. 무언가를 준비하려 뒤돌아선 세신사 아주머니의 목에 갈색, 검은색, 밤색 이 한데 뭉친 커다랗고 기묘한 점이 보였다. 천천히 때밀이를 손에 끼고서 절도 있는 동작으로 손뼉을 두 번 착착 쳤다.

턴!

턴? 나는 무언가 기억이 난 사람처럼 벌떡 일어나 앉았다.

마… 스터?

말 안 듣게 생겼다.

마스터가 내 볼을 꼬집었고 물어야 할 질문들이 머릿속에 엉켜버렸다. 갑자기 어디선가 들리는 굉음, 조금씩 가까워지는 듯싶더니 목욕탕 내부를 뒤흔드는 소리가 났다. 우르쾅쾅 쿠르럭쿠르럭. 마스터는 태연하게 냉커피를 마시며 말했다. 재개발 추진위에서 일부러 들으라고 쇼하는 거라고 하루에도 몇 번씩 굴착기 끌고 와서 하는 일이니 신경 쓰지 말라고. 그러나 좀처럼 소리가 끝나지 않았다. 마스터의 얼굴이 조금씩 심각해졌다.

오늘 좀 심하네.

나는 당장에 엄마를 찾아갔다. 사우나에 있던 엄마에게 달려가 안겼다.

엄마아.

애가 뭐가 무섭다고 그래, 징그럽게 왜 이래.

엄마 같이 나가자.

고은아 여기서 좀 기다려봐, 밖에 수도가 고장 나서 수리하는 아저씨가 들어오신대.

좁은 사우나에 평소보다 많은 아주머니들이 옹기종기 모여있었다.

엄마 나가자.

엄마와 다른 아주머니들 모두 꼼짝하지 않았다. 오히려 농담을 했다. 몸매가 안 예뻐서 못 나가 애, 우리 다 우르르 나가면 아저씨 놀래 자빠진다고.

엄마는 내가 답답해서 빠져나가려는 줄 알고 나를 꼭 붙들었다. 그러더니 큰 수건을 내 몸에 돌돌 감아주었다.

그럼 먼저 나가 있어. 이따 시장에서 핫도그 사줄게.

엄마 그럼 내가 아저씨 보내고 올게.

사우나를 뛰쳐나갔을 때 마스터가 나를 붙잡았다. 찾고 있었노라고, 이 세계는 곧 사라진다고, 밖으로 빨리 나가야 한다고 말했다. 엄마에게 인사도 하지 못했다고 돌아서려 하는데 뒤에서 엄마가 나타났다. 엄마는 세탁한 수건의 물기를 꼭 돌려 짜서 나에게 내밀었다. 엄마의 머리를 묶고 있던 목욕탕 열쇠도 건네주었다.

　나가서 이걸로 닦고 추우니까 꼭 마른 수건으로 머리 말리고.

　분홍색 찜질 비닐로 둘둘 말린 엄마의 배를 꼭 껴안았다. 엄마는 나를 보내고 사우나실로 돌아갔다.

　마스터는 내 손을 잡고 세신실로 뛰었다. 세신실의 작은 은색 문안으로 들어섰고 곧 또 다른 목욕탕이 나왔다. 내부 구조가 같았지만, 타일의 그림에 모두 고양이가 그려져 있었다. 무엇보다 사람만 한 고양이들이 모두 목욕을 하듯 정성스레 털을 핥았고, 내 손을 잡고 있던 마스터마저도 고양이로 변해 달리는 내내 놀라지 않을 수 없었다. 세신실의 침대 위에 잠든 고양이를 밀치고서 침대를 치우자 바닥으로 난 문이 보였다. 마스터는 문을 열고 나를 밀어 넣었다.

　잠시 후 내가 도착한 곳은 마스터 대기실이었다. 커다란 검은색 브래지어와 팬티 수십 벌이 옷걸이에 걸려있었다. 마스터 룸을 열고 나와 다시 조용한 탈의실에 도착했을 때 나의 손에는 엄마가 바짝 물기를 짜준 수건과 30번 열쇠가 쥐어져 있었다. 굴착기 소리는 그쳤고 난로와 주전자 모두 차게 식어있었다. 옷을 입고 엄마가 준 열쇠로 30번 칸을 열었다. 아무것도 없을 줄 알았던 사물함에 잘 세탁된 보송보송한 수건 한 장이 들어있었다. 나는 오래도록 수건에 얼굴을 묻고 향기를 맡았다. 오늘은 좀 일찍 마쳐야겠다는 주인아주머니의 목소리가 들려올 때까지.

목욕탕을 빠져나와 돌아보았을 때 불은 이미 모두 꺼졌고 입구에는 영업 종료를 알리는 팻말이 걸렸다. 하루 중 가장 어두운 시간, 빌딩 밖으로 밀려난 나는 전구가 깨진 가로등을 쳐다봤다. 사람의 기척에 놀란 고양이들이 담벼락 너머로 사라졌고 바람이 잦아들었다. 그리고 곧 눈이 내렸다. 엄마의 코트 주머니에 손을 넣었고 나는 다시 걷기 시작했다.

03 수요일

둘은 서로의 내밀한 속내를 가장 깊이 이해하면서도 앞서가는 상대
를 발견하면 함께 걷고 싶어지는 것을 억누르기 위해 애써 걸음을 늦
추거나 빙 둘러 가는 이상한 사이가 되었다.

수요일의 급식 친구

귤선생

혜지의 별명은 돼지다. 성이 도 씨라 풀네임을 발음하면 진짜 돼지처럼 들리기도 했고, 진짜 잘 먹기도 했다. 혜지의 오랜 친구인 의수는 그 별명이 초등학교 입학식부터 혜지를 따라다니는 것을 지켜보았다. 10년이 지나도록 여전히 혜지는 돼지로 불리고 있었고, 의수는 그 사실이 혜지에게 너무 가혹하다고 생각했지만, 당사자인 혜지가 별로 대수롭지 않게 넘기기에 의수도 넘겨버리기로 했다. 혜지와 의수가 옆집에 살지 않았다면, 그러니까 물리적으로 가깝지 않았더라면 그들은 친구가 되지 않았을 것이다. 그들에겐 공통점이 없다. 혜지는 수다쟁이었고 의수는 말주변이 없었다. 혜지는 문학소녀였고 의수는 가상의 이야기에 감흥을 느끼지 못했다. 결정적으로 혜지는 먹는 것을 좋아했다. 두 명의 언니와 경쟁이 붙어서 그런지 늘 생존 본능에 따라 공격적인 식탐을 가지고 있었다. 의수의 부모님이 늦게 퇴근해 혜지네에서 저녁을 얻어먹는 날이면 혜지는 어른들이 한눈판 사이 의수의 밥과 반찬을 호로록 먹어 치우곤 했다. 다행히도, 의수는 항상 식욕이 없는 아이였기에 식사에 있어서 둘은 제법 잘 맞는 콤비였다.

혜지와 의수 사이를 두고 놀리는 말들이 생겨난 건 초등학교 6학년부터이다. 체격이 있는 혜지와 왜소한 의수의 투 샷이 놀림거리가 되었다. 13살에게 성별이 다른 두 사람이 사이좋게 붙어 다니는 건 있을 수 없는 일이었다. 남녀관계라면 응당 좋아하는 마음이 있어도 애써 말을 섞지 않거나 서로를 미워해야만 했다. 혜지와 의수는 중학생이 되고부터 급식을 따로 먹었다. 남녀 분반 학교라 자연스럽게 그렇게 된 것도 있었지만, 그들을 따라다니던 말들이 사라지니 편하기도 했다. 가끔 등하굣길에 마주치면 어쩔 수 없이 학교와 집을 함께 오가기도 했지만 되도록 그런 상황은 피하고 싶었다. 둘은 서로의 내밀한 속내를 가장 깊이 이해하면서도 앞서가는 상대를 발견하면 함께 걷고 싶어지는 것을 억누르기 위해 애써 걸음을 늦추거나 빙 둘러 가는 이상한 사이가 되었다.

그들이 다시 함께 급식을 먹게 된 건 혜지의 제안 때문이었다. 의수는 고등학생이 된 이후로 줄곧 혼자 지냈다. 아주 적극적이고 단합적인 괴롭힘은 아니었지만 같은 반 형철과 그의 친구들이 가끔 아무 이유 없이 지나가는 의수의 어깨를 세게 친다거나 급식이 별로인 날이면 편의점에서 빵을 사 오라고 시키는 정도의 괴롭힘이 있었다. 혜지가 특유의 불량한 표정으로 의수의 교실 앞에 서서 의수를 불러낸 때에도 형철과 친구들은 다짜고짜 의수의 어깨를 툭 치고 지나갔다. 혜지는 형철과 그 친구들의 뒤통수를 매섭게 노려봤다. 언젠가는 저 잘난 뒤통수를 응징해 버리겠다는 듯이.

"급식 같이 먹자."

"왜."

"너 꺼 뺏어 먹게."

어제 급식실에서 혼자 있는 의수와 마주친 혜지가 안쓰러움에 하는 말인 듯했다. 신경 써주는 건 고마웠지만 혜지와 마주 앉아 급식을 먹게 된다면 제멋대로인 아이들에게 더 조롱당할 것이 뻔했다.

"싫어."

"지랄하지 말고."

"괜찮아. 진짜로."

"뭐래. 내가 많이 먹고 싶다고."

혜지는 아래위로 체육복 차림이었다. 양손을 체육복 바지 주머니에 푹 찔러 넣어 짝다리를 짚고 서 있었다. 저번에 보니까 이렇게 입고 등교도 하던데 선생님한테 안 혼나. 혜지만 아는 안 걸리기 스킬이 있는 건가. 그러고 보면 혜지는 어릴 때부터 혼날만한 짓은 골라서 했지만 들키는 법이 없었다고 의수는 회상했다. 그에 반해 의수는 가끔가다 딱 한 번 한 거짓말까지도 족족 들통이 나서 야단을 듣곤 했다.

"그럼 수다날에만 같이 먹든가."

수다날은 수요일은 다 먹는 날의 줄임말이다. 수요일엔 맛있는 급식이 나와서 다 먹는다는 뜻이었다. 혜지의 막무가내식 밀어붙임을 당해낼 재간이 없는 의수는 결국 수요일마다 혜지와 함께 급식을 먹게 되었다. 그냥 정신을 차려보니 그렇게 되어있었다. 같이 급식을 먹는 건 3년 만의 일이었다. 혜지의 X자 젓가락질은 전혀 고쳐지지 않았다. 젓가락질을 어떻게 하든 먹고 싶은 걸 쏙쏙 잘만 건져 먹었다. 이쯤 되면 의수가 걱정돼서가 아니라 정말 단순히 많이 먹고 싶어 같이 먹자고 한 것 같다는 합리적 의심이 들었다. 사귀지도 않는 두 남녀가 급식을 먹는 건 혜지와 의수뿐이었기에 급식실에서 가장 튀는 한 쌍이었다. 누가 쳐다보는 말든 혜시는 의수의 고기반친을 모조리 가져가 목적을 달성했다. 밥을 먹는 동안 별다른 대화를 나누진 않았지만 딱히 정적의 순간이 어색하지도 않았다. 보통 입을 여는 건 혜지 쪽이었다. 혜지가 좋아하는 아이돌 얘기를 하거나 혜지의 같은 반 친구들 이야기, 혜지가 요즘 구상하고 있는 소설에 관한 이야기였다. 그때마다 의수는 특유의 기력 없음으로 "응…. 응 …." 하고 대꾸할 뿐이었다.

"너 요즘 왜 이렇게 안 먹어?"

평소에도 조금 먹던 의수였지만 요즘은 거의 밥이랑 콩나물만 퍼먹는 수준이었다. 혜지는 능숙하게 의수 식판에 있던 제육볶음을 흰밥 위에 올려 입을 양껏 벌렸다.

"나 채식하고 싶어."

대단한 고백이라도 되는 양 의수는 결연한 표정을 하고 있었다. 채식은 의수에게 있어서 꽤 오래된 이슈였다. 3개월 전 넷플릭스에서 우연히 다큐멘터리 한 편을 보고 채식을 진지하게 생각하게 된 것이다. 학교에 가지 않는 주말이면 원하는 대로 직접 차려 먹을 수 있었지만 급식을 먹는 이상 도저히 채식을 할 수가 없었다.

"… 글면 너 살 더 빠지는 거 아니야?"

"채식한다고 살 빠지는 건 아니야."

의수는 혜지에게 그동안 공부해 온 것들을 말해주었다. 가축의 공장식 도살 과정부터 육식이 지구 환경에 미치는 영향까지. 혜지는 의수의 이야기를 잠자코 들었다. 의수의 이야기가 끝날 때쯤 제육볶음을 들었던 젓가락을 내려놓았다. 식판을 내려다보니 수다날에 걸맞게 모든 반찬이 고기였다.

"그럼 도시락 싸 와서 먹자."

의수도 그 생각을 안 해본 건 아니었다. 하지만 지금도 별나다고 이상한 사람 취급을 받는데 급식 신청도 안 하고 채식 도시락을 싸 오면 정말 별종으로 보일 것 같았다.

"내 거까지 싸 와. 나도 채식할 거야. 살도 뺄 겸."

"살 빠지는 거 아니라니까…. 그리고 맨날 고기만 먹던 애가 어떻게 채소만 먹어."

"그럼, 지금처럼 수요일에만 같이 먹자. 수요일은 채식하는 날. 수채날."

의수는 그날 밤, 부모님에게 이제부터 급식 신청을 안 하겠다는 의사를 전달했다. 그리고 매일 아침 30분 일찍 일어나 도시락을 준비했다. 어릴 때부터 맞벌이인 부모님을 대신해 자주 요리해 먹었기에 그렇게 어려운 일은 아니었다. 재미도 보람도 있었다. 수요일엔 혜지 몫까지 2인분을 만들었다. 고등학생 비건 도시락 인스타 계정을 만들어서 그날그날의 도시락을 사진으로 찍어 올렸다. #채식 #비건 해시태그를 타고 뜻을 함께하는 사람들이 좋아요와 댓글로 응원을 남겼다. 가치를 따르는 일을 하고 있다는 것에 자긍심이 생겼다. 혜지와 의수는 서로의 교실에 들어갈 수 없었기에 점심, 저녁 시간에 운동장 스탠드에서 만나 도시락을 먹었다. 모양새가 꼭 피크닉 온 커플처럼 보여 급식을 먹을 때보다 더 튀었다. 그쯤 의수에게도 별명이 생겼다. 오이. 이름이 오의수라 초등학교 때도 잠깐 불렸던 별명인데 이젠 채식을 하고 깡말라서 붙은 별명이었다. 혜지와 의수는 돼지와 오이가 됐다.

"수요일에 맛있는 거 나오는데 억울하지 않아?"

"생각보다 나쁘지 않아. 속도 편하고. 방구도 안 나오고."

그때 그들에게로 축구공이 빠르게 날아왔다. 남다른 운동신경을 가진 혜지는 젓가락을 쥔 채로 덥석 공을 잡았다. 공에 맞을 뻔했던 의수는 혜지를 동경의 눈길로 바라보았고, 혜지는 공을 날린 범인을 찾아 인상을 찡그렸다.

"혜지야. 넌 문학이 아니라 체육을 해야 해."

운동장에서 햇살을 등진 채 형철이 걸어왔다. 혜지가 신경질적으로 축구공을 던져버리자 형철은 참았던 웃음을 터뜨렸다.

"리본 돼지. 그거 먹고 배가 차냐?"

오늘 혜지가 하고 온 리본 머리 끈과 도혜지가 만나 리본돼지가 된 건가. 참 창의력도 좋다. 의수가 속으로 감탄하던 찰나 형철은 체육복 바지에서 꼬깃꼬깃한 천 원을 꺼내 의수의 무릎 위에 던졌다.

"편의점 가서 빵 좀 사 와. 채소 빵 말고 소시지 빵으로. 알겠지. 오이 새끼."

형철이 돌아서자 혜지는 눈앞의 도시락을 냅다 던져 형철의 뒤통수를 강타했다. 놀라운 적중률이었다. 스테인리스 도시락이라 타격감도 컸다. 형철의 몸이 채소 범벅이 되어 녹색 인간이 됐다. 혜지는 비틀거리는 형철의 멱살을 잡고 위로 엎어졌다. 혜지는 역시 체육을 해야 한다. 혜지는 죽어도 인정하지 않지만 유도장을 운영하는 아버지의 피를 그대로 물려받았다.

"탄수화물 좀 줄여!!! 시발놈아!!!!! 맨날 빵만 처먹지 말고!!!!!!! 채소랑 과일도 좀 처먹고 그래!!!! 그게 건강에도 좋고 환경에도 좋으니까!!!!!!!"

협박인지 걱정인지 모를 괴성이 튀어나왔고 정적이 흘렀다. 어안이 벙벙한 형철과는 달리, 혜지는 마치 아무 일도 없었던 것처럼 일어나 유유히 학교로 돌아갔다. 이후로 형철이는 더 이상 의수에게 빵 심부름을 시키지 않았다. 그리고 혜지는 또다시 의수에게 이상한 제안을 해왔다. 의수가 전교 회장에 출마해야 한다는 것이었다. 의수가 전교 회장이 된다면 그 누구도 더 이상 의수를 무시하지 못할 거라고. 채식주의자도 존중받을 수 있는 학교를 만들어야 한다고 강하게 어필했다. 또다시 정신을 차려보니 혜지의 뜻대로 전교 회장 후보 등록까지 해버린 의수는 팔자에도 없던 유세 활동을 시작하기에 이르렀다. 유세 도우미는 전부 혜지의 여자친구들로 구성되어 있었다. 급식실과 교문 앞에서 채식주의자를 위한 급식을 만들겠다는 플래카드를 들고 트로트 '무조건'에 의수의 이름 넣어 개사해 불렀다. 아예 별명을 역이용해야 하자는 혜지의 전략에 따라 의수는 어렵게 구한 오이 모양 탈을 쓰고 낑낑대며 춤도 췄다. 혜지는 그 누구보다 의수가 전교 회장이 되기를 염원했고 의수에게 필요한 모든 것을 돕기 위해 노력했다. 사실 혜지가 이토록 노력하는 진짜 이유가 순전히 의수 때문만은 아니었다. 진짜 이유는 같은 반 수현이 전교 회장으로 출마했기 때문이었다. 평소에도 잘난 척이 심해 은근슬쩍 혜지와 혜지의 친구들을 무시하던 수현이 전교 회장이 되는 것만은 막고 싶었다. 하지만 의수는 전혀 이 사실을 몰랐기에 자신의 잠재력을 믿어준 혜지에게 남몰래 고마운 마음을 가지고 있었고 최선을 다해야겠다고 생각했다. 그리고 그 다짐은 선거 당일 깨져버렸다.

*

후보 1번 이수현은 아주 매끄럽게 후보 연설을 진행했다. 유려한 말솜씨와 적절한 재치를 섞은 연설이었다. 전교생이 모여있는데도 전혀 떨려 보이지 않았고 오히려 즐기는 것 같았다. 한편, 혜지와 의수는 강단 커튼 뒤에 서 차례를 기다렸다. 의수는 18년 평생 사람들 앞에서 말해본 적이 없었다. 의수의 모든 신체 부위에서 땀이 나기 시작했다. 안 그래도 창백한 얼굴이 더 창백해지고 있었다.

"죽을 것 같아."

"어차피 아무도 안 들어. 실수해도 되니까 그냥 해."

혜지의 말이 전혀 들리지 않았다. 울렁이는 배 위에 올라탄 것처럼 어지럽고 속이 매스꺼웠다. 혜지는 의수의 뺨을 때렸다. 살살 때리는 것 같은데도 워낙 손이 매워서 아팠다. 아픈 건 아픈 거고 의수는 도저히 정신이 차려지지 않았다. 눈앞이 뿌옇게 변하고 손발이 차가워졌다. 의수는 실패할 것이라는 강한 직감을 느꼈다. 지금이 포기할 수 있는 마지막 기회였다.

"혜지야. 나 포기할래."

"뭐?"

"내가 이때까지는 어떻게든 했는데… 진짜 죽을 것 같아."

박수 소리가 들려왔다. 성공적으로 연설을 끝마친 수현이 고고하게 혜지와 의수에게로 걸어왔다. 서 있을 힘도 없어 쭈그려 앉아 고통을 호소하는 의수를 보고 승리를 직감하는 수현의 얼굴이었다. 딱 저 얼굴을 보기 싫어서 의수를 전교 회장으로 만들려고 했었는데. 다음 후보의 연설이 있겠다는 안내가 흘러나왔다. 의수는 도저히 한 발짝도 움직일 수가 없었다.

"혜지야."

"뭐."

"나 안 한다고 말 좀 해줄래?"

웬만하면 의수를 어떻게든 움직이게 만드는 혜지였지만 의수는 헛구역질까지 하고 있다. 억지로 시켜서 될 일이 아니었다.

결국 혜지는 의수 손에 든 연설문 종이를 뺏어 들고 무대로 나선다. 혜지가 무대로 올라서자 작게 웅성거리는 소리가 들려온다. 달갑지 않게 쳐다보는 아이들 앞에 서 있자니 혜지 역시 심장이 빠르게 뛴다. 심호흡 후 마이크의 위치를 조정하자 귀가 찢어질 듯 굉음이 난다.

"아아. 음… 전교 회장 후보 2번인 오의수가… 지금 속이 안 좋아서…."

고개를 돌려 의수를 본다. 의수는 여전히 괴로워하고 있었고 애써 웃으며 엄지를 들어 보인다. 나는 괜찮으니 얼른 포기 의사를 밝히라는 뜻이다.

"제가 대신 연설하겠습니다."

이대로 포기할 순 없다. 물렁물렁한 의수는 어떨지 몰라도 자존심이 강한 혜지에게 포기란 있을 수 없다. 무슨 일이 있어도 끝까지 간다. 혜지는 입을 앙다물고 손에 들려있던 의수의 연설문을 내려다본다. 어젯밤 의수와 혜지가 고심 끝에 완성한 합작품이었다.

"제가 전교회장이 된다면… 아니, 오의수가 전교 회장이 된다면 첫째, 학생들의 다양한 취향을 존중하여… 급식…."

혜지는 잠시 말을 멈추고 눈앞에 전교생들을 내려다본다. 대다수의 아이들이 혜지의 말을 듣고 있지 않다. 이렇게 뻔하게 가면 이길 수 없다. 혜지는 연설 종이를 구겨버린다. 그리고는 혜지 특유의 짝다리를 짚고 선다. 혜지의 방식대로 가겠다는 의미다.

"저는 어렸을 때부터 오의수와 친구였습니다. 의수랑 같이 다니면 다들 그럽니다. 의수 밥 다 뺏어 먹었냐고."

뜻밖의 전개가 흘러나오자 몇몇 청중들의 관심이 생겨나기 시작한다.

"사실입니다. 어렸을 때부터 의수는 또래보다 많이 먹는 저를 위해서 밥을 양보했습니다."

피식거리는 웃음소리가 들려온다. 혜지도 이제 긴장이 조금 풀린 듯 미소를 띠며 말을 이어간다.

"의수가 입이 짧기도 하지만… 10년 친구인 제가 지켜본 의수는 정말 착한 친구입니다. 의수를 따라 막무가내로 채식을 하겠다고 했을 때도 저를 위해서 수요일마다 도시락을 2개씩 싸 왔습니다. 모두 저를 보고 돼지라고 부를 때 유일하게 저를 혜지라고 불러주었습니다. 오의수가 전교 회장이 된다면 그 누구도 특별한 취향이나 특이한 생김새로 별명 지어지고 놀림당하는 일은 없을 것입니다."

혜지는 잠시 말을 멈춰 침을 삼킨다.

"오의수는 우리의 이름을 불러 줄 테니까요. 후보 2번 오의수에게 여러분의 소중한 한 표를 보내주세요. 오의수가 전교 회장이 된다면 우리는 모두 자기 자신으로 살아갈 수 있습니다."

혜지의 연설이 끝나자, 강당 안은 정적에 휩싸인다. 아무도 말하지 않고, 아무도 움직이지 않는다. 그리고 머지않아 고요의 순간이 깨지고 하나둘 박수갈채가 흘러나오기 시작한다. 그제야 혜지도 짝다리를 풀어 꾸벅 인사를 한 후 무대에서 내려온다. 커튼 뒤에는 의수가 혜지를 기다리고 있다. 계속해서 박수 소리가 들려온다. 둘은 10년 만에 처음으로 포옹을 나눈다.

＊

　수요일마다 급식으로 채식을 선택할 수 있게 되었다. 채식주의자인 의수가 전교 회장이 되었기 때문이다. 의수와 혜지는 여전히 수요일마다 함께 급식을 먹는다. 늘 그렇듯 의수는 말이 없고 혜지는 좋아하는 아이돌 이야기나 최근 쓰기 시작한 소설 이야기를 한다. 한창 이야기를 펼쳐나가던 혜지가 새침한 표정을 지으며 덧붙인다.

　"결말을 로맨스로 끝내진 않을 거야. 진부해."

　의수 역시 혜지의 말에 동의하는 듯 고개를 끄덕인다. 그리고 그들 앞에 펼쳐진 채식 도시락을 찍어 인스타그램에 업로드한다.

　#채식 #비건 #수요일의급식친구와함께

제 말을, 제 마음을 남김없이 표현하며, 또 그의 말을, 그의 마음을 남김없이 표현받으며, 저희는 저희의 세상을 마음껏 꾸려갔습니다. 그 여행에는 어떠한 왜곡도, 굴절도 없었습니다. 어떤 날은 치열하게 다퉜고, 또 어떤 날은 치열하게 사랑했습니다. 모든 과정이 조금의 남김도 없이 치열해서 저는 정말로 삶을 사는 기분이 어떤 것인지, 세상 안에 속해 있다는 기분이 어떤 것인지 알 것 같았습니다.

주정차위반 의견진술서

눈물이 지나간 자리

세루코

만남의 초반, 취해있던 그의 모습이 떠오릅니다. 취했다는 게 말이죠, 흠뻑 빠졌다는 표현이 아니라, 말 그대로 술에 취해버렸던 것인데요. 수요일은 그가 9시부터 6시까지 풀로 수업이 있는 날이었습니다. 그런데 어쩐 일인지 그가 두 시부터 연락이 되지 않았습니다. 모든 수업을 마치고 집에 도착할 때까지도 연락이 되지 않자 슬슬 걱정이 되기 시작했었는데요, 저녁 여덟 시 즈음 그는 잔뜩 취해서는 연락이 왔습니다. 그는 울고 있었습니다. 그날 그가 왜 그렇게 고통스러워했는지 저는 지금도 정확한 이유는 알 수가 없습니다. 다만 짐작하건대, 제가 경험한 과거의 사랑이 그를 뚫고 들어가 그의 세상을 헤집어 놓았던 것 같습니다. 더 정확히 말하면, 그의 세상을 남김없이 헤집어 놓도록 그가 허락한 날이었던 것 같습니다. 저에겐 이미 몇 번의 설레는 사랑의 경험이, 상실의 아픔이 있었지만, 그는 말 그대로 처음이었다고 했습니다. 처음 겪는 설렘과 처음 겪는 소유욕에 스스로에게 잡아먹혔던 그와는 달리, 사실 저는 아주 차분하고도 자연스럽게 '우리'라는 선로에 올랐지요. 술에 취해 울고 있는 그가 걱정되고 마음이 안 좋긴 했지만 사실 당황스럽기 그지없었습니다. 이 사람이 갖고 있는 사랑의 크기는 얼마큼의 것이기에 하루 내 괴로워했을까, 또 대체 내가 뭘 했다고 이렇게까지 괴로워하는가. 돌아보니 그는 그답게 자신의 괴로운 과정을 정면으로 뚫고 갔던 것 같습니다. 수화기 속 너머 취해있던 그는 별 말을 하지 않았던 걸로 기억합니다. 저는 그냥 그가 괴로워하고 있다는 것만 어렴풋하게 느낄 뿐이었습니다. 그는 그날 하루 내 고통 속에 있더니, 다음 날 건조하게 말했습니다.

이제 괜찮아. 그건 갔어. 어제로 끝났어.

그의 알쏭달쏭한 말에 오히려 저는 그가 처음으로 믿음직스러웠습니다. 그가 내뱉는 말은 모두 한치의 거짓도 없었습니다. 애써 미루어 짐작하는 과정은 그와 제 사이에 필요하지 않았습니다. 그가 이제 그건 갔다고 말했으면, 그건 정말로 간 것이었습니다. 그는 정말로 어제부로 그 고통과 작별했던 것입니다. 아마도 그는 저를 사랑하는 데에 걸림돌이 되었던 모든 감정들과 하루 내 싸웠나 봅니다. 자신이 느낄 수 있는 모든 촉수를 세워 찔릴 수 있는 모든 가시에 찔린 듯했어요. 어떤 찌꺼기가 어디까지 자신을 아프게 할 수 있는지, 그는 그날 다 보았고 다 느꼈고 다 보냈던 겁니다. 만일 저희가 했던 사랑이 계속 움직이며 여행하는 사랑이었다면, 그건 전적으로 그의 영향이었을 것입니다. 아마 잔뜩 취했던 그날의 그는 저를 그렇게 사랑하기로 마음을 먹었는지도 모르겠습니다.

단 한치의 거짓도 없었던 그 사람 덕분이라고 해야 할까요? 저도 점점 숨김없는 사람이 되어갔습니다. 제 말을, 제 마음을 남김없이 표현하며, 또 그의 말을, 그의 마음을 남김없이 표현 받으며, 저희는 저희의 세상을 마음껏 꾸려갔습니다. 그 여행에는 어떠한 왜곡도, 굴절도 없었습니다. 어떤 날은 치열하게 다퉜고, 또 어떤 날은 치열하게 사랑했습니다. 모든 과정이 조금의 남김도 없이 치열해서 저는 정말로 삶을 사는 기분이 어떤 것인지, 세상 안에 속해 있다는 기분이 어떤 것인지 알 것 같았습니다. 그러던 어느 날, 제 인생은 갑작스레 유례없는 혹독한 겨울을 맞이했습니다. 지금에야 고통 없는 삶은 없다 생각하지만, 당시 저는 모든 것을 받아들이기엔 아주 어렸습니다. 갑작스레 직업을 잃은 아버지에게 갱년기 우울증이 찾아왔습니다. 갑자기 집안의 가장으로 신세가 바뀌어버린 어머니는 현실을 부정한 채 그저 분노하고 있었습니다. 아버지는 걸핏하면 17층 아파트 베란다 창문을 열고 뛰어내리겠다고 난간에 다리를 걸쳤습니다. 그런 아버지를 두고 어머니는 해볼 테면 해보라며, 차라리 떨어져 죽어버리라고 가시 돋친 말들만 퍼부었습니다. 아버지의 다리가 지금 어디에 붙어 있는지, 난간 위 다리가 어느 정도 넘어가 있는지, 전 난간에 발을 올린 아버지에게서 눈을 뗄 수가 없었습니다. 제가 단 한순간이라도 외면하면,

정말로 바로 그 순간 아버지가 제 눈앞에서 영영 사라져 버릴 것 같았거든요. 두 어른 모두 이제껏 제가 알던 사람들이 아니었습니다. 그 둘에겐 자신의 고통밖에 보이지 않았고, 그 옆에서 제가 할 수 있는 것은 그 둘을 말리는 것뿐이었습니다.

제발 내려와. 이쪽으로 와서 이야기해. 제발 그런 이야기 좀 그만해. 아무것도 달라지는 건 없잖아.

말리는 것 말고 제가 할 수 있는 일은, 정말이지 아무것도 없었습니다. 하지만, 하지만요, 하지만, 제 말을 들어주는 사람은 아무도 없었습니다. 누구도 들어주지 않은 제 말은 자리를 잡지 못한 채 아무 곳에나 떨어져 데굴데굴 굴러다녔습니다. 그렇게 온 집안을 제 간절한 바람으로, 처절한 기도로 채울 동안에도 나의 부모는 철저히, 정말 모조리 저를 외면했습니다. 그 시기, 정말로 생명을 잃은 사람은 없었지만, 저는 몇 번이나 죽었던 것 같습니다. 나의 부모의 눈에 제가 보이지 않은 것처럼, 나의 부모의 귀에 제 호소가 들리지 않은 것처럼, 나의 부모의 마음에 제 비통함이 닿지 않은 것처럼, 저도 제가 보이지 않았고, 들리지 않았고, 느껴지지 않았습니다. 그때 알게 된 것 같습니다. 사람의 존재가 그가 사는 세상에 아무런 영향력을 발휘할 수 없으면, 인간은 스스로 섬에 갇히고 만다는 것을요. 그 섬 속에서의 시간은 아주 혹독하게 추웠고 외로웠고, 또, 실은 무력했습니다. 세상은 제 희망에는 아무 관심이 없었고, 세상은 제 마음 따위를 신경 쓸 정도로 세심하지도 못했습니다. 제 고통이 아무리 크다고 한들 제 고통만으로는 상황은 조금도 바뀌지 않았고, 저에겐 정말이지 아무런 힘도 없었습니다. 그렇게 매 순간 저는 점점 죽어갔지요. 돌아보면 정말 끔찍한 시간이었습니다.

힘을 잃은 세상 속에서 저는 많은 것을 잃어버렸습니다. 웃음도, 눈물도, 행복도, 고통도 어느 순간 모두 먼 세상의 이야기가 되어버렸지요. 과연 웃었던 적이 있었나, 과거 어느 때 내가 진짜 울었던 적이 있었나. 모든 감정이, 모든 생각이 저와 멀리 떨어졌고 저는 세상 밖의 사람이 되어 있었습니다. 어느 날 그는 좋아하던 에그타르트를 먹다 말고 저를 한참을 바라보다 말했습니다.

나 워킹홀리데이 가려고.

워킹홀리데이? 저는 놀라지도 않았습니다. 단지 그 순간 제 마음은 그와 몇 발짝 멀어졌고, 순식간에 저는 그를 버릴 준비를 했습니다. 그리고 버렸습니다.

아, 응. 잘 가.

그는 저를 몇 초간 빤히 보더니 이상한 표정을 지었습니다. 웃는 것 같기도 하고 찡그리는 것 같기도 했습니다. 그러더니 그의 눈에 갑자기 눈물이 고였습니다.

 같이. 같이 갈 거야. 같이 가.

 새빨개진 눈에 가득 눈물이 고인 채 저와 같이 간다는 말을 하는 그를 보면서, 저는 갑자기 이유 모를 눈물이 터져 나왔습니다. 아마 누구라도 저를 구해주길 바라고 있었는지도 모르겠어요. 제가 어떤 지옥 안에 있는지, 제 마음이 얼마나 처참히 찢겨 있는지, 이윽고 누군가가 알아채 준 기분이었습니다. 그의 온전한 바라 봄으로 '이곳에 내가 있구나, 나 여기 있구나, 나, 사라지지 않았구나.' 느껴지고 말았습니다. 처음으로 꺼이꺼이 눈물을 토해냈습니다. 끊어졌던 모든 끈이 삽시간에 연결이 되는 기분, 알아채지길 바라던 마음이 제 자리를 찾아 움직이는 기분, 흘러야 했던 눈물이 흘러나오는 기분. 가만히 멈추어있던 모든 것이, 그래서 죽은 줄로만 알았던 모든 것이 순식간에 제 자리를 찾아 요동쳐 움직였고 자리를 잡았습니다. 온몸과 온 마음이 떨려왔습니다. 그는 아무 말 없이 제 등을 토닥였습니다. 한참을 울다 고개를 들어 그를 보니 그의 눈에서도 하염없이 소리 없는 눈물이 흘러나오고 있었습니다. 제 눈물이, 제 아픔이 그에게 흘러 들어갔습니다. 자리 없이 떠돌던 저의 호소와 비통함이 차곡차곡 그에게 쌓이고 있었습니다. 두서없이 그간의 일들을 뱉어내는 동안 그는 아무 말도 하지 않았습니다. 제 말에 수긍하며 제 부모를 비난하지도 않았고, 제 감정에 공감하는 말도 하지 않았습니다. 그는 어떤 판단도 미룬 채 그냥 눈물을 홀리며 저를 보았습니다. 그의 철저한 중립은 제가 그 앞에서 제 부모를 마음껏 미워할 수 있도록 해 주었습니다. 제 마음이 조금이라도 가라앉을 때까지, 자리 없던 감정을 쏟아내고 싶은 만큼 쏟아낼 때까지, 그리고 더 이상 나올 눈물이 없어질 때까지, 그는 제 이야기를 모조리, 온전히 들었습니다. 제 말을 들어주는 사람이 있다는 것만으로도 숨이 쉬어졌습니다. 제 말이, 제 마음이, 제 시간이 그에게 전부 들어 갔습니다. 그날 제가 뱉은 모든 말은 단 한 마디도 의미 없이 어딘가에서 굴러다니지 않았습니다. 목적지를 모른 채 뱉어냈던 말도, 그는 있는 힘껏 본인 쪽으로 당겨 와 자기 안에 차곡차곡 쌓았습니다. 그는 누구보다 여리고 미완이었지만, 사실 그보다 완전한 것은 제 인생에 없었던 것 같습니다.

그로부터 시간이 아주 많이 흐른 후 그가 말했습니다. 그 시기, 제가 아주 조금씩, 아주 천천히 그에게서 멀어지고 있었다고요. 그 뒷걸음질이 처음에는 이상했고, 어느 순간엔 야속했고, 어느 순간엔 고통스러웠다고요. 자신이 저 사람에게 아무 영향력이 없다는 게 느껴지는 순간엔 몹시 무력했다고요. 그런데 저에게 등을 돌려 다른 길로는 갈 수 없었다고 했습니다. 하루가 다르게 제 마음이 부서지고 있는 것만이 확실히 보여 어느 날 그는 뭐라도 해야겠다고 마음을 먹었고, 단순히 여길 뜨자는 결심을 했다고 합니다. 돈을 모아 가장 빨리 갈 수 있는 외국을 알아보면서요. 그는 같이 가자는 말을 꺼내면서도 실은 몹시 두려웠다고 했습니다. 제가 더 이상 자신을 원하지 않을까 봐, 그

래서 이렇게 저를 영영 잃어버릴까 봐. 그 후 꺼이꺼이 눈물을 토해내
는 저를 보고서는, 잠시라도 어떤 야속함을 가졌던 자신이 미웠다고,
제가 처참히 부서져갈 동안 자신의 안위만 걱정했던 자신이 싫었다고
했습니다. 그리고 정말로 강해지고 싶었다고, 저를 해하는 모든 것들
보다 커져서 저를 지키고 싶었다고, 그 생각만 가득했다고 말했습니
다. 그에게 처음 두려웠던 그의 마음을 들었던 날, 저희는 한 번 더 많
은 눈물을 쏟아냈더랬지요.

  그렇게 눈물이 지나간 자리에도 무언가 반짝이는 것이 남게 되었습
니다. 모조리, 그 덕분이었습니다. 그는 심해에 잠겨있던 저를 다시 땅
위로 들어 올리더니 다른 반구로 제 몸을 옮겨 놓았습니다. 저는 다시
숨을 쉬었고 우리는 그렇게 바다로 둘러싸인 곳에서 또다시 새로운
여행을 시작했지요.

자리에 누워 호흡을 가다듬고 크게 숨 쉬었다. 가만히 눈을 감고 생각했다. 후– 후– 이곳은 수평선이 보이는 드넓은 바다 한가운데이다. 어디선가 바람이 살랑살랑 불어오고 잔물결이 일렁인다. 나는 유유히 떠 있는 한 줄기 미역이다. 따뜻한 태양빛이 포근하게 내려않고 잔잔하게 밀려오는 물결을 느낀다. 나는 아주 천천히 수면 위를 유영하고 있다.

칠순 파티

영영

"으이그 백수야, 방 좀 치아라."

"백수가 아니고 프리랜서! 엄마, 우리는 프리랜서다."

호칭을 정정해 보지만 엄마는 우리 형제를 두고 매번 백수라고 부른다. 그러면서도 엄마의 입꼬리가 약간 올라가 있는 건 알 수 없는 일이다. 나는 남들처럼 정시 출퇴근하는 직장은 없지만, 때때로 삽화 일이 들어와 간신히 용돈 정도는 내 손으로 번다고 할 수 있겠다. 하지만 연초부터 일이 없어도 너무 없어 어떻게 이 난관을 헤쳐 나가야 할지 난감한 상황이다. 옆에 누워 있는 형도 나와 비슷하거나 못할 때가 많은데, 자신을 무척 과신하는 편이라 몇 년 전까지 잘 다니던 방송사를 놔두고 무슨 바람이 불었는지 갑자기 프리랜서 작가가 되겠다며 회사를 박차고 나왔다. 막상 회사를 나와 보니 찾아주는 이가 없어 발만 동동 구르는 신세가 되었다.

"아이고 다 큰 백수 아들래미 둘이 사이좋게 누워 있네."

"내는 절에 간다. 알아서 밥 챙기묵고 해라."

엄마가 방문 사이로 고개를 빼꼼히 내밀고 말했다.

쿵– 현관문 닫히는 소리가 들렸다. 나는 침대에서 일어나 주방으로 향했다. 라면을 찾아다녔지만 보이지 않았다. 보통 한 개 정도는 찬장에 있기 마련인데 아무리 찾아도 없었다.

"행님아 라면 먹을래?"

"어."

"근데 라면이 없다. 내가 라면 사와서 끓일 테니까 만원만 도."

"내 이번 주는 돈 안 쓰기로 했다. 니가 사라."

"그런게 어딨노… 알았다."

내키지 않았지만, 형도 어렵기는 마찬가지지 싶어 라면을 사러 나갔다. 아파트 단지 앞 미니 슈퍼에서 라면을 사 왔다. 라면 두 개를 끓이고 형을 불렀다. 형은 부스스한 머리에 파자마 차림으로 나와 라면을 깨작깨작 먹더니 자리에서 일어났다.

"다 먹었다. 알아서 치아라."

"이거 밖에 안 먹나? 많이 남았는데?"

형은 말없이 다시 방으로 들어갔다. 방에서 뭘 하는지 한참을 부스럭거렸다. 나는 냄비에 남은 면을 건져 먹고 국물은 전부 버렸다.

엄마는 수요일이면 빠지지 않고 절에 갔다. 절에서 밥을 짓고 배식하고 설거지하는 봉사활동을 하는데, 그 모든 것들이 공덕을 쌓는 일이라고 했다.

"공덕을 쌓으면 뭐가 좋은데?"

내가 그렇게 물어보면 엄마는 다 너희들 건강하고 하는 일 잘 되라고 기도하는 거라고 했다. 엄마가 봉사활동을 한지도 벌써 20년은 더 된 것 같은데, 형과 내가 집으로 다시 돌아와 있는 걸 보면 그 절은 분명 사이비일 것이다. 그렇게 생각을 하다가도 엄마가 우리 형제에게 도통 화를 내지 않는 것을 보면 그 공덕이라는 것이 정말 효험이 있는 것 같았다.

"행님아 내일 엄마 칠순인데 우짤래?"

"몰라."

"생파는 해야지."

"몰라 알아서 해라."

대책 없는 형이 답답하게 느껴졌다. 나라도 나서야지 하면서 통장 잔고를 살폈다. 며칠 전, 카드값으로 그나마 남아있던 돈까지 증발해 버렸다. 해킹을 당한 게 아닌가 의심이 들 정도였다. 아닐 거야! 하며 내역을 일일이 다 확인해 보고 나서야 굴복하듯 고개가 끄덕여졌다. 당장 어디서 돈을 빌리기도 힘들고, 내가 할 수 있는 건 내일 아침 일찍 일어나 인력사무소에 나가는 수밖에 없었다. 마흔을 넘기고 막노동이라니. 마음이 무거웠다. 복잡한 심경은 잠시 미뤄두고 티브이를 켰다. 티브이에는 요즘 유행하는 예능 프로가 하고 있었다. 연예인의 일상을 들여다보는 프로였다. 화면은 눈에 들어오지 않고 인위적인 웃음소리만 귀에 계속 맴돌았다.

 형은 씻지도 않고 모자만 눌러쓴 채 친구 만수형을 만나러 나간다고 했다. 만수형은 최근에 우리 형과 친해진 사이로 몇 달 전 도서관에서 만났다고 했다. 직업 군인을 하다가 제대한 뒤로 사회에 적응을 못해 현실이 아닌 소설이나 영화만 보면서 지낸다고 했다. 나는 형이 그런 친구가 있는 것이 내심 부러웠다. 형이 나가고 일자리를 알아봤다. 그림도 그려야 되니 일하는 시간이 되도록 적고 힘들지 않으면서 상대적으로 임금이 높은 이른바 꿀알바를 찾아다녔다. 아무리 스크롤을 내려도 그런 건 없었다. 당장 내일 있을 엄마의 칠순 때문인지 초조한 마음이 들어 아무것도 손에 잡히지 않았다. 더는 안 되겠다 싶어 이어폰으로 귀를 막고 아이패드를 꺼내 그림을 그리기 시작했다. 생각이 많은 땐 그림을 그리면 마음이 한결 편했다.

 그림을 SNS에 올렸다. 작은 네모 안에 올라오는 수많은 이미지와 영상이 눈앞으로 지나갔다. 그것을 보는 동안 시간은 정말 순식간에 사라졌다. 지금 올린 그림이 무슨 소용이 있을까 하는 허무함까지 들었다. 무수한 이미지들 속에서 내 그림은 과연 사람들을 1초라도 붙잡아 둘 수 있을까? 앞으로 이렇게 평생 아무것도 되지 못한 채 늙어버리는 게 아닐까? 하는 수만 가지 생각이 들었다. 호흡이 가빠지더니 가슴이 미친 듯이 뛰고 숨쉬기 힘들어졌다. 그 자리에 누워 호흡을 가다듬고 크게 숨 쉬었다. 가만히 눈을 감고 생각했다. 후– 후– 이곳은 수평선이 보이는 드넓은 바다 한가운데이다. 어디선가 바람이 살랑살랑 불어오고 잔물결이 일렁인다. 나는 유유히 떠 있는 한 줄기 미역이다. 따뜻한 태양빛이 포근하게 내려앉고 잔잔하게 밀려오는 물결을 느낀다. 나는 아주 천천히 수면 위를 유영하고 있다.

잠에서 깨니 엄마가 절에서 봉사활동을 마치고 돌아와 있었다. 나는 방에서 나와 부엌으로 갔다. 엄마는 장 봐온 식재료들을 정리하고 있었다.

"국수 말아 줄래?"

"어."

엄마는 냄비에 물을 붓고 마른 멸치와 다시마를 띄웠다. 나는 식탁에 가서 앉았다. 엄마는 냉장고에서 이것저것 꺼내 재료를 다듬었다.

"엄마 안 힘드나?"

"이기 뭐가 힘드노."

"나는 밖에만 나갔다 오면 피곤해 죽겠든데."

맑은 국수 위로 계란 지단까지 올라가 있었다. 정갈하고 깔끔한 국수였다.

"엄마 내가 치울게, 나나라."

"고맙데이."

이른 새벽, 나는 편의점에서 목장갑을 하나 사서 인력사무소로 향했다. 오전 5시 30분인데도 인력사무소 앞에는 사람이 많았다. 험상

굳은 인상의 소장이 나를 힐끗 쳐다보더니, 눈살을 찌푸렸다. 앞에서부터 차례로 일을 배정받아 출발했다. 내 차례는 어느새 지나가고 뒤에 온 사람들까지 모두 일을 나갔다. 이러다가 허탕을 치는 게 아닌지 내심 걱정이 되었다. 소장이 전화를 받더니 내게 손짓했다. 나와 비슷한 마른 체형의 나이가 좀 있어 보이는 아저씨와 같이 근처 재개발 아파트 단지로 갔다. 현장 직원의 안내를 받아 아파트 20층으로 올라갔다. 내부에 쓰레기를 모아놓고 바닥에 먼지를 쓸어 마대에 넣으면 되는 일이었다. 큰 쓰레기 먼저 치우고 바닥을 빗자루로 쓸자 먼지가 뿌옇게 일었다. 숨쉬기 힘들 지경이었다. 소매 끝으로 입을 가려가며 한 층씩 끝내면서 내려갔다. 8층쯤 왔을 때 발이 어딘가에 걸려 넘어졌다. 바닥이 정리되지 않아 요철이 군데군데 솟아 있었다. 운이 나쁘게도 요철에 무릎이 찍혔다. 겉으로는 상처가 깊지 않아 일이 끝날 때까지 욱신거리는 무릎을 참아가며 일했다.

일을 마치고 병원에 들러 의사 선생님에게 무릎을 보였다. 엑스레이를 찍어보고는 갸우뚱하더니 초음파검사도 하자고 했다. 의사 선생님 말로는 무릎인대에 염증이 생겨 당분간 반 깁스를 해야 한다고 했다. 무릎에 찜질을 받고 나서 떨리는 손으로 신용카드를 내밀었다. 집에 돌아가는 길에 빵집에 들렀다. 화려한 여러 케이크들을 앞에 두고 롤케이크를 하나 샀다.

집에 돌아와 보니 아무도 없는 것처럼 조용했다. 식탁에 롤케이크를 두고 방으로 갔다. 방에는 엄마가 심각한 표정으로 침대에 걸터앉아 있었고, 형은 벽을 보고 뒤돌아 누워 아무 말이 없었다. 나는 침대 위로 올라가 누웠다.

"느그 형이 오늘 카드 값이 터졌단다. 얼마 되도 안 하는 거 내가 해결해 줬다."

나는 몸을 일으켜 형을 봤다. 형은 벽을 보고 있었다.

"더 큰일 나기 전에 다행이다. 에혀."

엄마의 한숨소리가 깊었다.

"으이그 내한테 말을 하지."

나는 기어가는 목소리로 엄마의 말을 거들었다.

"니는 다리가 와그렇노."

"별거 아니다."

"아이고 내가 공덕이 부족한 갑다."

"엄마 통닭 묵을래? 내가 쏠게."

"니가 돈이 어딧노."

"있다. 걱정마라."

나는 거실로 나와 냉장고에 붙어 있는 통닭집에 전화를 걸어 통닭 한 마리를 주문하고 주방으로 가서 어제 사다 놓은 미역국 라면을 끓였다. 라면이 익는 동안 통닭이 배달되었다. 롤케이크를 뜯어 초를 일곱 개 꽂았다. 형과 나 그리고 엄마가 한 식탁에 앉았다. 나는 초에 불을 붙이고 생일 축하 노래를 불렀다.

"엄마 소원 빌었나?"

"소원은 무슨, 느그들 건강하면 됐다."

엄마가 초를 불었다. 형이 말없이 방으로 가더니 갑 티슈를 가지고 나왔다.

"엄마 휴지 뽑아 봐봐."

"이기 뭐고?"

"빨리 뽑아 봐봐."

엄마가 갑 티슈에 삐죽 나온 휴지를 잡아당기자 천 원짜리 지폐가 끊임없이 줄지어 나왔다. 우리는 지폐가 나오는 꽤 긴 시간 동안 한참을 웃었다.

라면은 불었고, 통닭은 식었지만, 그런대로 먹을 만했다. 칠순이 된 엄마의 얼굴을 찬찬히 살펴보니 주름이 많이 늘어 있었다. 예전에는 몰랐는데, 이제는 누가 봐도 할머니처럼 보였다. 나는 식탁을 정리하기 위해 일어섰는데, 왼쪽 무릎에 통증이 느껴졌다. 형은 다시 방으로 들어갔다. 나는 식탁을 정리하고 방으로 가 형과 함께 누웠다. 잠시 후 엄마가 방으로 들어왔다. 그리고 침대 옆에 기대앉았다.

"집에 다 큰 총각 둘이나 있으니까 든든하네."

엄마는 천장을 보면서 얘기했다. 나와 형도 같은 천장을 보고 있었다. 20년 전에는 새하얀 흰색의 실크벽지였는데, 오래되어 색이 바래 누런 빛이 돌았다.

혜영은 열심히 오물오물 씹는다. 사그락사그락 털실 사이를 오가는 복자의 뜨개바늘 소리, 문제를 풀이하는 샤프 소리와 간간이 책장 넘어가는 소리, 그 위로 흐르는 자정 너머의 시간을 소미는 꼭꼭 씹어보기로 했다.

야식금지클럽

일미

제1멤버 허소미

자정을 십분 앞두고, 치킨집 사장 소미는 손님들이 남긴 허기의 흔적을 치우며 출입구를 힐끗 본다. 소미에게 단골손님은 그들이 남기고 간 테이블로 기억되는데 주로 뼈통에 잘 발라진 뼈, 립스틱이 묻은 휴지 조각, 치커리와 방울토마토만 남겨놓은 샐러드 접시, 냅킨에 보란 듯이 그려놓은 하트 그림 같은 것이다. 그러나 곧 들어올 손님들은 그녀에게 끝까지 빈 테이블이어야 한다.

홧김에 직장을 나와 치킨집을 열기에 서른은 너무 이른 나이였다고 후회가 밀려오다가도 끔찍한 상사를 받들어 모시는 직장인들의 테이블을 서빙하고 나면 남 밑에서 일하는 고행을 끝낸 자신을 칭찬했다. 소미가 튀긴 치킨을 먹고 만족해하는 손님들이 조금씩 늘어가고, 맛이 안정되면서 주기적으로 방문하며 다정하게 안부를 물어오는 단골

손님도 생겼다. 덕분에 3년이라는 시간이 훌쩍 지나갔다.

 이제는 장을 볼 때도 누군가 '사장님' 하고 부르면 단번에 뒤를 돌아볼 정도로 익숙해졌지만 최근 들어 소미는 이일의 단점을 곰곰히 생각해 보는 중이었다. 전혀 자유롭지 않은 출퇴근 시간, 남 밑에 있을 때가 꿈 같은 시절이 아닐까 싶은 들쑥날쑥한 벌이, 참을성이 부족해진 배고픈 손님들의 신경질적인 주문 요청, 볼썽사나운 갑질, 기타 등등 이 모든 것들을 제쳐두고 그녀를 가장 힘들게 한 것은 다름 아닌 그녀 자신의 허기였다. 손님들이 모두 빠져나가고 난 다음 득달같이 달려드는 그것. 더 자세하게는 손님들이 남긴 뼛조각을 보고, 접시에 남은 대화가 있는 식사시간을 복기하며 자정이 다가올수록 굶주린 들개의 심정이 되었다. 손이 떨리고 두발을 딛고 선 바닥이 항해 중인 배의 갑판처럼 울렁거렸다.

 자정이 되면 그날 팔리지 않은 밀가루 묻은 닭을 튀겨 혼자서 어둑한 창가 테이블에 앉는다. 씹고 삼키고 씹고 삼키고 바삭하고 아삭하고 씹고 삼키고 치-익 딱, 업소용 355ml 콜라를 마시고 그러다 보면 거리의 불빛들이 하나둘씩 사라진다. 테이블 위에 빈캔이 다섯 개쯤 늘어나면 멀쩡히 걸어 다니는 행인들은 줄어들고 잔뜩 술에 취해 중력을 거스르며 걷는 몇몇의 취객이 나타난다. 걷기를 포기한 취객은 순찰을 하던 경찰차가 실어 가고, 골목에는 간밤의 유흥이 남긴 쓰레기만 남는다. 푸-쉭 소화가 덜된 쓰레기차가 새벽녘에 나타나면 소미는 술에 취한 것도 아닌데 다른 중력을 느끼며 집으로 돌아간다. 새파랗게 밝아오는 하늘, 바닥에 게워놓은 토사물을 쪼아대는 한무리의 비둘기들, 소미는 그 광경을 오래 보지 않으려 고개를 돌린다.

다정한 안부를 묻던 단골손님은 소미가 눈치채지 못하는 사이 블로그에 다소 공격적인 맛 비평을 남겼고, 사장의 후덕해진 외모와 사업장 전반의 운영 시스템, 청결도와 매장에 트는 음악 취향에 까지 의문을 던졌다. 시급한 것은 태만 아니 비만. 소미는 일단 야식부터 끊어야 겠다고 결심했다. 소미는 매일 남은 치킨을 튀겨 먹거나 배달음식을 주문했다. 10분 정도만 기다리면, 불족발, 냉채, 보쌈, 순대볶음, 돈까스, 초밥 심지어 다른 프랜차이즈 치킨까지 소미의 치킨집으로 배달을 왔다. 소미는 이 골목 외식업계에서 vip 손님으로 명예의 전당에 오를 판이었다. 혼자서는 될 일이 아니라고 판단한 소미는 지역의 소모임 카페에 글을 올렸다.

밤 12시부터 새벽 3시, 함께 모여 야식을 참아요.
장소 : 내당 1동 31번지 2층
─야식금지클럽─

소미의 글 아래로 댓글이 달렸다. 원색적인 비난, 치킨집임을 알아낸 뒤 비웃는 사람, 키읔들, 웃으면서 눈물 흘리는 이모티콘들, 그 아래로 총 2명이 참석을 희망했다.

제2멤버 정복자

소미의 치킨집에서 내려다보이는 건너편 세탁소 사장 정복자가 댓글을 남겼다. 복자는 늘 무언가를, 껌이나 오징어 다리 같은 걸 씹고 있었다. 그래서인지 유독 턱이 각이 졌고 어딘가 모르게 깐깐한 인상을 풍겼다. 원래는 남편이 차린 세탁소였지만 그가 만취 상태로 손님의 옷과 자신의 손을 함께 지져버린 뒤로는 아내인 복자가 전적으로 맡아서 운영했다.

그녀의 야식은 남편의 술상에서 시작되었다. 밖에서 먹느니 돈도 아낄겸 집에서 차려주기 시작한 밤 술상. 그 위로 올릴 안주를 만들며 맛보며 내려놓으며 본격적으로 집어먹으며 나날이 속이 더부룩해졌다. 도통 말도 없고 웃지도 않는 남편이 술기운에 허허허 하며 허파에 바람 빠진 소리를 게워낼 때 복자의 마음은 좀 편해졌다. 주위 사람들은 이제 복자의 남편을 알코올중독자라 일컬었지만 복자는 남편이 죽지 않고 술을 마시는 것에 감사하는 편이었다. 남편은 고향친구의 꾐에 투자를 했고, 알고보니 투자가 한번이 아니라 여러번이며 모두 말아먹었다는 사실은 고향친구의 잠수로 드러났다. 조용히 술만 마시던 소심한 남편은 취기를 등에 업고 복자에게 시비를 걸어왔다. 말꼬투리를 잡고 늘어지거나 그도 아니면 말도 안 되는 옛날이야기를 꺼내 화를 돋우었다. 일주일 전부터는 오랫동안 찾아가지 않은 손님들의 옷을 가져와 찢었고 분에 못 이겨 눈물을 보이다 잠들었다. 아무래도 남편에게 후회의 시간이 더 많이 필요한 듯했다. 복자는 귀를 막고 동네 인터넷 카페에 자신들 세탁소에 대한 흉이 없는지 살폈다. 그러다 발견한 소미의 글. 복자는 소미의 치킨집을 휴식처 삼아 보기로 했다. 무슨 일이 생긴다면 얼마든지 달려갈 수 있는 거리였다. 모여서 야식을 참는다지만 그래도 입이 심심할 것을 생각해 방울토마토를 씻어 락앤락 통에 담아왔다.

제3멤버 마혜영

고3이면서 3년째 짝사랑 중인 혜영은 갖은 스트레스를 먹을 것으로 달랬다. 소미의 치킨집 옆 건물에 혜영의 엄마가 하는 빵 가게가 있어 자연스레 혜영의 야식은 빵이 될 뻔했으나 팔리지 않는 비인기 빵은 엄마가 '먹고 처리하자'라는 식으로 줬기 때문에 먹기가 싫었다. 방과 후 학원을 마치고 집에 돌아오면 혼자서도 정성스레 야식을 차려 먹었고 비로소 포만감과 함께 잠이 들었다. 엄마는 그렇다 치고 할머니까지 혜영의 두터워진 허벅지를 보고 걱정할 때는 약간의 위기의식도 있었으나 고3에겐 다이어트도 사랑도 그 무엇이든 수능 이후가 되어야 할 터였다. 자연스레 혜영의 교복 치마는 독일빵 브뢰첸이 (하드롤에 일자로 칼집낸 빵) 익어가는 모습처럼 주름이 터져버렸다. 이른 아침 학생주임선생님의 눈을 피해 체육복을 입고 등 하교를 하자 엄마는 매장의 인기 메뉴인 아보카도가 들어간 샌드위치를 싸주며 혜영의 난데없는 열의를 칭찬했다. 허나 그녀의 마음속에는 오로지 짝사랑의 종지부를 찍을 고백에 대한 생각뿐.

진열과는 어느 정도 썸을 타고 있다고 믿었다. 진열은 자주 혜영을 칭찬했다.

넌 사람을 진짜 편안하게 해.

눈이 마주칠 때는 혜영이 먼저 눈을 피할 때까지 꽤 오랫동안 쳐다 봤다. 한번은 동공의 무늬까지 세세하게 들여다 볼 정도여서 혜영은 '혹시 지금?' 의혹을 가졌지만 아무 일도 일어나지 않았다. 그 뒤로 사놓고 쓰지 않던 오답노트에 '첫 키스의 타이밍과 시그널'이라는 제 목으로 연구를 하기 시작했다. 노트가 빼곡해질 즈음 결정적인 사건 이 터졌다. 한 밤중에 걸려온 진열의 아리송한 전화였는데, 진열은 말 없이 흐느끼기만 했다. 혜영은 한참 동안 진열의 우는소리를 들으며 마음이 아팠다. 다음날 모른척 하던 진열이 조심스레 '너 밖에 없더 라, 전화할 사람이, 고맙다.' 했으니 혜영은 연구를 종료하고, 노트를 서랍 깊숙히 넣어뒀다. '그래 이제 수능이 얼마 남지 않았으니 공부에 집중하고, 수능 이후의 실행만이 남았다.' 중간고사 이후로는 한동안 진열의 전화가 뜸했다. 진열이 좋아하는 사람이 생겼다는 소문이 돌 았고, 진열은 전처럼 오래도록 혜영의 눈을 바라보지 않았다.

수능 100일 전, 혜영은 학원을 마치고 진열과 둘이서 자주 가던 놀 이터를 지나고 있었다. 그리고 눈앞의 어떤 광경에 철저히 배경 속에 갇혀 꼼짝없이 상황을 지켜봐야 했다. 주황빛 가로등이 은은하게 모 래밭을 비추고, 빛에 반사된 모래알이 반짝이고, 마치 달빛 아래 해변에 서 있는 듯한 진열과 마주 선 낯선 여자애를 보았다. 그들은 키스를 했고, 일순간에 혜영이 숨 쉴 공기마저 다 가져가 버렸다. 상대는 알고 싶지 않았지만 하얗고 긴 진열의 손가락이 낯선 여자애의 머리칼을 조심스레 쓸어 넘겼다. 진열네 반 반장 미지였다. 혜영이 연구했던 키스의 시간보다 훨씬 더 길어졌다. 진열은 미지에 대해 '사람을 불편하게 만드는 애'라고 설명했었다. 혜영은 첫 키스를 자신과 하리라 믿어 의심치 않았던 진열이 다른 여자애와 입을 맞추고 있는 것을 보고 뒤늦은 후회를 했다. 진열에게 불편한 사람이 되었어야 했음을. 혜영은 좀처럼 갈피를 잡지 못했다. 저주를 해야 할지, 응원을 해야 할지, 눈물을 흘려야 할지. 집으로 가는 오르막길에서 겨우 숨을 헉헉대며 핸드폰을 뒤적이다 소미가 올린 글을 봤다.

저도 참석하고 싶어요.

혜영은 소미의 치킨집에 도착해서 곧장 화장실로 향했다. 손을 씻고 괜히 세수도 한 번 했다.

정각 12시.
클럽의 규칙은 간단했다. 모여서 각자 할 일을 하고, 대화는 하지 않아도 좋다.

청소를 위해 테이블 위로 엎어진 채 올라간 의자들, 새로 채워 넣기 위해 박스채 나와있는 음료수들. 깨끗하게 세탁한 행주를 탁탁 털어 너는 소미. 소미는 낮에 구매한 새 책을 들고 창가의 테이블로 간다. 문제집을 풀던 혜영이 가방에서 집게 달린 작은 독서 등을 꺼내 불을 더 밝힌다. 혜영의 문제집에 엑스 표시가 이어지고 머리를 쥐어뜯으며 코를 훌쩍거린다. 복자는 말없이 티슈를 몇 장 뽑아 건넨다. 혜영이 시원하게 코를 푸는 사이 복자는 이미 반쯤은 완성된 목도리의 실을 풀어버린다. 골목에서 누군가 빈 깡통을 차고 갔는데 복자가 화들짝 놀라 세탁소를 바라봤다. 겉으로 보기에 아무 일도 일어나지 않는 골목이었다. 다시 빠르게 움직이는 복자의 손이 생각을 코 뜨고 촘촘히 엮어 풀리지 않게 만들어버린다. 소미는 책의 목차를 펼친다. 테이블 위 작은 전기포트가 끓어올라 보글보글 소리를 낸다. 이들을 위해 준비한 차를 우리고 모두가 따뜻한 차를 한 모금씩 마신다. 복자는 가방에서 싸온 방울토마토를 꺼내어 놓는다. 소미가 하나 집어먹고 공부하고 있는 혜영의 입에도 토마토를 하나 넣어준다. 혜영은 열심히 오물오물 씹는다. 사그락사그락 털실 사이를 오가는 복자의 뜨개바늘 소리, 문제를 풀이하는 샤프 소리와 간간이 책장 넘어가는 소리, 그 위로 흐르는 자정 너머의 시간을 소미는 꼭꼭 씹어보기로 했다.

소미의 치킨집이 망망한 공허감 속을 떠돌다 막 지구에 내려 앉으려는데 출입문에서 도어 벨이 울렸다. 인기척을 느낀 세 사람이 동시에 출입구를 쳐다본다. 열린 문틈으로 밤공기가 먼저 들이친다.

04 목요일

뒤통수로 현관문이 덜컥 열리는 소리가 들려온다. 고개를 돌려보니
파자마 차림의 여자가 머리는 산발을 하고 눈이 퉁퉁 부은 채로 나를
보고 있다. 무언가 엄청난 말을 할 것 같은 표정이다.

"혹시⋯ 김이선 감독님 아니세요?"

목소리를 찾아서

귤선생

선

'<목소리를 찾아서>는 실패작이다.'

새로 산 노트 첫 페이지에 이렇게 적었다. 새해를 맞이해 신년 계획을 세워보고자 장만한 노트였는데 첫 페이지를 펼치자 홀린 듯 이런 문장을 써버렸다. 적고 나니 받아들여졌다. 그동안 외면해왔던 진실. 3년간 준비한 나의 첫 장편 영화가 실패했다는 것. 지금의 나는 그 실패의 산물이라는 것. 어디서부터 잘못된 것일까. 요즘 나는 줄곧 그것에 대해 생각한다.

나의 이야기를 재밌다고 한 황 감독. 거슬러 올라가면 나를 영화의 세계로 이끈 황 감독의 얼굴이 떠오른다. 대학교 선배 특강에서 황 감

독이 시나리오 피드백을 원하면 언제든 보내라며 특유의 사람 좋은 미소로 이메일 주소를 칠판에 적은 순간. 그 이메일을 노트에 받아 적은 순간. 집에 가서 이메일을 쓴 순간. 시나리오 파일을 첨부한 순간. 발송 버튼을 누른 순간. 모든 순간이 잘못되었다. 용기, 용기를 내지 말았어야 했다. 용기를 내어 이메일을 보내지 말아야 했고 황 감독의 격려 섞인 답장에 용기를 가지지 말아야 했다. 나의 시나리오는 쭉 그렇게 원래 있던 폴더 저 구석자리에 붙어 있는 게 적당했다.

나의 첫 단편영화가 영화제에 간 것, 그래서 우쭐해진 것, 타고났다고 착각한 것, 로커 강철림을 알게 된 것, 이 스토리가 먹힐 것이라 생각했던 것…. 그 이후 모든 것이 잘못되었다. <목소리를 찾아서>는 한때 이름을 날릴 만큼 기대주였던 로커 강철림이 심각한 성대결절에 걸려 목소리를 잃고 난 후의 삶을 담은 다큐멘터리 영화이다. 가장 사랑했던 노래를 더 이상 부를 수 없게 된 그는 일용직을 전전하며 다시 목소리를 낼 수 있는 방법을 찾고 있지만 그를 둘러싼 모든 상황이 어렵다. 그의 삶은 과거의 영광에 머물러있다.

연초에 작품 공모를 시작하는 전주국제영화제를 시작으로 호기롭게 출품한 모든 영화제에서 모조리 떨어지면서부터는 이 영화가 세상에 공개만 되게 해달라고 간절히 염원했다. 그 결과는 처참했다. 그 어느 곳에서도 내 영화를 개봉시켜주려 하지 않았다. 영화가 폭망한 후 영화 동료들과의 만남도 피하고 은둔 생활 중에 있다. 다들 나를 연민의 눈길로 볼 것이 뻔하다. 자기는 재밌게 봤다느니, 다 좋은데 제목이 아쉬웠다느니, 편집을 다른 방향으로 하면 좋았을 거라느니 하는 하나마나 한 소리만 늘어놓겠지. 그중에 내 영화를 본 사람은 과연 몇이나 될까.

연이와 헤어진 것. 마지막엔 이렇게 적었다. 연이와는 4년을 함께 보냈다. 4년 전에는 연이도 나처럼 영화를 찍고 싶어 했다. 그러나 연이는 눈치가 빨라 이곳은 도저히 제정신으로 버틸 곳이 못 된다는 것을 일찍이 알아채고 전공을 살려 취직했다. 구직난이라는데 연이는 워낙 똑똑해서 좋은 직장에 금방 붙었다. 언제나 현실을 모르고 허덕이는 건 나 쪽이었다. 그래도 마음씨 착한 연이는 한 번도 나를 다그치거나 깔보지 않았다. 문제는 나의 자격지심이었다. 그게 종국에 우리 관계를 망칠 것이라는 예감은 항상 가지고 있었다. 결정적으로는 골프채 때문에 헤어졌다. 주말에 직장 동료들과 라운딩을 나가기로 했다고 150만 원 상당의 골프채를 알아보는 연이를 보고 있자니 내 안의 어떤 것이 치밀었다. 당시 나는 영화제에 모조리 떨어지고 대출까지 땡겨 받아 울며 겨자 먹기로 영화 후반작업을 진행하고 있었다. 연이의 벌이에 그 정도 소비는 합당할지 몰라도 나에겐 두 달 생활비였다. 나는 평생 연이와 라운딩을 나갈 일이 없을 것이다. 연이는 그때 눈치챘겠지. 영화계와 마찬가지로, 나라는 인간도 버틸 곳이 못 된다는 것을.

보고 있자니 우울해져서 첫 장을 찢어버렸다. 새 노트인데 벌써 너

덜너덜해졌다. 사실 신년 계획은 적을 것도 없다. 돈을 벌어야 한다. 번듯한 일자리를 알아봐야 한다. 영화 때문에 땡겨받은 대출금을 갚기 위해 배달 알바를 시작한 지 삼 개월째다. 이러는 와중에도 도저히 영화를 그만둘 용기가 생기지 않는다. 영화를 찍으면서 내 안의 모든 용기를 다 써버린 모양이다. 오토바이가 무서워 자전거를 타고 배달을 다닌다. 형이 사놓고 방치 중이던 자전거를 빌려 타고 있는데 제법 빠르고 하체 운동도 되고 나름 나쁘지 않다. 문제는 배달 가는 내내 내 영화에 대해 떠올리는 것을 멈출 수 없다는 것이다.

머릿속 상영관에 <목소리를 찾아서>를 재생시키며 치킨 배달을 가고 있다. 수백 번도 넘게 편집을 수정해 모든 장면을 눈에 보이는 것처럼 기억해 낼 수 있다. 이렇게 회고해 보면 모든 부분이 쓰레기 같다. 치킨 영수증에 찍힌 익숙한 이름과 익숙한 동네, 지금 배달 가고 있는 이 치킨은 내 영화에 연출부를 했던 심준혁이 시킨 치킨이다. 배달 일을 처음 시작할 때는 아는 사람이라도 마주치면 어쩌나 했지만 나 역시도 우리 집으로 배달 왔던 배달원들의 얼굴을 기억하지 못한다. 헬멧에 마스크까지 하고 나면 부모님도 나를 못 알아본다. 혹여, 정말 혹여라도 알아본다 하더라도 지금 상황에서 체면보다는 콜수 채우는 게 더 중요한 문제이다. 준혁이가 지금 내 꼴을 보고 영화계는 있을 곳이 아니라는 것을 눈치챘다면 오히려 축하할 일이다. 머릿속 영화의 재생 시간이 15분쯤 넘었을 때 준혁이의 집 앞에 도착한다. 띵동.

"배달이요."

최대한 굵직하게 목소리를 변조시켜 초인종을 누른다. <목소리를
찾아서>를 준비할 때 회의가 늦어지면 준혁이를 집까지 태워다 준
적이 있다. 지금은 그때 타던 차도 팔아버렸지만. 현관문이 열리고 준
혁의 집 안에서 TV소리가 들려온다. 고개를 박고 있던 나의 시야에
슬리퍼를 신은 여자의 맨발이 들어온다. 눈을 내리깐 채로 여자에게
치킨을 건넨다. 불쾌한 기시감이 든다. 부모님도 못 알아볼 지금의 나
를 알아볼 유일한 사람. 연이.

"감사합니다."

목소리에 고개를 들었다. 역시나 연이가 맞다. 주춤하는 연이를 뒤로
하고 계단을 내려온다. 미련함이나 남루함 같은 것이 묻어나지 않도
록 최대한 경쾌한 발걸음을 연기하며 빌라를 벗어난다. 클리쉐도 이
런 싸구려 클리쉐가 없다. 시나리오로 썼다면 구리다고 욕먹었을 설
정이다. 괴로워할 새도 없이 콜이 떴다. 내가 준혁이보다는… 낫지 않
나? 그 새끼는 영화도 졸라 우울한 것만 좋아하고 자기 연민에 빠져서
는 여러모로 난해한 놈인데…. 일단 이 콜만 채우고 집에 간다. 자전거
에 올라타 아까 일시 정지해둔 부분부터 다시 <목소리를 찾아서>를
재생시킨다. 강철림씨가 자신의 과거 무대 영상을 돌려보는 부분이
다. 나도 계속 나의 과거를 곱씹는다. 온통 편집 시켜버리고 싶은 기억
들뿐이다.

문 앞에 두고 노크해 주세요. 양념 반 후라이드 반 치킨을 들고 허름

한 복도식 빌라 앞에 도착했다. 이런 주문이 제일 편하다. 내 썩어 문드러진 표정을 애먼 사람과 마주할 일도 없으니.

"두고 갑니다."

현관문을 향해 외치고 돌아서서 걸어간다. 내 머리 위로 주황빛 복도 불이 켜진다. 오늘 번 돈 4만 원. 이만하면 수고했다, 스스로를 다독이며 이를 꽉 깨문다. 뒤통수로 현관문이 덜컥 열리는 소리가 들려온다. 고개를 돌려보니 파자마 차림의 여자가 머리는 산발을 하고 눈이 퉁퉁 부은 채로 나를 보고 있다. 무언가 엄청난 말을 할 것 같은 표정이다.

"혹시… 김이선 감독님 아니세요?"

빈

'<목소리를 찾아서>는 최고의 영화다.'

<목소리를 찾아서> 왓챠피디아 평가에 이렇게 썼다. 별점은 당연히 5.0을 줬다. 왓챠피디아에 <목소리를 찾아서>를 평가한 유저 수는 총 15명으로 평균 별점은 2.0이다. 도저히 받아들일 수가 없어 왓챠피디아 회원가입까지 했다. 납득할 수가 없다. 이 영화는 정말이지 내 인생의 역작이다.

이 어마어마한 영화를 처음 만난 건 준혁이와 헤어진 날이었다. 준혁이는 영화과 1학년 학생이고 나는 전자공학과 2학년이었다. 준혁이는 2년 재수를 해서 22살이었고 나는 다른 학교에 다니다가 다시 수능을 치고 입학해 2학년이지만 29살이었다. 우리는 영화 감상 동아리에서 만났다. 나이가 많아 아무도 다가오지 않던 나에게 준혁이 먼저 다가왔다. 준혁이 역시 아웃사이더로 보였지만 본인이 소외되고 있다는 사실조차 모르는 것 같았다. 준혁이는 지나치게 감상에 빠져 있는 영화과 동기들만 보다가 공대생인 나와 이야기하니 뇌가 정화되는 느낌이라고 했다. 사실 나도 전에 다니던 학교에서는 문예창작과였다고 밝혔지만 준혁이는 현재가 중요하다며 자기 할 말만 했다. 준혁이는 첫 만남에 3시간 동안 홍상수 영화의 아름다움에 대해 설파했다. 내가 보기에 가장 감상에 젖어 있는 건 준혁이었다. 그래도 나이를 좀 더 먹은 입장에서 봤을 때 그런 뻔히 보이는 허세조차 귀여움

이었다. 준혁이는 꼬박꼬박 누나, 누나라고 하면서도 할 말 못 할 말을 가려서 하지 않았다. 준혁이의 그런 면들이 골 때리고 웃음이 나고 순수해 보였다. 학교 수업이 끝나면 새로 나온 독립, 예술영화를 함께 보고 그날 본 영화에 관해서 이야기하기 위해 술을 마시러 갔다. 20살 이후로 그렇게 술을 많이 마신 게 처음이다. 이상하게도 준혁이의 맥거핀이 어떠네 미장센이 어떠네 하는 이야기를 듣고 있으면 편안해졌다. 준혁이는 정말 지밖에 모른다. 그런 사람의 얘기를 듣고 있으면 나까지 세상의 중심이 되는 것 같다. 그날도 우리는 영화를 보러 가기로 했다. 작년 여름 준혁이가 스태프로 참여한 영화여서 공짜 표가 있었다. 한창 나갈 준비를 하고 있는데 전화가 걸려 왔다. 엄마였다. 받기 싫었지만 안 받으면 4배로 귀찮을 것이 그려져 이를 꽉 깨물고 전화를 받았다. "김치 받았어?" "응." "받았으면 받았다고 말 좀 해라. 도서관이야?" "아니. 집." "뭐 하는데." "나가려고 준비 중." "어디 나가는데." "남자친구 만나러." "남자친구?" "어." "너 공부는 안 하니?" "공부도 하고 있어." "같은 과?" "동아리에서 만났어." "몇 살인데." "22살." 엄마는 잠시 대답이 없었다. "걔도 널 여자친구로 생각한다니?" "뭔 말이야?" "22살짜리 군대도 안 갔다 온 애가 뭐 하러 30살 아줌마를 만나냐고." "나 올해 29살이야. 그리고 걔 공익이야." 휴대폰 너머에서 할 말이 입 밖으로 새어 나오는 걸 애써 참는 숨소리가 들려왔다. 엄마는 소용돌이치는 수많은 말들을 고르고 골라 정돈시키는 듯 보였다.

"경빈아. 제발 정신 좀 차려라. 너 지금 나이에 대학교 2학년이면 다른 사람들보다 늦어도 한참 늦은 거야. 너는 지금, 어? 월세도 엄마 아빠가 내주고 있잖아."

내 작은 자취방을 둘러보았다. 침대를 빼고 나면 침대만 한 공간이 남는, 해가 들지 않는 좁은 방. 이런 협소한 공간조차 감당할 능력이 없어 아무런 대꾸를 할 수가 없는 처지가 비참했다.

영화관 앞에서 준혁이를 21분 동안 기다렸다. 영화가 곧 시작인데 전화도 받지 않았다. 영화가 시작하기 3분 전쯤 저 멀리서 횡단보도를 건너오는 준혁이가 보였다. 뛰어오지도 않고 여유로웠다. 준혁이와 영화관으로 들어가면서 엄마와의 전화 통화 내용을 곧바로 쏟아냈다. 영화관에 들어가면 당분간 말을 못 하니 빨리 말해주고 싶었다.

"엄마는 내가 그 누구한테도 사랑받지 못할 거라고 생각하는 게 분명해."

준혁이는 대답이 없었다.

"왜 대답이 없어?"

"누나. 우리 사귀는 거 아닌데…."

영화 시작까지 1분 밖에 남지 않았다.

"나 좋아하는 사람 있어요."

안 어울리게 갑자기 존댓말을 했다.

"우리 잤잖아."

당혹감에 목소리가 커져 영화관에 있던 사람들이 쳐다보는 게 느껴졌다. 준혁이는 우리가 언제? 하는 표정을 하고 있었다. 그 순진무구

한 표정을 보고 있자니 정말 없던 일이 된 것 같았다.

"일단 여기서 나가요."

"영화는."

"내가 현장에 있어서 아는데 이 영화 보나 마나 폭망이에요. 안 보는 게 나아."

준혁이 돌아섰다. 오기가 생겼다. 더 이상 보나 마나, 지레짐작으로 휩쓸려 가지 않을 것이다. 내 두 눈으로 똑똑히 보고 내가 평가한다.

"너나 가. 나는 볼 거야."

준혁이에게 공짜 표를 받고 혼자 영화관으로 들어와 털썩 앉았다. 엄마 말이 맞았다. 언제나처럼. 나는 그 누구에게도 사랑받지 못하게 생겨먹었다. 7살이나 어린놈한테 농락당했다. 슬퍼할 새도 없이 한 남자의 나래이션으로 영화가 시작되었다. 곧이어 그 남자가 이 영화의 감독인 것을 알아챌 수 있었다. 돌아보니 영화관에는 나밖에 없었다. 나지막한 목소리로 영화를 이끄는 감독과 나만이 영화관에 있는 듯했다. 영화는 로커 강철림이 목소리를 잃고 나서 어떻게 살아가는지에 대한 이야기였다. 영화 초반에는 강철림 씨가 살아가고 있는 현재의 삶이 얼마나 구차한지, 강철림 씨는 얼마나 과거에 얽매여 살아가고 있는지가 나열됐다. 그리고 영화의 중반, 감독이 강철림 씨의 일기장을 들춰보는 그 순간 영화는 마침내 밀물처럼 나에게 몰려들어왔다. 사실 강철림 씨는 충분히 노래를 할 수 있는 상태였지만 계속되는 앨범 제작 무산과 몇 번의 사기로 인해 숨을 곳을 찾았다. 관객들 앞에서 더 이상 노래를 부를 수 없는 몸이 되어버린 그는 슬픈 자기 합리화를 시작한다. 예전 목소리만 찾으면 다시 노래를 부를 수 있다고. 나는 겁쟁이가 아니라고. 영화의 마지막, 감독의 내래이션이 흐른다. 강철림씨는 아직도 자신의 목소리를 찾고 있다. 화면에 흐르는 엔딩크레딧과 함께 눈물을 흘렸다. 영화 내내 감독의 얼굴이 나오진 않지만 카메라 뒤편에 서 있는 감독의 목소리는 태양 아래 모래처럼 건조하면서도 뜨끈했다. 영화를 보는 동안 준혁이 생각이 전혀 나지 않았다. 엄청난 영화를 봐버려 일상의 슬픔이 와닿지도 않았다. 영화관을 빠져나와 김이선 감독을 검색창에 쳐봤지만 아무런 정보가 나오지 않았다. 사진 한 장 없었고 GV 일정도 없었다. 영화를 한 번 더 보려고 상영관을 찾아봤지만 상영되는 관이 없었다. 사람들이랑 이 영화 얘기를 너무 하고 싶은데 할 사람이 없었다. 결국 준혁이에게 문자했다. '준혁아. <목소리를 찾아서> 너무 재밌게 봐서 그런데 프리뷰 링크 있으면 공유 좀 해줄 수 있어? 다른 사람한테 공유 안 하고 나만 볼게.' '?' 1분 뒤 일부 공개된 유튜브 링크가 전송됐다. '고마워.' 휴대폰 화면을 껐다가 다시 켰다. '근데 준혁아.' '?' '김이선 감독님은 어떤 사람이야?' 답장이 오지 않았다.

그날 이후로 내내 자기 전까지 <목소리를 찾아서>를 틀어놓았다. 설거지할 때도 샤워할 때도 영화를 보지는 못해도 들었다. 김이선 감독의 목소리는 이상한 안정감을 줬다. 내가 문예 창작과에 입학해 계속 글을 쓰는 것을 주저하는 데는 엄마의 성화 때문도, 현실의 벽 때문도 아니었다. 내게 재능이 없다는 것을 알아챈 것이다. 내가 눈치채지 못할까 봐 친절하게도 온 세상이 나에게 말해왔다. 너는 재능이 없어. 너의 글은 구려. 침대에 누워 눈을 감고 <목소리를 찾아서>를 듣다가 훌쩍였다. 그러다 다시 눈을 부릅뜨고 충동적으로 치킨을 시켰다. 먹다 보면 이 우울감도 배고픔처럼 사라지지 않을까. 김이선 감독은 자기 영화에 나 같은 열렬한 팬이 있다는 것을 알까? 어떤 삶을 살고 있을까? 김이선이라는 이름은 본명일까? 어떻게 생겼을까? 키는 클까? 콧수염이 있을까? 어떤 옷을 입을까? 나중에 나도 영화를 찍게 된다면 <김이선 감독을 찾아서>와 같은 다큐멘터리 영화를 찍어보면 어떨까? 그때 현관문에서 노크 소리와 함께 남자 목소리가 들려온다.

"두고 갑니다."

번뜩 기시감이 느껴진다. 매일 듣던 그 목소리다. 홀린 듯 침대에서 일어나 현관문을 활짝 열어젖힌다. 목소리의 출처가 인기척을 느끼고 뒤돌아본다. 눈이 마주치고 그 목소리를 한 번 더 듣기 위해 입을 달싹이지만 잘 떨어지지 않는다. 하지만 용기를 내보기로 한다.

"혹시… 김이선 감독님 아니세요?"

그의 눈이 동그래진다.

"어떻게 아세요?"

찾았다. 최고의 영화감독. 용기를 내길 정말 잘했다.

"목소리로 알았어요."

삶 바로 옆에 죽음을 붙여 놓으면요, 사실 많은 것이 간단해집니다. 마지막이라는 말은 늘 우리에게 거추장스러운 것들을 거둬내주죠.

주정차위반 의견진술서

오늘이 우리 삶의 마지막 날이라면

세루코

아, 그 시절을 뭐라 형용할 수 있을까요. 어떤 말을 갖다 붙여도 모조리 아쉬운 소리일 텐데요. 혹시 자카란다라는 나무를 알고 계실까요? 화사한 행복이라는 꽃말을 가진 이 나무는 제가 그 도시에 도착했을 무렵, 도시 전체를 보랏빛으로 물들여놓았습니다. 보라색 꽃은 라일락 정도만 알고 있던 저였건만, 잔뜩 보랏빛으로 물든 거리를 바라보니, 제가 정말로 다른 세상에 와 있다는 것을 실감했습니다.

아, 정말로 내가 다른 세상에 왔구나. 내가 살던 세상이 저 멀리 있구나, 이제 이곳이 내 세상이 되는 것이구나.

모든 것이 새롭게 바뀐 세상에서 저는 마치 다시 태어나는 기분이 들었습니다. 육체도 영혼도 허물을 벗고 새로 태어나 무엇이든 할 수 있을 것만 같았지요.

　그 도시는 우리나라에 비해 건조한 나라였습니다. 한여름에도 그늘 밑으로만 들어가면 시원했지요. 반대로 태양 밑은 뜨겁다 못해 따가웠습니다. 쨍한 햇살은 고통스러울 정도로 피부 속까지 뚫고 들어오는 듯했습니다. 그날도 태양은 자신의 존재감을 톡톡히 발휘하여 여과 없이 제 몸 안으로 파고 들어왔지요. 공격적인 햇살 밑에서, 햇빛 알레르기가 있던 그는 입고 있던 셔츠를 벗어 머리 위로 올려 몸을 가렸습니다. 마치 영화 클래식에서 비를 피하던 한 상년처럼요. 그 영화와 다른 점이 있었다면, 그 셔츠 밑에 사람은 둘이 아니라 하나였습니다. 그는 자신의 몸만을 빈틈없이 가렸지요. 햇살에 괴로워하는 그를 걱정해 주는 척하며 저는 조금은 이기적인 그의 모습이 참으로 그 친구답다 여기며 속으로 깔깔 웃었습니다.

　사실 그날은 서핑을 하려고 했던 날이었습니다. 파도의 오르내림, 어느 적절한 타이밍에 배에 중심을 꽉 잡고 몸을 훅 일으켜 보드 위에 일어나 두 팔을 펼쳐 잠시 파도와 하나가 되는 그 움직임. 저는 서핑을 황홀함으로 인지하고 있었고, 그 황홀함을 체험하고 싶었던 저는 쉬는 날이면 바다에 가서 종종 서핑을 하곤 했습니다. 사실 몸에 근육이 별로 없던 저는 보드 위에 일어서는 것부터가 어려웠습니다. 아주 잠시 일어설 수 있게 되면 사실은 파도를 타는 것이 아니라, 그냥 일어서서 버티는 것만이 목적이 되고 말았지요. 보드 위에 서서 파도와 하나 되는 그 황홀한 체험을 번번이 실패해도, 사실 저는 서핑하는 것이 좋았습니다. 우스꽝스럽게 보드 위에서 엎어지는 저를, 아주 잠시더라도 보드 위에 일어나서 신나 하고 있는 저를, 그는 놓치지 않고 바라보고 있었거든요. 그의 시선은 언제나 곧고 맑게 저를 향해 있었습니다. 제 몸이 파도와 하나 될 수 없대도 그의 그 올곧은 시선이 저를 향하고 있다면, 저는 몇 번을 넘어져 바다에 굴러떨어져도 하하 호호 웃을 수가 있었지요. 파도와 하나가 되는 체험은 그렇게도 이루어졌습니다.

하지만 그날 우리는 결국 서핑을 하지는 못했습니다. 햇살이 너무나 강한 탓이었지요. 바다로 향하던 저희는 결국 셔츠 안쪽에서도 타는 듯한 고통을 느끼고 있던 그의 피부를 모른 체할 수 없어서, 발길을 돌릴 수밖에 없었습니다. 그가 더 이상 못 걷겠다며 바로 보이는 가게로 몸을 피해버린 덕에 저흰 갑작스레 어이없이 이상하고 촌스러운 추러스 가게에 가게 되었지요. 조금은 뽀로통해져 튀어나온 입을 숨기지 못한 채 저는 그에게 물었습니다.

뭐 먹을 건데.

그는 제 속도 모르고 따가운 자신의 얼굴에 선크림을 연신 발라대며 초코추러스를 먹겠다고 대답하더군요. 골이 난 마음이 풀렸던 것은 어이없게도 그 이상하고 촌스러운 추러스 가게의 초코추러스 맛 때문이었습니다. 입에 넣은 추러스는 아주 바삭하고 속은 쫀득했지요. 걸면에 묻은 초코는 달지도 않고 입 안엔 카카오 향이 가득 퍼졌습니다. 이토록 달콤 쌉싸름한 맛이라니, 초코 추러스를 두 차례 씹고는 동그래진 제 눈을 보고 그는 피식 웃었습니다. 그리고는 한 입 베어 물고 제 눈이 어떤 걸 의미하는지 그 또한 알아채 버렸지요. 언제 골이 났었나 바로 잊은 채 저는 초코 추러스를 골랐던 그를 아주 칭찬했습니다. 역시 네가 메뉴를 잘 고른다고, 이 집은 초코가 그냥 진짜라고. 그와는 모든 것이 그랬습니다. 전날부터 설레며 세웠던 계획이 일순간에 어그러져도, 그래서 서운해진 마음에 그가 전혀 동조해 주지 못해도, 그와 저는 어떤 방식으로든, 어떻게든 다시 저희의 자리를 찾아갔습니다. 잠시 토라졌대도 나의 토라짐은, 그의 토라짐은 오래가지 못했습니다. 우리에게 즐길 거리는 이미 넘쳐났고, 거기에서 같은 마음을 느낄 수 있다면, 그와 전 다시 웃을 수 있었습니다. 그 촌스럽고 투박하기 짝이 없었던 가게가, 지금 이 순간 정말로 몹시 그립습니다.

가게 밖을 나서니 벌써 노을이 지고 있었습니다. 가게 밖에는 등받이가 없는 벤치 하나가 이상하게 놓여 있었고, 이 벤치마저 이 가게와 어울린다며 꺄르르 웃다가 누가 먼저랄 것 없이 저희는 그 벤치에 앉았습니다. 서로의 등을 기대어 앉아 각자의 하늘을 바라보는데, 선홍빛 노을에 그와 나는 잠시 말을 잃었습니다. 인생이라는 게 참 알다가도 모를 일입니다. 그날은 정말로 서핑을 몹시 하고 싶었던 날이었거든요. 왠지 오늘은 보드 위에 몇 번이고 올라설 수 있을 것 같다고, 자유롭게 파도를 탈 수 있을 것 같다고, 느낌이 정말 좋다고, 전날 잠들기 전부터 계속 설레발을 쳤었지요. 어쩌면 어젯밤부터의 염원이 얼토당토않게 어그러진 것이었는데도, 그날 하루를 돌이켜보니 참 좋은 하루였습니다. 낙엽이 빙글빙글 돌다가 땅에 떨어지고, 쇼팽의 음악은 화려하게 배회하다가 정확히 어느 지점에 꽂힌다던데, 그날 하루도 이리저리 흘러가다가 결국 그 선홍빛 노을에 닿은 기분이랄까요? 이런 게 인생이라면, 정말 살만하지 않은지요. 따가운 햇빛을 피하려 들어간 추러스 가게에서 세상에서 가장 맛있는 추러스를 먹게되는 것 같은 행운이 인생 곳곳에 숨어 있는 것 같았습니다. 결국 우리가 멈추지만 않는다면, 매일 한 걸음이라도 어떤 방향으로든 움직인다면, 그렇게 이어진 삶들은 우리를 결국 어디론가 데려가 줍니다. 그러니까, 그날은, 그냥 그렇게 배회해도 괜찮겠다고, 뚜렷한 목적이 없더라도 그걸로 괜찮을 것 같다고, 겨우 이 노을을 보려고 오늘 하루를 그렇게 산 거라면, 아주 만족스럽다고, 아주 충분하다고, 그런 생각이 이어졌지요. 기대앉은 등 너머 그가 느껴졌습니다. 아마 그 또한 비슷한 감정을 느끼고 있으리라, 그저 알 수 있었지요. 고개를 조금 돌려 그를 돌아보았는데, 참 이상하지요. 매일 보던 그의 얼굴인데 조금 새로워 보였습니다.

어머, 너, 제이크 질렌할 닮았다.
제이크 질렌할?
어. 연기해 봐.

제이크 질렌할처럼?
아니, 그냥 연기 해 봐. 왠지 잘할 것 같애.

 당시 그는 세상의 무리와는 다른 편에 서서 많은 것에 초연하고 많은 것에 덤덤했는데, 때론 그 무심함이 본인에게도 향하고 있어서 본인조차도 스스로를 제대로 보지 못하는 것 같았습니다. 저는 그날 그 벤치에서, 여리면서도 단단하고, 외로우면서도 강인하고, 거칠면서도 부드러운 어떤 날개가 보였습니다. 만약에 그가 배우라는 업을 지니게 된다면, 그 날개를 활짝 펴서 날 수 있지 않을까, 이상한 환상이 어떤 종교적인 믿음처럼 저를 사로잡았습니다. 가벼운 농담 섞인 제 말에 그는 황당하다는 눈초리를 보냈지만 저는 알았습니다. 제 말이 그의 내부 어딘가에 각인되어 버렸다는 것을요.

 너 말이야, 오늘이 우리 삶의 마지막 날이면, 뭘 선택할 거야?

 삶 바로 옆에 죽음을 붙여 놓으면요, 사실 많은 것이 간단해집니다. 마지막이라는 말은 늘 우리에게 거추장스러운 것들을 거둬내주죠. 그는 자기 중력을 갖는 것, 그 중력이 세상의 중력보다 세지는 것, 그것만을 바라던 집념 어린 사람이었습니다. 만일 그의 꿈이 세상과 싸워 이긴다면, 저를 향한 그의 애착이 그를 이겨냈듯, 그의 갈증과 열망이 그의 세상이 되어, 그 세상의 빛이 영원히 꺼지지 않을 것만 같았습니다. 아주 자그마한 파충류 한 마리가 아직 동이 트지 않은 새벽, 칠흑

같이 어두운 습지대에서 꺼지지 않는 빛 하나를 입에 머금고 홀로 바위에 붙어 있다가 그 빛을 한 알 한 알 토해내는 광경. 저는 그날 그런 모습이 그려졌습니다.

그의 입에서 연기 이야기를 들은 것은 그로부터 몇 달 후였습니다.

저희는 가끔 사치를 부릴 때 페리를 타곤 했지요. 페리를 타고 이쪽에서 저쪽으로 향하다 보면, 이쪽의 빛이 점점 멀어지고 저쪽의 빛이 가까워집니다. 어느 쪽 빛이 더 먼지, 어느 쪽 빛과 더 가까운지 가늠하기 힘든 구간, 그 구간은 배 위에서 가장 어두운 순간이지요. 저는 그 구간에 달하면 늘 고개를 올려 별을 보았습니다. 생애 태어나 처음 별똥별을 본 것도 바로 그 구간에서였지요. 사실 그것이 제가 페리를 타는 이유이기도 했습니다. 하지만 그날만큼은 달랐습니다. 통탄스럽다는 말도 다 담아내지 못할 정도로 몹시도 마음이 아픈. 정말 몹시도 마음이 아픈 사건. 그런 사건이 일어나고 말았지요. 4월의 화창했을 봄날, 제주로 떠나는 배가 침몰했던 사건, 그 사건 말이에요. 지금도 우리는 그 일이 왜 일어난 건지, 진상, 말 그대로 진상도 알지 못합니다. 모두가 그 시기에 이미 너무 많은 눈물을 흘려서였을까요? 이제는 4월이 와야, 그 날짜 근처가 와야 아주 스치듯 그 사건을 기억합니다. 그날은 정말 이상한 날이었어요. 분명 해가 떠 있는 시간에만 해도 전원 구조되었다는 뉴스를 보았는데 말이지요. 그저 그런 해프닝 정도로 대수롭지 않게 보고 지나갔던 하나의 사건이, 밤이 되니 수백 명의 생사를 알 수 없는 사건으로 바뀌어 있었습니다. 생존자가 있기를 희망하던 기도가 시신만이라도 수습하게 해 달라는 기도로 바뀔 동안 저희는 타국에서 아무것도 할 수 없었습니다.

바다에 가자.

페리를 타자고 말한 것이 그였는지 저였는지는 기억이 나지 않지만, 그날 저희는 여느 때처럼 같은 곳에서 표를 끊고 건넛마을로 향하는 페리를 탔습니다. 모든 것이 평소와 다를 바가 없었지만, 그날의 저희는 별을 올려다볼 수가 없었습니다. 그렇다고 바다를 보기에도 마음이 아파 제 눈은 잔뜩 흐려져 그저 앞만을 향하고 있었지요. 그저 이밤의 차가움을, 외로움을, 바다의 가혹성을 느끼면서요. 그때 갈매기한 마리가 저희 옆을 날아갔습니다. 아니, 함께 날았습니다. 우리 옆을 날다가 바다 안으로 들어갔다가 다시 우리 옆을 날았지요.

쟤, 피시 마켓에서 본 갈매기랑은 다르다.

피시 마켓의 갈매기에 대해 잠시 말씀드리면, 아주 치사하고 나약한 갈매기가 따로 없습니다. 얼마나 얍삽한지, 제가 앉을자리를 찾으려고 고개를 휙 돌린 그 사이에, 제 접시 위 연어를 물고 갔어요. 무려 다섯 점이나요. 저는 그날 얼마나 그 갈매기를 욕했는지 모릅니다. 이 거지 같은 새끼, 어떻게 남의 것을 훔쳐 먹냐. 이것은 엄연한 도둑질이다. 이 죽일 놈의 갈매기! 지 먹이는 지가 벌어먹어야지! 하고요. 그러니까, 지금 이 바다 위 갈매기는 그 피시 마켓 갈매기와는 아예 태생부터 다른 종류의 갈매기처럼 느껴졌습니다. 이 친구는 자신의 힘으로 제 먹이를 찾을 줄 알았거든요. 제 품위를 지킬 줄 알았지요. 더럽고 치사하게 남의 연어를 공짜로 탐내지 않았고요. 그 춥고 외롭고 혹독한 바다를 비행하며 스스로 살아남기 위해 끊임없이 움직였던 거예요.

그날의 우린 유난히 화나고 무섭고 외롭고 아팠습니다. 그래도 이슬픔이, 이 아픔이 괴롭다고 눈을 돌려 도망칠 수는 없었어요. 피시 마켓에서 연어를 훔쳐먹는 갈매기는 되지 말아야 하니까요. 우리는 바다 위를 나는 갈매기여야 하니까요. 차라리 울음을 토해내는 편이, 차라리 마음껏 좌절하고 슬퍼하는 편이 더 바다 위 갈매기 같아서, 그래요, 저는 그때 차라리 울어버렸습니다.

다시 바다를 건너 원래 있던 자리로 돌아왔을 때, 그는 조금은 멍해 보였습니다. 모든 것을 다 비워낸 듯 초연해 보이기도 했어요. 그리고 말했습니다.

나 연기 해 보고 싶어. 해 볼게.

신경이 계속 쪽지로 향했다. 내용만 확인하고 다시 원래대로 해놓을 생각으로 쪽지를 펼쳤다. 쪽지의 내용이 이상했다. '목요일은 어때요?' 목요일? 목요일이라니… 학생 시절에 배웠던 요일의 개념이 떠올랐다. 월, 화, 수, 목, 금, 토, 일 이렇게 일곱 개의 날이 존재 했었지. 석기는 목요일만 살기 때문에 콕 집어서 목요일이 어떤가에 관해 묻는다면 매일의 날들을 말해야 할 것 같았다.

목요일은 어때요?

영영

석기는 일을 시작하기 전 상황판 옆에 꽂힌 쪽지를 봤다. 그 쪽지의 주인이 누군지 궁금했지만 일단은 가만히 두기로 했다. 수직형 스마트 농장 상황판에 날짜와 요일을 기재했다. 수확 바구니 로봇 CP3218의 전원 버튼을 누르고 오이 토마토를 따서 담기 시작했다. 1차 목표 수량 50개를 채우고 휴식시간을 가졌다. 신경이 계속 쪽지로 향했다. 내용만 확인하고 다시 원래대로 해놓을 생각으로 쪽지를 펼쳤다. 쪽지의 내용이 이상했다. '목요일은 어때요?' 목요일? 목요일이라니… 학생 시절에 배웠던 요일의 개념이 떠올랐다. 월, 화, 수, 목, 금, 토, 일 이렇게 일곱 개의 날이 존재했었지. 석기는 목요일만 살기 때문에 콕 집어서 목요일이 어떤가에 관해 묻는다면 매일의 날들을 말해야 할 것 같았다. 이곳은 초등학교 입학과 동시에 평생의 요일을 선택하게 되어있다. 일생일대의 중요한 순간을 미취학아동에게 직접 선택권을 주는 것에 대해 최근까지도 말이 많지만, 별수 없는 일이었다. '네추럴 빌리지'에서는 넘치는 인구를 통제해야 했기 때문이다. 그때 하필 목요일을 왜 선택했느냐고 묻는다면 석기는 별로 할 말이 없다. 기억이 가물가물한 데다가 진짜 별 이유가 없기 때문이다. 어린 생각에 월, 화는 부담스러웠고 수요일의 삶은 팍팍할 것 같았다. 주말(금, 토, 일)은 쉬어야 할 것 같고 남은 건 목요일 뿐이었다. 일주일을 다 산다면, 하루가 7일 동안 계속 이어진다고 생각하니 머리가 지끈거렸다. 일주일을 온전히 경험해 본 세대가 아직 살아있긴 하니까 그들에게 일주일이 어땠는지 묻고 싶었다. 할아버지가 생각났다. 석기의 할아버지는 일주일을 경험해 본 마지막 세대였다.

"할아버지 21세기는 어땠어요?"

"글쎄, 한때는 천국 같았고, 그 이후론 줄곧 지옥이었지."

애써 무덤덤하게 얘기하는 할아버지는 21세기를 얘기할 때면 표정이 좋지 않았다. 그 시기 할아버지는 많은 이들을 떠나보냈다고 들었다. 석기는 할아버지에게 더 이상 묻지 않았다. 대신 21세기에 대해 자료를 찾아봤다. 방대한 양의 자료였다. 지구 온난화가 문제의 시작이었다. 21세기 초반에는 그런대로 괜찮았지만 매년 지구의 온도가 상승했다. 지진, 태풍, 해일 등 온갖 자연재해들이 발생했고, 세상이 혼란한 틈을 타 곳곳에서 핵전쟁이 일어났다. 전쟁과 자연재해로 전 세계 인구는 절반으로 줄었다. 핵전쟁 이후 방사능으로 오염된 땅과 바다는 도저히 사람이 살 수 없었다. UN에서는 20세기부터 연구해 온 자급자족 공동체 '네추럴 빌리지'를 대대적으로 세워 전 세계 사람들을 받았다. '네추럴 빌리지'는 5만 명의 사람들이 자급자족할 수 있는 150층 규모의 농장형 건물이다. 그 많은 사람이 자급자족할 수 있었던 배경에는 요일제 삶을 배정받았기 때문이다. 일일 생산량을 맞추기 위해 5만 명의 사람들이 돌아가며 쉬는 날 없이 정해진 요일에 일을 해야 했다.

석기가 수면 캡슐에서 금방 깼을 때 온몸에 한기가 돌았다. 목요일을 제외한 다른 날은 수면 캡슐에서 저온 수면을 취해야 했다. 석기는 공동컴퓨터 모니터를 터치했다. '네추럴 빌리지'에서는 하루 6시간의 의무 노동을 채워야 자유시간이 보장되었다. 채소 농장, 과일 농장 그리고 단백질 배양 농장이 층마다 배치되어 있다. 석기는 채식을 주로 해 채소 농장을 택했다. 석기가 채소 농장에 들어섰을 때 먼저 할아버지를 찾았다. 할아버지는 보통 채소농장에서 일한다. 정해진 노동시간을 다하고도 연장근무를 하는 할아버지는 몸에 밴 특유의 부지런함으로 항상 노동이 취미라고 말하곤 했다. 건강을 생각해서라도 일을 줄여요. 라고 말해도 이렇게 움직이지 않으면 금방 늙어 버릴 것 같다고 했다. 할아버지가 멀리서 수확하는 모습이 보였다.

미연은 수요일만 살아간다. 궁금한 건 못 참는 편이라 일단 무조건 하고 봤다. 아무도 시도하지 않았지만, 오직 궁금증만으로 '네추럴 빌리지'의 모든 곳을 가본 유일한 일반인이다. 미연이 다른 요일에 대한 환상을 가지기 시작한 계기는 우연히 시청한 21세기 다큐를 통해서였다. 다큐의 내용과는 별개로 그들이 살아가는 요일이 궁금했다. 할 수만 있다면 이곳을 벗어나 모든 요일을 경험하고 싶었다. 미연은 다른 요일 사람들과 이야기라도 듣고 싶었다. '그래 쪽지. 쪽지를 남긴다면 목요일 작업자와 소통할 수 있지 않을까?' 미연은 쪽지에 무슨 말을 할지 한참을 고민했다. '목요일은 어때요?'

석기는 사과 바나나를 수확하면서 할아버지에게 다가갔다. 할아버지는 붉게 잘 익은 사과 바나나를 한 송이 따서 바구니 로봇에 담았다.

"일주일을 다 산다는 건 어때요?"

할아버지는 잠시 수확을 멈추고 석기를 봤다.

"일주일?"

석기는 고개를 끄덕였다.

"산다는 건 다 비슷하지. 일주일을 산다는 건 힘든 일이야. 그래도 주말이 있기에 삶이 더 빛나는 것 같아. 평일은 일로 지친 삶이라면 주말은 종일 쉬거나 여행을 가지. 지금이야 의무 노동을 하루도 빠짐 없이 한다지만 21세기엔 일과 쉼이 분리되어 있었지."

"종일 쉬는 날이 있다고?"

"하지만 월요일에서 금요일까지 주 5일을 쉴 틈 없이 일해야 했어. 과로로 쓰러지는 사람도 있었지. 기술이 발전하고 사람이 하는 일이 줄어 들자, 정부에서 주 4일제를 도입했어. 처음엔 세상이 시끄러웠어. 경제가 망한다느니 기업들은 도산한다느니 말들이 많았어. 정작

주 4일제 세상이 되고 나서 삶은 더 활기차졌지.”

석기는 겪어본 적 없고 앞으로도 겪어보지 못할 일주일에 대해 상상해 봤다. 일주일의 세상은 지금보다 극적인 기쁨과 고통이 동시에 존재할 것만 같았다.

'목요일은 수요일과 크게 다르지 않을 것 같네요. 다만 다시 일주일을 살 수 있다면 지금보다 나을 것 같아요. PS. 주말에는 종일 쉴 수 있다고 합니다.' 석기는 쪽지를 상황판 옆쪽에 꽂아두었다. 미연은 잠에서 깨자마자 채소 농장으로 갔다. 쪽지를 쓰고 난 뒤로는 매일같이 그랬던 것 같다. 벌써 3주가 지났다. 상황판 옆으로 쪽지가 꽂혀 있었다. 두근거리는 마음으로 쪽지를 열었다. 크게 다르지 않을 것 같다는 말에 실망하긴 했지만, 석기가 언급한 주말이 궁금해졌다.

미연은 의무노동 시간을 채우고 자유시간이면 도서관으로 향했다. '네추럴 빌리지'의 설계도와 전체 시스템에 대해 공부했다. 공부하면 할수록 '네추럴 빌리지'의 보안 시스템이 철저 하다는 걸 알 수 있었다. 출입구마다 CCTV가 설치되어 있고, 정화되지 않은 바깥 공기가 들어오지 못하도록 외부로 통하는 출구는 엄격히 통제되고 있었다. 미연은 주말을 간절히 원했다. 오늘과는 다른 진짜 내일이 존재하는 삶이야 말로 진정한 삶이라는 생각이 들었다. 미연은 간절한 마음으로 '네추럴 빌리지' 도면을 확대해가며 밖으로 통하는 통로를 유심히 살폈다. 1층 채소농장 환풍구에 동그라미를 쳤다. 미연은 수면시간이

다가오기를 기다렸다. 취침 전 어수선한 틈을 타 농장으로 숨어 들었다. 농장은 밤에도 식물들이 자랄 수 있도록 보라색 식물성장등이 켜져 있었다. 미연은 숨을 죽인 체 꼬박 하루를 보내고 목요일을 맞았다. 아침부터 농장이 분주했다. 석기는 총을 어깨에 메고 선글라스를 낀 통제 요원을 붙들고 무슨 일인지 물었다. 통제 요원은 내 말이 들리지 않는지 묵묵부답이었다. 무전기에서 소리가 들렸다.

"칙-치익- WR-2215 지역에 환풍기 파손 발견."
통제 요원은 재빨리 움직였다. 석기도 통제 요원을 따라갔다. 도착한 곳은 1층 채소농장이었다. 멀리서 통제 요원 여럿이 바리케이드를 설치하는 것이 보였다. 농장에는 바깥공기가 통하는 대형 환풍기가 있는데, 환풍기가 멈춰 있었다. 누군가 환풍기를 통해 '네추럴 빌리지'를 탈출한 것이다. 그게 가능한 일일까? 밖은 위험하다고 알고 있는데, 그걸 모르고 탈출을 한 것인가? 몇 년 전 살인을 저지르고 '네추럴 빌리지'를 탈출했던 사건이 떠올랐다. '네추럴 빌리지' 근방에서 방사선 피폭을 당한 채 발견된 범죄자는 온몸의 피부가 녹아내려 끔찍한 몰골이었다. 석기는 '네추럴 빌리지' 100층에 있는 전망대로 향했다. 전망대에는 고배율 디지털 망원경이 설치되어 있어 탈출한 누군가를 관찰할 수 있을 것 같았다.

석기는 '네추럴 빌리지' 전망대에 도착해 밖을 내려다보았다. 공기가 탁한지 대기는 누렇다 못해 붉은빛이 돌았다. 폐허가 된 건물들 사이사이로 풀들이 무성하게 자라 마치 아마존 밀림 같기도 했다. 망원경으로 탈출한 사람을 찾기 시작했다. 멀지 않은 곳에 경비용 드론이 붉은 불빛을 깜빡이며 모여 있는 것이 보였다. 망원경으로 그 아래쪽을 살피니 누군가 서 있는 것 같았다. 자세히 보기 위해 디지털 줌을 최대로 하여 그를 관찰했지만, 화면이 흐려져 잘 보이지 않았다. 그가 나를 쳐다보는 것 같았다. 눈을 씻고 다시 화면을 봤다. 이번엔 아예 화면이 먹통이었다. 고개를 들어 그 부근을 살피니 검은 모래폭풍이 일었다. 다시 망원경으로 그를 찾았으나 보이지 않았다. 팔목에서 진동이 느껴졌다. 의무 노동시간 위반 알람이었다. 석기는 아쉬운 마음을 뒤로하고 채소농장으로 향했다. 상황판에 요일을 입력하고 수확을 위해 로봇을 켰다. 당근과 감자를 수확했다. 석기는 무슨 소리가 들리는 것 같아 일을 멈추고 밖을 쳐다봤다. 통유리에 습기가 차 있어 밖이 잘 보이지 않았다. 석기는 다시 수확을 진행했다. 일하는 동안 자꾸만 그의 모습이 아른거렸다. 석기를 향해 무언가 할 말이 있는 사람처럼.

결승선에 처음으로 들어가는 기분이 무엇인지 궁금했을 뿐입니다.

희대의 악필

일미

라디오에서는 클래식이 흘러 나오고 있다. 라너의 이별 왈츠, 이별 앞에서 감정의 가면을 쓰고 비아냥대는 사람처럼 지나치게 경쾌한 현악기 소리가 서예 하는 학생들 사이를 채운다. 좀처럼 선곡과 어울리지 않는 공간, 정선생의 설명이 음악 위에 얹어지지만 아이들은 하던 행위를 멈추지 않는다. 음악도 설명의 언어도 그저 공기 중에 떠 있다. 글씨체에는 사람의 아주 많은 것들이 담깁니다. 요즘 그것이 알고 싶다 보면 필적 감정사도 있지 않습니까? 글씨에는 마음, 성품, 기품 그 모든 것……. 픽, 하며 먹물을 머금은 세필 붓이 부러진다. 순식간에 대여섯 명의 초등학생들이 한 곳을 바라본다. 서른 중반은 됨직한 성인 희대가 동작을 멈춘 상태로 먹물이 잔뜩 묻은 손을 들여다보고 있다. 미세하게 떨려오는 손에 힘을 주어 주먹을 쥐어보는데 정 선생이 희대의 어깨를 툭툭 쳐서 밖으로 데리고 나간다. 창가의 아이가 열린 창문을 닫으면 학원 이름이 보인다. 악필 교정원 정선생. 희대와 정 선생이 문밖으로 사라지면 아이들은 아무 일도 없었다는 듯이 다시 교본을 열심히 따라 쓴다.

복도 끝 창가에 기대어 담배를 피우는 희대와 그 모습을 멋쩍게 바라보는 정 선생, 까슬하게 자란 수염만 쓸어만지다 괜히 희대의 어깨에 팔을 둘러보려는데 희대는 몸을 더 반대로 틀어버린다. 강의실의 아이들이 희대 자리에 모여 킥킥 웃어댄다. 그 소리가 복도의 희대에게까지 가닿는다. 아무래도 희대가 쓴 한일자가 지렁이 꿈틀대듯 꿀렁거려서 일 것이다. 희대는 크로스백에서 반깁스 보조기를 꺼내 오른손에 장착하고는 건강음료 파우치도 찾아서 하나 꺼낸다. 염소가 그려진 건강원표 즙에 날카로운 빨대로 한 번에 정확하게 뚫어 마신다.

갈게.

희대야, 너 이제 그만해도 안되겠냐?

발끈하며 희대가 뒤돌아 본다.

뭘 그만해. 내가 뭘 그만하는데? 내가 뭘 그만할 수 있는데?

야, 너 왜 이렇게 예민해? 나 여기 선생님이야. 애들도 다 듣는데 목소리 낮춰.

선생은 무슨, 영어학원 짜투리 시간에 끼겨서 근근이 하면서.

진짜 꼬였네. 너 오른손 다 나았잖아. 모르는 사람 없어. 너만 몰라.

반깁스를 찬 희대의 오른손이 정 선생의 얼굴을 가격하려다 힘없이 내려간다. 꼼짝 않고 보는 정 선생.

너는 애가 용기가 없어.

… 네가 없는 건 뭘 꺼 같은데?

뭔데?

획 돌아서 걸어가는 희대, 뒤에서 몇 번 부르는 정 선생.

야, 심희대, 뭔데? 말은 하고 가. 야 심희대!

아이들이 가방을 싸 들고 우르르 몰려나온다. 희대의 앞으로 우르르 뛰어가는 아이들. 희대는 멈춰 서고 만다.

1997년 작열하는 태양, 제131회 가을 운동회.

자신을 손쉽게 앞질러 가는 다른 계주 선수를 보면서 어린 희대는 운동장 한가운데 멈춰 선다.

심희대! 달려! 달리라고! 이 멍청아!

아이들이 소리치는데, 희대는 느닷없이 반대로 뛰기 시작한다. 어리둥절한 사람들의 모습. 희대가 뛰어가는 방향에는 결승선 준비를 하고 있던 어른들이 승리의 흰 리본을 늘어뜨리고 있었다. 희대가 뛰어오는 걸 보고 물러서는 어른들 때문에 희대의 눈앞에 있던 결승선이 사라진다. 담임선생님이 희대를 짐짝 들듯 들어 올리면 어른들은 다시 급하게 리본을 펼친다. 이를 악물고 선두로 들어오는 한 아이가 결승선을 넘으며 환호성을 지른다.

아! 아! 아!

몇 대 더 맞을래?

발갛게 부어오른 손을 만지며 묵묵부답인 희대. 그때 다른 선생님에게 가방이 잡힌 채 끌려들어 오는 여자아이 찬미.

김 선생님, 애 쌤님 반 찬미, 도망가는 거 잡아왔어요.

상담실 한구석에는 미리 와 있던 남학생 하나가 더 있다. 얼굴에 잔뜩 페이스페인팅 그려져 있는 석주 그 옆으로 찬미, 희대까지 한 책상에 모여서 반성문을 쓴다. 꾸역꾸역 써 내려가는 아이들, 반쯤 눈을 감고 있는 선생님, 운동장에 방송이 흘러나오는 소리를 듣고 선생님이 창문을 열어 재낀다.

곧 부모님들과 선생님들의 계주 시합이 펼쳐질 예정입니다. 참여하시는 학부모님들과 선생님들께서는 단상 앞으로 모여 주시기 바랍니다.

김 선생님이 상담실을 나가면 석주는 기다렸다는 듯 창가로 달려간다. 침을 조금 묻혀 얼굴의 그림을 지우면서 바깥 구경을 한다. 찬미는 열심히 적고 있는 희대의 반성문 종이를 훔쳐본다.

야, 너 진짜 글씨 예쁘다. 글도 잘 쓰네. 어떻게 그렇게 써? 신기하다.

찬미가 희대의 반성문을 아예 뺏어들고 뚫어져라 보는데 희대는 이상하게 부끄러워 빈 책상만 쳐다본다. 석주도 희대의 반성문 종이를 보고 혹시 다른 사람 글씨체도 따라 할 수 있냐고 묻는다.

떡볶이집에 마주 앉은 세 아이. 희대가 먹기 편하도록 두 아이가 떡볶이를 희대 앞으로 밀어준다. 아주 맛있게 분식을 먹는 아이들, 찬미가 종이컵에 든 오뎅 국물을 모두 마신 다음 희대를 바라본다.

너 근데 반대로 달렸다며? 왜 그랬어?… 말하기 싫음 안 해도 돼, 얼른 먹어.

여우 같은 기지배 찬미는 그날 저를 어린아이 달래듯 어르고 칭찬해서 자신의 반성문까지 모두 쓰게 만들었습니다. 그녀의 아버지는 서예원을 운영했고 저에게 재능이 보인다는 찬미의 말을 믿고 일주일 뒤 엄마의 손을 잡고 등록하러 갔습니다. 석주는 이미 줄긋기를 하고 있었습니다. 여우 같은 기지배 찬미는 그날 이후로도 저에게 아주 많은 칭찬을 해 주었습니다. 아무런 색도 아무런 향기도 없던 저의 인생에 먹물 한 방울이 톡 떨어지더니 구석구석 아주 천천히 퍼져갔습니다. 서예원 덕분이었는지 저는 도대회에서 큰상도 몇 번 받았습니다. '굼벵이도 구르는 재주가 있다더니', 아버지로서는 최고의 칭찬이었습니다. 저는 제게서 찾은 단 하나의 재주에 매달렸습니다. 참, 제가 계주 트랙을 반대로 뛰어간 이유는 사실 별다른 이유는 없었습니다. 결승선에 처음으로 들어가는 기분이 무엇인지 궁금했을 뿐입니다. 늘 환호성이 지나간 먼지 구덩이 속에서 결승선 리본이 떨어져 나가는 것을 지켜봐야만 하는 것이 심통이 났던 것입니다. 저에게 기회를 주고 싶었습니다.

버스 안, 석주와 찬미, 희대를 닮은 듯한 세 아이가 깔깔 웃고 있다. 맨 뒷좌석 반 깁스 한 오른손으로 글을 쓰다 아이들을 넋놓고 바라본다. 일기 쓰기를 해보라는 정신과 선생님의 조언대로 희대는 늘 두툼한 노트를 가지고 다니다 짬이 나면 무엇이든 적었는데 글 쓰는 시간이 평소보다 오래 걸려 그 밖의 일상들도 조금씩 삐걱거렸다. 희대는 두리번거리다 옆에 앉은 아저씨에게 충무로가 지났는지를 물어보고 부랴부랴 버스에서 내린다.

충무로는 희대의 일터였다. 4인으로 시작한 소규모 디자인 회사의 켈리그라피 담당이었는데 희대가 쓴 영화 제목이 천만 영화가 되면서 일복이 터지더니 금세 직원이 7명으로 늘었다. 모름지기 영화 홍보에서 제일 중요한 것이 포스터라 관계자들이 눈에 불을 켜고 신경 쓰는 부분이기도 했다. 그만큼 신생회사가 일을 따기가 힘들고 시안 수정도 많은 터라 영화 포스터를 만들고 싶다던 희대는 각종 음식점 전단지, 학원 브로슈어를 더 많이 만드는 날이 많았다. 그때까지 큰 포트폴리오가 없던 희대에게 연락이 온 것은 아마 신선함을 찾기 위한 관계자의 커다란 모험 덕분일 테다. 규모가 꽤 큰 영화 포스터를 맡으면서 희대는 일생일대의 기회를 잡은 것 같았다. 일이 성공적으로 마무리되고 업계에 소문이 나면서 다른 영화사에서도 희대의 회사를 찾기 시작했다. 그러나 성공이 가까이 올수록 희대는 두려워졌다. 관계자가 별다른 이유 없이 자신에게 일을 맡겼던 것처럼 언젠가 별다른 이유 없이 다시 자신을 찾지 않을 수 있다는 막연한 불안감이 생겼던 것이다. 희대의 켈리 솜씨는 뛰어났지만 겁을 먹은 뒤로 스타일의 변화는 주지 못했다. 어느 순간 희대의 회사에 대한 소문은 판에 찍은 듯한, 어디서 본 듯한, 늘 비슷비슷한, 이 같은 수식어가 붙었다. 좋게 말하면 안정된, 나쁘게 말하면 지겹다는 말이었다. 업계의 소문과는 또 별개로 일은 끊이지 않고 들어왔다. 그러다 어느 평범한 햇살 좋은 날,

자고 일어나서 간밤의 꿈에 대해 메모를 하려는데 글씨가 좀처럼 마음대로 써지질 않았다. 오른손이 망치로 한대 맞은 것처럼 축 늘어졌다. 억지로 펜을 쥐고 글씨를 써보았는데 도무지 무엇을 쓴 것인지 알아볼 수 없었다. 그렇다. 희대는 말 그대로 하루아침에 악필이 되었다.

많은 곳을 찾아다녔다. 서울의 유명한 정형외과, 신경외과, 정신과 지방의 용하다는 절과 약방, 무당과 점집, 타로카드와 별점. 희대가 기대어보지 않은 것은 세상에 없을 듯했다. 그러다 지난밤 뉴스에서 본 새로운 소식에 홀린 듯이 충무로를 찾게 된 것이다.

최근 들어 갑자기 평소에 곧 잘하던 일을 하지 못하게 된 사람들이 늘고 있습니다. 아무런 전조증상도 없어 국민들은 정부가 대응책을 살필 때라는 목소리를 내고 있습니다. 각계 분야 전문가들은 다양한 해석을 내놓고 있습니다.
이어지는 인터뷰, 그린피스 전문위원, 대기과학자, 뇌과학 전문가가 현 상황에 대한 장황한 추측을 말하고 있다. 가장 잘하는 한 가지 재능을 잃은 사례들을 도표로 보인 다음 충무로 골목 일대로 화면을 꽉 채운다. 희대가 출근길에 자주 봤던 카페와 편의점이 화면 안에서 스쳐 지나가고 모자이크 된 의원 간판이 하나 보인다. 그 앞으로 진료를 위해 대기하고 있는 수많은 사람들. 대기자들 앞으로 지나가며 멘트를 치는 여기자.
정부의 느린 대처로 인해 시민들 사이에서는 이렇듯 불안감만 커지고 있습니다. 이 현상을 해결해 주겠다고 나서는 의원들이 속속들이 생겨나고 있지만 분명하게 짚고 넘어가야 할 부분이 있습니다. 검증된 진료법은 아직까지 없다는 사실입니다.

희대는 아주 쉽게 뉴스에 나온 장소를 찾아내었다. 광명 의원. 간판 아래 현수막을 내걸고 크게 홍보를 하고 있었다.

잃어버린 재능을 찾기 위한 여정, 광명 의원에서 시작하세요. 체계적인 접근 방법, 실제 완치 사례 100건 달성, 최첨단 의료장비, 친절한 의료진이 환자를 내 가족처럼 진료합니다.

문을 열고 들어간 희대의 눈앞에는 그저 평범한 의원의 모습이 보였다. 여느 의원에나 있을법한 타성에 젖은 간호사의 응대도 그러했다.

저희 병원 와 본 적 있으세요? 여기 표시된 부분 모두 작성하시고 대기실에서 기다리세요.

희대는 왼손으로 펜을 잡고 개인정보를 적은 다음 '발현된 문제' 칸에 '악필'이라고 적었다.

심희대님, 노란 선 따라서 3번 진료실로 들어가세요.

노크를 하고 들어간 진료실 안에는 앉은키가 유독 작은 의사가 컴퓨터 모니터에 상반신이 거의 가려진 채 앉아있었다. 희대는 잠시 의아했다. 자세히 보니 휠체어 바퀴가 보였고 왼쪽 다리에 깁스를 한 의사는 반깁스 보조기를 찬 희대의 오른손을 보더니 싱긋 웃고는 말을 시작한다.

직업이, 디자이너 이시구나. 캘리? 캘리가 뭐죠?

글쎄 디자인…….

아 그 식당 메뉴판 쓰고 그런 거구나.

네 뭐… 그런거….

그러니까 필체를 잃어버린 거군요.

네.

많이 걱정하셨죠? 제가 설명해 드릴게요. 사춘기가 되면 2차 성징이라고 해서 신체의 많은 부분들이 변하잖아요. 사람들은 그때뿐만이아니라 어떤 시기가 되면 많은 것들이 변합니다. 눈치를 못 챌 정도로조금씩 변하니까 알아채지 못하는 거예요. 그러니까 지구가 자전하는것처럼 아주아주 천천히. 그런데 근래에 지구가 너무, 환경이 너무 나빠졌어요. 기후 위기 들어보셨어요? 문제는 기후위기의 시계가 터무니없이 빨리 돌아가고 있다는 겁니다. 그러면 가장 타격이 큰 것은 인간입니다. 직격탄이 바로 이런 현상으로 나타나는 거고요. 인간이 나이가 들면 점점 잘하던 것도 못하게 되는데, 이 자연스러운 흐름이 호르몬에 의해서 너무 빨라진 거죠. 쉽게 설명하면 재능의 시계가 고장났다는 말씀입니다. 무슨 말인지 아시겠어요? 그러니까 이 신체의 모든 부분들이 톱니바퀴처럼 맞물려서 자연스럽게 돌아가야 하는데 한부분 한 부분 빠지기 시작하더니 다 제각각으로 돌아가기 시작했다는말입니다.

주먹을 쥔 채 마주 대어 돌리며 열띤 설명을 하는 의사, 어느새 입을 헤 벌리고 듣고 있는 희대. 좀처럼 무슨 말을 하는 건지 알 수가 없다. 의사의 목소리가 점점 웅웅거리며 잘 들리지 않는다. 표정을 읽었는지 희대의 엑스레이 사진을 화면에 띄우고 확대하는 의사. 희대의 오른손, 손목 관절 부분에 뼈가 없는 것처럼 커다란 구멍이 보인다. 희대는 사진을 보며 자신의 손목을 짚어본다.

선생님, 그럼 전 이제 어떡해요?

번뜩이는 의사의 눈빛,

지금 먹고 계시는 약 있어요?

특별한 건 없는데, 염소 즙 먹고 있어요. 종합 비타민이랑.

염소? 드시던 거마저 드시고, 저희가 같이 이겨낼 수 있도록 노력해 볼 거예요. 할 수 있는 모든 방법을 총동원하면 언젠가는 이겨낼 수 있습니다. 스스로를 응원해 주셔야 하고요. 먹고, 바르고, 붙이고, 근육 자극하는 패치도 하나 내 드릴 거예요. 오늘 물리치료 받고 가시고.

때맞춰 등장하는 미모의 상담실장.

나머지는 여기 계시는 상담실장님이 도와주실 거예요.

아유 오른손이시구나, 걱정이 많으시겠어요.

벌컥 열리는 문, 건장한 체격의 남자 두 명이 들어온다.

이광명 씨, 사기죄 현행범으로 긴급체포합니다. 미란다 법칙에 따라서….

저기요. 지금 이게 무슨 일입니까?

환자분, 여기 병원 아닙니다. 의사면허도 없어요. 갈수록 간이 커지

네! 새끼. 빨리 나와.

웅성거리는 사람들 사이를 비집고 나오는 희대. 사람들에 의하면 저 어린놈의 자식은 의대 신입생인 척 사기를 치다가 결국에는 의원까지 차려서 버젓이 돈을 끌어모았다고 한다. 어디선가 마이크가 밀치고 들어와 희대의 입에 가까이 들이댄다. 공중파 방송 기자가 인터뷰를 부탁한다.

환자분, 환자분, 한마디 해주세요. 지금 그래도 다행이시네요.

… 뭐가 다행이라는 말입니까.

이어지는 정적. 기자를 노려보는 희대. 당황한 기자는 말을 정리하며 마이크를 쥔 손을 벌벌 떤다.

아무래도 급작스러운 일에 당황하신 듯한데요. 이렇듯 심리적으로 약해진 사람들을 대상으로 파렴치한 사기죄를 저지른 일당을 충무로 일대에서 소탕했습니다. 건강한 사회, 숨김없는 사회를 만들어가는 GBS 박찬미 기자였습니다.

기자가 멘트를 마치는 동안 희대의 눈빛은 묘하게 달라져 있다. 카메라맨에게 수고 인사를 하는 찬미. 작가가 다가와 사는 곳과 이름을 묻는다.

망원동, 심희대, 37, 여우 같은 기지배.

네? 지금 뭐라고 하셨어요?

작은 소란에 돌아보는 찬미.

심희대? 너 심희대야? 진짜?

찾았습니다. 그녀를 찾으면 왠지 실마리가 풀리지 않을까 했는데, 드디어 찾았습니다. 역시 사람은 멈춰있으면 안 되고 움직여야 합니다. 여우 같은 기지배, 한껏 나를 고무시키고, 다독여서 무언가를 잘하게 만든 원인 제공자.

야, 너 서예과 갔다는 이야기는 들었어. 축하해 주고 싶었는데.
어.
말이 나오지 않았습니다. 어떤 원망과 비난의 말도 나오지 않았습니다. 그 말들은 모두 제 속에서 망상의 힘으로 만들어진 탓이었던지 현실에서는 아무짝에도 힘이 없었습니다. 다만 그녀에게 할 수 있었던 말은.
나 글씨를 못 쓰게 됐어.
아… 요즘 많이들 그러더라. 어떻게든 또 방법을 찾을 거야 너무 스트레스받지 말고 좀 쉬면서… 아니다. 내가 어떻게 무슨 말을 하겠냐. 나도 방금 쩌기서 토하고 왔어. 10년 차에 다시 벌벌 떨기 시작했다고 하면 후배들이 나를 어떻게 볼지 눈앞이 깜깜하다.
찬미는 그렇게 말하면서 대수롭지 않은 듯 웃어 보였다. 웃음. 그 웃음을 보며 희대는 또 다른 날을 떠올리게 된다.

1998년 작열하는 태양, 제132회 가을 운동회.
훌쩍 키가 자란 찬미와 석주 희대는 다시 계주 트랙에 서 있다. 출발을 알리는 선생님의 신호탄이 아이들을 달리게 한다. 고르게 달려가던 아이들 중 찬미와 석주, 희대는 출발선으로 되돌아 뛰기 시작한다. 있는 힘껏, 그들을 보고 다시 어른들이 결승선을 내려놓는데 이번에는 찬미와 석주가 양옆에서 하얀 승리의 결승선을 붙잡는다. 그리고 희대는 결승선을 거꾸로 통과한다. 어안이 벙벙한 사람들 틈에서 들리는 세 아이의 환호성.

  다시, 정 선생의 악필 교정원. 무심히 들어와 가방을 툭 내려놓은 희대. 아이들은 모두 자리에 앉아 이미 사군자를 그리고 있다. 오른손에 붓을 들고 사군자를 그리기 시작하는 희대 옆으로 정 선생, 그러니까 정석수가 다가온다.

  내가 곰곰이 생각해 봤는데, 나한테 가장 크게 없는 게 뭘까 말이야.

  그런 게 어딨어. 너 열받으라고 그냥 한 얘기야. 불안해 보라고. 나처럼.

  네가 그렇게 보태지 않아도 걍 사는 것도 불안이다. 그냥 가진 거 생각하는 게 맘 편해. 너 때문에 좀 재밌네. 재미없던 것들이 재밌어졌어. 내가 가진 것 중에 제일 유별나고 재밌어.

  욕이야 뭐야.

  그리고 네가 지금 여기 있는 거, 용기야.

  쑥스러워진 희대는 말이 없어진다. 사군자 그리기를 마치고 새 화선지에 한일자를 그어 내려간다. 아래로 내려갈수록 조금씩 모양이 일정해진다. 평범한 사람의 눈에는 보이지 않을 만큼, 그러니까 이 글을 쓰는 작가에게만 보이는 정도로.

쉬는 시간, 희대는 열댓 명의 아이들과 나란히 앉아 석주가 나눠주는 아이스크림을 받아들고 먹는다. 석주가 잘 열리지 않는 창을 힘주어 열면 녹슨 쇠를 긁는 소리가 나고 낡은 창으로 바람이 들어온다. 실내가 더웠는지 이마의 땀을 닦으며 기분 좋게 바람을 느끼는 아이들. 희대는 노트를 열어 무언가를 쓴다.

힘을 잃은 히어로가 일련의 사건들 끝에 힘을 되찾는 이야기로 끝나는 것이 아니라 헬스장에 짱박혀 힘을 다시 기른다는 이야기로 끝이 난다면 누가 그 영화를 볼까 싶지만 모르는 일입니다. 스스로에게 기회를 주는 인물을 보면 되레 다행이라고 안심하게 될지도, 보편성을 억지로 가져버린 인물에 감정이입이 되고 시즌 2를 기다리게 될지도. 저거 다 시즌 넘기려고 밑밥 까는 거야, 하면서 말이죠. 그러니까 말입니다. 결말은 결말이 아니라는 겁니다.
희대는 노트를 한 장 넘겨 다음 글을 이어간다.

05 금요일

혼자 화장실에서 손을 씻고 있는 서린. 고개를 들어 거울을 본다. 입을 앙다물고 갈라진 앞머리를 가지런하게 정리한다. 그러다 눈웃음을 지으며 표정 연기를 해본다. 아까 본 주연의 얼굴을 따라 하는 듯하다. 입을 가리고 웃으며 아까 상황을 재연해 보는 서린.

금세 사랑에 빠지는

귤선생

S#1. 고등학교 강당 / 오전 체육시간

7월. 반팔, 반바지 체육복을 입은 1학년 2반 학생들이
강당에 모여 있다. 자유 시간인 듯, 체육 선생님은 보이
지 않고 학생들이 한쪽에서는 배구 연습을, 다른 한쪽
에서는 강당 바닥에 주저앉아 놀고 있다.

그중 남학생 3명, 여학생 2명이 동그랗게 모여 앉아 게
임을 하고 있다. 몸을 앞으로 쭉 빼고 친구들의 얼굴을
보고 있는 서린(17, 여). 단발머리, 뷰러로 한껏 올린
속눈썹, 틴트로 빨갛게 바른 입술. 고데기로 바짝 땡긴
앞머리. 이리저리 꾸며봤지만 2% 부족하다.

게임에서 진 주연(17, 여)이 벌칙을 받아야 하는 순

간. 주연이 애교 있게 상황을 모면해 보려 하지만 준호 (17, 남)는 가차 없다는 듯 웃으며 맞은편 주연에게 다가가 손바닥을 세게 때리려는 시늉을 한다. 맞기도 전에 꽥 비명부터 지르는 주연. 준호가 아주 살살 손바닥을 톡 친다. 주변에서 들려오는 아이들의 야유 소리. 주연이 부끄러운 듯 입을 가리고 웃는다. 주연 특유의 눈웃음이다.

남1   여친이라고 봐주냐?

주연   야야. 딴 게임 하자. ABC 게임 어떰? 나 이거 개 잘해.

분위기를 주도하는 주연. 그런 주연의 얼굴을 관찰하는 듯 바라보는 서린.

S#2. 학교 화장실 / 오전

혼자 화장실에서 손을 씻고 있는 서린. 고개를 들어 거울을 본다. 입을 앙다물고 갈라진 앞머리를 가지런하게 정리한다. 그러다 눈웃음을 지으며 표정 연기를 해본다. 아까 본 주연의 얼굴을 따라 하는 듯하다. 입을 가리고 웃으며 아까 상황을 재연해 보는 서린.

서린   (작은 목소리로 중얼중얼) 야. 딴 게임 하자.

이 게임 어떰?

다시 거울 속 자신의 얼굴을 살펴보는 서린.

타이틀. 금세 사랑에 빠지는

S#3. 서린의 방 / 이른 아침

낡은 주택. 너저분한 서린의 좁은 방 안. 서린이 좋아
하는 남자 아이돌 A5 포스터가 책상 앞에 붙여져 있고
잠옷을 입은 서린이 방바닥에 이불을 깔고 누워 잠들어
있다. 방 밖에서 쩌렁쩌렁 들려오는 트로트 MR과 노년
여성의 노랫소리. 서린이 시끄러운 듯 귀를 막고 다시
잠에 청하려 애쓴다.

S#4. 서린의 집 부엌 / 아침

서린의 엄마 미영(40대 중반), 아빠 상경(40대 중반),
서린의 여동생 아린(10), 서린이 식탁에 앉아 조촐한
아침식사를 하고 있다. 여전히 트로트 소리가 들려온
다. 인상을 잔뜩 찌푸린 서린의 표정을 의식하는 미영.

미영   (안방 쪽을 바라보며) 엄마! 그만하고 와서 밥 먹어!
신고 들어오겠어!

대꾸도 없이 트로트를 부르는 춘자(여, 70대).

상경   장모님 저렇게 노래 부르고 싶어 하시는데 노래 교실이
       라도 보내드려야 되는 거 아니야?

웃음이 터진 미영.

미영   어휴. 진짜 그럴까 봐.

아린이 귀엽게 춘자의 노랫소리를 따라 부르고 미영,
상경이 함께 웃는다. 식탁에서 심각한 얼굴을 한 사람
은 서린 뿐이다.

서린   할머니 언제까지 있어? 큰이모 아직 퇴원 안 했어?
상경   (미영과 한번 눈을 마주치고) 큰이모가 한 10년 모시
       고 살았으니까 이제부터 우리가 모시고 사는 거야. 큰
       이모 몸이 많이 안 좋으시대.

깨작깨작 먹는 서린의 밥 위에 반찬을 올리는 상경.

상경   요즘 왜 이렇게 못 먹어.

상경의 말이 안 들리는 듯 불만이 가득한 서린의 얼굴.

S#5. 학교 앞 / 아침

혼자서 터덜터덜 등교하는 서린. 그때 뒤에서 준호가
자전거를 끌고 와 서린을 부른다.

준호 (서린의 어깨를 쿡 찌르며) 야.

서린 어. 안녕.

혼자 있을 때와는 달리 입꼬리를 올려보려 하는 서린.
준호와 같이 걷는다.

준호 너 원래 이쪽으로 와? 한 번도 못 봤는데.

서린 원래는 더 늦게 등교해서….

준호 아~ 맞다. 너 맨날 지각하잖아.

서린 (웃으며) 맨날은 아니거든!

준호 뭘 아니야. 맨날 운동장에서 벌서는 거 다 봤는데.

티격태격 장난을 주고받는 서린과 준호.

CUT TO

학교에 도착해 자전거 보호소로 자전거를 끌고 가는 준호. 서린이 준호를 뒤로하고 먼저 학교 본관으로 들어가려 한다.

준호   야~ 같이 들어가. 좀만 기다려 줘.

서린, 걸음을 멈추고 자물쇠로 자전거를 잠그고 있는 준호에게 가까이 다가가 기다린다. 얼굴이 상기되어 보인다.

S#6. 급식실 / 점심시간

빈 식판을 들고 배식을 기다리는 서린과 주연. 주연이 서린의 앞에 서 있다.

주연   나 이름 바꿀 거야. 김이서로. 이제 그렇게 불러.
서린   개명하게?
주연   아니. 귀찮아서 어른 되면 하려고.
서린   근데 왜 바꿔?
주연   평범하잖아. 김주연.

주연, 가슴팍에 달린 '김주연'이 적힌 명찰을 뗀다.

서린   난 예쁘다고 생각했는데.

주연   엥? 전혀. 난 네 이름 갖고 싶어. (서린의 명찰을 보며) 공서린. 주인공 이름이야.

서린   그럼 나랑 바꿀래?

주연   좋아. 너 가져.

주연, 서린에게 자신의 명찰을 준다. 그때 주연의 앞으로 키가 크고 체육복 차림의 석현(18, 남)이 빠르게 새치기를 한다. 눈이 동그래진 주연. 석현이 뒤를 돌아본다.

석현   안녕.

어이가 없다는 듯 고개를 뒤로 돌려 서린을 보는 주연. 석현의 뒤통수를 째려본다.

석현   (시선을 느낀 듯 다시 돌아보며) 나 2학년이야.

주연   (툴툴) 알겠어요.

석현   진짜야. 나 축구하다가 늦어서 지금 온 거야.

주연   알았다고요.

짧은 티키타카가 오가고 잠깐 서로를 보고 서 있는 주

연과 석현. 작은 실소가 터진다.

석현   너 1학년이지.

주연   네.

석현   (명찰이 없는 것을 보고) 이름 뭐야?

주연   왜요?

석현   아. 뭔데.

차례가 되어 급식을 받는 석현. 시선은 주연에게 고정
한다.

주연   김이서요.

주연, 석현의 옆으로 가 함께 급식을 받는다. 둘의 사이
가 가깝다. 주연의 뒤에서 석현과 주연을 바라보는 서
린.

S#7. 교실 / 방과 후

책상 앞에 서서 가방에 짐을 싸는 서린. 가방을 멘 주연
이 휴대폰을 들고 서린 쪽으로 달려온다.

주연   (작게 귓속말) 그 오빠 DM 왔어.

주연이 들이미는 휴대폰 화면에 석현에게서 온 DM 알림이 떠 있다. 인사하는 듯 손바닥 모양 이모티콘. 주연이 슬쩍 준호가 앉아있는 자리를 의식한다.

서린 미친. 너 좋아하나 봐.

주연 (주위를 살피며) 조용히 말해.

서린 (작게) 첫눈에 반한 거임? 새치기하다가?

주연 (사이) 존나 양아치 같애. 싫어.

S#8. 서린의 방 / 저녁

잠옷을 입고 책상에 앉아 주연과 전화 통화하는 서린. 여전히 석현의 이야기 중이다.

서린 그래도 괜찮게 생겼던데.

주연 (F) 니가 볼 땐 그 오빠가 잘생겼어? 준호가 잘생겼어?

서린 음….

주연 (F) 야. 뭘 고민해. 무조건 이준호 아니야?

서린 너야말로 왜 물어봐. 갈아타게?

주연 (F, 발끈) 미쳤어? 너 그 말 당장 취소해!

서린 알았어. 미안. 미안.

그때 들려오는 춘자의 노래.

주연 (F) 뭔 소리야?

서린 아… 할머니가 또 노래 부르나 봐.

주연 (F) 존나 웃겨. 뭐 부르는데?

서린 몰라…. 존나 싫어. 진짜. 좀 나갔으면 좋겠어.

S#9. 서린의 집, 부엌 / 저녁

불만이 가득한 얼굴로 귀를 막고 거실로 나오는 서린.
미영이 저녁상을 차리고 있고 아린은 거실 TV로 만화
를 보고 있다. 서린의 표정을 읽어낸 미영이 대충 달래
보려 한다.

미영 시끄러우면 나가서 간장 좀 사 와.

미영이 건네는 만 원짜리 지폐를 마지못해 받는 서린.

S#10. 편의점 앞 / 저녁

서린, 집 앞 편의점으로 들어가려는데 편의점 앞에 석
현과 석현의 친구 무리 4명이 컵라면을 먹으며 앉아있
다. 딱 봐도 불량해 보이는 껄렁껄렁함. 서린, 잠옷 차
림에 민낯인 게 부끄러워 우물쭈물 편의점으로 들어가
려는데 석현이 발견한다.

석현   너 이서 친구지.

끄덕이는 서린.

석현   (애살맞게) 걔 요즘 바빠?
서린   (친하다는 걸 어필하듯) 방금도 통화하고 왔는데….
석현   걔한테 답장 좀 하라고 전해줘.

어색하게 입꼬리를 올려보는 서린.

석현   얘기 좀 해줘~ 응?
서린   네.

석현이 편의점 탁자 위에 있던 새 초코우유 하나를
서린에게 건넨다.

석현   이거 먹어.
남2   아. 내가 2개 먹으려고 했는데 왜 쟤를 줘.
석현   그만 처먹어. 돼지 새끼야.

석현이 건넨 초코우유를 손에 든 서린. 눈이 휘어지게
주연처럼 웃어본다.

서린   감사합니다.

S#11. 서린의 방 / 저녁

책상에 앉아 석현이 준 초코우유를 물끄러미 바라보는 서린. 휴대폰으로 초코우유를 손에 들고 기념품처럼 사진 찍는다. 여전히 집 안에는 노래를 부르는 춘자의 노래가 들린다.

S#12. 강당 / 오전 체육시간

강당 무대 위에 걸터앉은 주연과 서린. 준호가 배구 연습하는 쪽을 바라보고 나란히 앉아있다.

주연   너네 할머니 노래 부르는 거 존나 웃기더라.

서린   빨리 갔으면 좋겠어. 존나 민폐야.

주연   나는 할머니 오면 좋던데. 용돈 많이 주잖아. (서린 입술을 보며) 너 틴트 바꿨어?

서린   응. (체육복 주머니에서 틴트를 꺼낸다) 이거.

주연   내 거랑 똑같네?

서린   너도 있어? 몰랐네.

주연의 체육복 바지에서 진동 소리가 들린다. 주연, 휴대폰을 꺼내 어딘가 문자를 보낸다.

서린 폰 안 냈어?

주연 (휴대폰만 보면서) 응.

옆에서 주연의 휴대폰 화면을 슬쩍 보는 서린. 대화 상
대가 석현인 것을 확인한다. 석현의 답장을 보고 피식
웃는 주연.

주연 나 잠깐 화장실 갔다 올게.

일어나는 주연.

서린 같이 갈래?

주연 아니~

휴대폰에 눈을 고정한 채로 강당 밖으로 나가는 주연.
배구 연습을 하던 준호도 그런 주연을 본다.

S#13. 학교 담벼락 / 오전 체육시간

담벼락에 기대어 놀고 있는 주연과 석현. 서로 장난을
치고 있다. 꽤 사이가 가까워 보인다.

주연 수업 땡땡이치고 완전 막 나가네요.

석현   야. 너는.

주연의 이마를 손가락으로 툭 치는 석현. 입을 가리고
웃는 주연. 학교 건물 뒤에 숨어 그들을 지켜보는 서린.

S#14. 학교 앞 / 방과 후

혼자 하교하고 있는 서린. 셔츠에 주연의 명찰이 달려
있다. 서린에게 준호가 자전거를 끌고 가까이 다가간
다.

준호   하이.

서린   (반가움) 오늘 주연이랑 놀러 간다고 그러지 않았어?

준호   응. 일이 생겼대.

말없이 준호 얼굴을 보는 서린. 조금 심각한 표정을 하
는 준호를 보며 분위기를 전환해 보려 한다.

서린   너는 왜 볼 때마다 자전거를 끌고 다니냐. 존나 웃겨.
사실 자전거 못 타는 거 아니야?

준호   (웃으며) 너랑 얘기하려고 잠깐 내린 거지.

서린   (기분이 좋다) 그럼 나 집까지 태워줘. 어차피 같은 방
향이잖아.

기대의 눈길로 준호를 올려다보는 서린.

S#15. 자전거 도로 / 오후

준호의 자전거 뒷좌석에 탄 서린. 자전거가 쌩쌩 달린다. 서린이 준호의 교복 셔츠 끝자락을 잡는다.

S#16. 서린의 집 / 오후

현관문을 열고 집 안으로 들어오는 서린.

서린   다녀왔습니다.

미영   어. 왔어?

부엌 식탁에는 미영, 춘자가 나란히 앉아 과일을 먹고 있고, 거실 소파에는 아린이 초코우유를 먹으며 TV를 보고 있다. 아린에게 가까이 다가가는 서린.

서린   야. 그 초코우유 어디서 났어.

대꾸하지 않는 아린. 서린이 신경질적으로 자신의 방으로 들어가 책상을 확인한다. 초코우유가 없어졌음을 확인한 서린이 다시 아린에게 다가가 소리친다.

서린　(초코우유를 뺏으며) 왜 맘대로 먹어! 남의 방에는 왜 들어오고 지랄이야!

미영　(깜짝 놀라) 야!! 너 말버릇이 그게 뭐야. 초코우유 하나를 동생한테 못 줘?

울 것 같은 얼굴로 기가 죽은 아린을 노려보고 방문을 쾅 닫는 서린. 서린의 태도에 혀를 끌끌 차는 미영. 서린의 닫힌 방문을 보는 춘자의 얼굴.

S#17. 교실 / 오후

국어 시간. 칠판 앞에는 국어 선생님이 지루하게 수업을 이어 나가고 있고 창밖에서 쏟아지는 햇볕에 학생들 모두 나른한 얼굴이다. 서린은 앞에 앉은 주연이 책상 밑으로 휴대폰을 숨겨 문자를 주고받는 것을 보고 있다.

S#18. 교실 / 저녁

하교 전, 교실에 남아 청소를 하는 서린과 같은 반 학생들. 그때 석현이 교실 문 앞을 서성이고 있는 것이 보인다. 잠시 망설이다 교실 밖으로 나가는 서린. 서린을 본 석현이 말을 건다.

석현　김이서 있어?

바로 대답하지 않는 서린. 망설이다 입을 연다.

서린 이서요?

석현 어.

서린 (그제야 떠오른 듯) 아… 이서. 잠깐 까먹었어요. 걔 원래 이름 그거 아니라서.

석현, 원래 이름엔 별 관심이 없는 표정이다. 손에 들린 초콜릿 상자를 서린에게 건넨다.

석현 이거 걔한테 좀 전해줘. 약속 지켰다고도 말해줘. 알았지?

복도 끝 계단으로 올라가는 석현. 석현의 뒤통수를 보다가 손에 들린 초콜릿 상자를 보는 서린. 복도에 있던 학생 몇 명과 눈이 마주친다. 마치 석현이 자신에게 초콜릿 상자를 준 것처럼 보일 거라는 생각에 기분이 좋다.

그때 준호가 복도를 걸어와 교실 안으로 들어간다. 표정이 굳어있다.

서린　(준호를 보며, 혼잣말로) 좀만 빨리 오지.

뒤이어 복도로 걸어오는 주연. 준호와 주연이 대화를 하고 돌아온 것처럼 보인다. 주연이 서린에게 다가온다.

주연　웬 초콜릿?

서린　받았어.

주연　누구한테?

서린　어떤 선배가 나 좋대.

주연　(인상을 찡그리며) 엥? 진짜?

서린　장난이고 (초콜릿 상자를 건네며) 너 주래. 그 오빠가.

주연　(표정이 밝아진다) 미친. 진짜 줬네. 아. 존나 웃겨.

서린　약속 지켰다고 전해달라던데. 무슨 약속했…

주연　(정신이 없어 말을 가로막으며) 방금 왔다 갔어? 왜 못 봤지?

복도를 두리번거리다 초콜릿 상자를 뜯어보는 주연.

서린　너 그 사람이랑 사겨?

주연　아니?

서린　그럼 이건 왜 줘?

초콜릿 상자 뜯던 것을 멈추고 서린을 보는 주연.

주연   그 오빠가 내기에서 져서 준 거야.

서린   준호도 알아?

주연   왜 물어? 존나 이상하게 보는 눈치네.

짧은 정적. 서린이 애써 분위기를 풀어보려 한다.

서린   아니. 그래도 베픈데 둘이 무슨 사이인지는 알아야…

주연   질투해?

당황하는 서린. 주연, 서린의 셔츠에 꽂힌 자신의 명찰
을 빼서 교실 안으로 들어간다. 복도에 혼자 남은 서린.

S#19. 학교 자전거 보호소 / 오후 하교 시간

책가방을 메고 벽에 기대어 서 있는 서린. 준호를 기다
리는 듯하다. 준호가 학교 건물에서 나와 자전거 자물
쇠를 풀고 운동장을 향해 간다. 서린이 앞머리를 한 번
정리하고 준호에게 가까이 다가간다.

서린   봐봐. 또 끌고 가네.

장난치는 서린에 별 대꾸를 안 하는 준호. 표정이 안 좋아 보인다.

서린   무슨 일 있어?

섣불리 대답 못 하는 준호가 서서 서린을 본다. 말할지 말지 고민하는 듯 보이는 준호.

준호   이서가 너한테 무슨 말 한 적… 있어?
서린   무슨 말?
준호   (사이) 아니다.

말을 하려다 말고 먼저 걸어가는 준호.

서린   나도 너한테 할 말 있는데.
준호   뭔데.
서린   좀 중요한 얘기야.

주변을 둘러보는 서린. 하교 중인 학생들이 많다.

서린   우리 집 뒤쪽에 좋은 곳 알아.

S#20. 자전거 도로 / 오후

준호의 자전거 뒷좌석에 탄 서린. 준호의 교복 셔츠 끝
자락을 잡고 준호의 머리칼 냄새를 맡는다.

S#21. 숲 / 해 질 녘

숲속, 바위에 나란히 앉은 준호와 서린. 주변으로 나무
가 울창하다. 각각 쭈쭈바 아이스크림을 입에 물고 있
다.

준호   이런 곳이 있는지도 몰랐다. 좋네.

서린   그치? 나도 이렇게 들어와 본 건 처음이야. 꼭
피크닉 온 것 같다.

휴대폰으로 이리저리 풍경을 찍는 서린. 살짝 준호의
발도 걸치게 찍는다. 곁눈질로 준호를 보는 서린.

준호   할 얘기가 뭐야?

서린   … 무슨 얘기일 거 같아?

준호   이서 얘기 아니야?

서린   (갑자기 웃는다) 야. 근데 김주연 걔 웃기지 않아? 이름
이 김주연인데 김이서라고 존나 우겨서 우리 보고 그렇
게 부르라고 시키잖아. 진짜 골 때려.

혼자 웃는 서린. 준호는 별 반응이 없다.

서린   너 오늘 주연이랑 무슨 얘기 했어?

준호   그냥… 잘 모르겠대.

서린   뭘?

대답이 없는 준호. 서린, 준호를 본다.

서린   어휴. 이준호 불쌍해서 어떡해.

준호   뭐가.

서린   내가 말하는 거 비밀이다?

준호   응.

준호와 가만히 눈을 맞추는 서린.

서린   걔 바람피우는 거 같아. 이석현이라고 2학년 오빠가 있
는데… 그 오빠랑 맨날 디엠하고 체육 시간에 몰래 나가
서 만나고. 오늘은 교실 앞에 찾아왔더라고. 초콜릿 줄라
고.

생각에 잠긴 준호. 서린이 준호의 등 위에 손을 올린다.

서린   괜찮아?

한동안 말이 없는 준호.

준호   나한테 왜 얘기해?

서린   어?

준호   왜 말해주냐고.

처음 보는 준호의 화난 얼굴.

서린   (당황) 그냥 네가 알아야 하니까.

준호   내가 왜 알아야 돼? 이게 날 위한 거야?

서린   너도 알아야…

준호   확실한 증거가 있는 것도 아니고. 내가 이서랑 헤어질 것도 아닌데. 내가 알아서 좋을 게 있어?

서린   그럼 왜 왔어. 여기까지.

준호   이서 마음 돌릴 수 있는 이야기를 해줄 줄 알았지. 둘이 친구니까.

자리에서 일어나는 준호. 남은 쭈쭈바를 땅에 버린다.

준호   방금 얘기는 못 들은 걸로 할게.

자전거를 타고 사라지는 준호. 그새 해가 져 제법 어둑해진 숲속. 서린이 혼자 남는다.

CUT TO

[숲속 서린의 몽타주]

완전히 어두워진 숲속. 서린이 눈물을 닦으며 하염없이 걷고 있다.

서린 (흐느끼며 팔을 문지른다) 아. 시발 모기.

아무리 걷고 걸어도 끝이 안 보이는 숲속. 휴대폰 플래쉬를 켜고 열심히 두리번거리지만 길을 못 찾겠다. 점점 무서워진다.

CUT TO

1시간 경과. 땀 흘리는 서린. 그 자리에서 주저앉아 버린다. 배터리가 별로 안 남은 휴대폰을 꺼내 전화번호부를 뒤진다. 엄마 번호를 찾아 전화 버튼을 누르려는데 못 누르겠다. 고개를 박고 좌절하는 서린.

그때 멀리서 춘자의 노랫소리가 아득하게 들려온다. 고개를 드는 서린. 일어난다. 청각을 곤두세워 춘자의 노랫소리를 나침반 삼아 걷는다.

S#22. 서린의 집 / 저녁

현관문을 열고 들어오는 서린. 땀에 화장기도 모두 지워지고 가지런하던 앞머리도 떡졌다. 여전히 들려오는 춘자의 노랫소리. 저녁상을 차리고 있는 미영과 상경. 아린도 옆에서 거들고 있다.

미영　　늦었네.

서린, 맨날 보던 집안 풍경이 다르게 보이는 듯하다. 모기에 물린 팔을 긁으며 부엌으로 오는 서린.

상경　　(땀 흘리는 서린을 보고) 밖에 많이 더워?

아린이 물끄러미 서린을 본다. 대꾸 없이 냉장고 문을 열고 생수를 꺼내려던 서린이 냉장고에 초코우유 10개가 정렬된 것을 본다.

미영　　할머니가 너 먹으라고 사 오셨어. 감사하다고 말씀드려.

생수를 꺼내 냉장고 문을 닫고 탁자에 앉는 서린. 아린이 달려와 물파스를 탁자 위에 올려놓고 다시 TV 앞으로 간다. 모기 물린 팔에 물파스를 바르는 서린.

미영   (춘자에게) 엄마! 저녁 먹게 나와!

춘자가 노래를 멈추고 방에서 나와 탁자에 앉는다. 가족 모두 탁자에 모여 식사를 시작한다. 밥을 한 숟갈 크게 떠서 먹는 서린. 배가 고팠는지 우걱우걱 먹는다.

S#23. 서린의 방 / 밤

교복을 입은 채로 책상에 앉은 서린. 교복 셔츠에 '공서린' 명찰을 꽂는다. 책상 위에 거울을 통해 자신의 얼굴을 뚫어지게 보다가 초코우유를 먹는다. 춘자가 항상 부르던 노랫소리를 흥얼거린다.

the end

저는 그저 지켜볼 뿐이었습니다. 제가 이렇게 묵묵히 그를 지켜주면 말이지요, 그는 언젠가는 그만의 날개로 그만의 속도로 힘차게 날아 갈 거라는 것을, 저는 믿어 의심치 않았습니다. 포기 않는 그의 근성 과 타협 않는 뚝심을, 정면으로 삶에 부딪치는 그의 용맹함을, 그것을, 사실은 제게 없는 그것을, 저는 사랑했습니다.

주정차위반 의견진술서

더하기의 계절

세루코

그는 그 무엇보다 자기 자신이 되기를 원했습니다. 사람이 제 모습에 무언가를 더하지 않으면 그 상태가 바로 자기 자신이겠지요. 어쩌면 자기 자신에 대한 집착이 사라져야, 진정한 자기 자신이, 혹은 (그게 무엇이든) 무언가가 될 수 있는지도 모르겠네요. 하지만 젊음은, 아주 깨끗한 청춘은 더하기의 계절인 듯합니다. 당시의 그도, 그리고 저도 무언가를 더해야만 무엇이 될 수 있다고, 무언가를 해야만 무엇을 이룰 수 있다고 믿었거든요. 자기 자신이 되려면 뭘 더해야 하는지, 우리의 꿈에 가까워지려면 뭘 더해야 하는지, 우리의 사랑을 완성하려면 뭘 더해야 하는지 매 순간 고민하며 나아갔습니다. 연기를 하기로, 연기를 해내기로 결심한 그는, 이제는 연기로 자기 안의 무언가를 표현해내고 싶어 했습니다. 자기 안에 뭐가 있는지는 몰라도, 연기를 매개로 그가 가진 에너지가 빛나려면 무엇을 해야 하는지 그는 끈질

기게 고민했습니다.

저는 그에게 만일 우리나라에서 '라스베이거스를 떠나며' 같은 영화가 만들어진다면 니콜라스 케이지 역을 맡을 사람은 너뿐일 거라고, 너한테는 세상 모든 고독을 합쳐 놓은 것 같은 고독 덩어리가 있기 때문에 배우로서는 축복일 거라고 말했습니다. 고작 말 뿐인 응원이었지만 진심을 담은 마음이었습니다. 예술가라는 것은 본디 본인이 내부에 가지고 있는 것이 많아야, 즉 알맹이가 있어야 껍데기를 풍요롭게 만들 수 있다고 생각했거든요. 안과 밖이 조화를 이루어야 가장 강력한 힘을 낼 수 있다고요. 제가 좋아하는 예술가들이 그러했듯이 말입니다. 저는 그만큼 예민하고 섬세한 아이는 본 적이 없었습니다. 그리고 그는 자신의 여린 심성을 누구보다 강하게 바라볼 줄 알았지요. 만일 그가 무언가 만들어 낸다면, 그건 얼마나 아릴까, 얼마나 사랑스러울까, 얼마나 안아주고 싶을까. 전 벌써부터 설레는 마음이었습니다.

저는 그에게 여리면서도 단단하고, 외로우면서도 강인하고, 거칠면서도 부드러운 날개가 보였습니다. 매일같이 기도했지요. 그의 중력이 정말로 세상의 중력보다 세지기를, 아니, 세상의 중력과는 상관없이 단순하고 자유롭게 자신의 날개를 활짝 펴고 어디든 비행하기를, 그러는 동안 그의 마음이 즐겁기를. 매일같이 그의 아름다울 비행을 선명히 그리면서 저는 하루하루 여물어갔습니다. 하지만, 하지만 말입니다. 그게 우리를 망가뜨리게 될 줄 알았다면, 저는 과연 그의 날개를 응원할 수 있었을까요?

응원과 기도만이 제가 그에게 해줄 수 있는 유일한 일이었습니다. 처음 날갯짓을 해보려던 그는 누군가에게 도움을 청하는 대신 자신의 내부로 파고 들어가는 길을 선택했습니다. 고통스러웠겠지요. 누군가에게 배우지 않고 스스로 터득하는 것은 그게 무어든 아주 오래 걸리고 시행착오가 있기 마련이니까요. 대신 누구와도 다를 수는 있었을 테죠. 누구에게나 적당히 어울리는 기성품은 오히려 그의 본질과 가장 먼 옷이 되지 않나요? 알 수 없는 기준으로 적당히 나눈 프레임 안에(보통은 기능적으로 편리하게 나눠버리지요.) 우리는 적당히 들어가 적당히 살아가지만, 그 예민하지 못하고 둔감하기 짝이 없는 분류로 결국 사람은 통으로 묶여버립니다. 그 구조화된 개념들 속에서 분류된 채 고유한 차이를 완벽히 무시당하면서도, 진정한 본질을 알게 될 기회를 영영 잃으면서도, 기능적인 편리를 원하는 사람들이 많지요. 그는 자기 존재를 알기를 원했고 어떤 틀 안에서 쉽게 읽히는 것을, 누군가의 오독을, 감히 혐오하는 듯 했습니다. 그는 누구도 흉내 내지 못하는 움직임을 원했고, 그렇게 움직이고자 애썼지요. 정말이지 오직 그것만을 원했고 그것만을 향해 애썼습니다.

때때로 주변에선 그에게 빠른 성공을 이룩할 수 있는 기회를 주고자 했습니다. 하지만 그럴 때마다 그는 쓰디쓴 약이라도 먹은 듯 텁텁한 마음을 감추지 못했고 오히려 홀로 고립되는 쪽으로 발걸음을 옮기더군요. 조금 편한 길, 조금 쉬운 길, 그러니까 수많은 사람들이 앞서 갔던 길이 눈앞에 펼쳐져 있었는데 말이지요. 어쩌면 누군가에게는 간절했을 그 길의 기회를 그는 내내 모른척했습니다. 불행하게도 저는 그를 알았습니다. 재촉하고 싶지 않았고 바꾸고 싶지 않았습니다. 아니, 저의 재촉이나 저의 강요가 그에게 응원이 아닐 것을, 오히려 그를 외롭게 만들어 버릴 것을, 그는 그것을 받아들이지 못할 것을 저는 이미 알고 있었습니다.

회사 들어가면 오디션도 지금보다 많이 볼 수 있지 않아? 야, 사실 세상이 우리 생각만큼 그렇게 순수하진 못해서, 특히나 이 세계는 우리의 힘으로 무언가를 해내기에 이미 자본에 먹힌 세계 아니냐? 일단 위로 올라간 다음 하고 싶은 걸 해. 그래도 안 늦어. 그게 맞아.

주변의 모두가 그러했기에 저는 그저 입을 다물었습니다. '조금 편한 길로 가자, 요령껏 가라, 머리를 써야 한다' 하는 종류의 말을 저까지도 보탤 수는 없었습니다. 저는 그저 지켜볼 뿐이었습니다. 제가 이렇게 묵묵히 그를 지켜주면 말이지요, 그는 언젠가는 그만의 날개로 그만의 속도로 힘차게 날아갈 거라는 것을, 저는 믿어 의심치 않았습니다. 포기 않는 그의 근성과 타협 않는 뚝심을, 정면으로 삶에 부딪치는 그의 용맹함을, 그것을, 사실은 제게 없는 그것을, 저는 사랑했습니다.

그러던 어느 날이었지요. 한 친구가 어제 영화를 보다 그를 보았다고, 아니, 본 것 같다고, 연기를 한다고 들었는데 자신이 본 사람이 그가 맞는지 물어왔습니다. 저는 그가 그 영화를 찍었다는 사실조차 알지 못했습니다. 글쎄 잘 모르겠다 답하며 그 몰래 그 영화를 찾아보았습니다. 그가 맞았습니다. 두 시간 남짓의 영화에 3초 정도였지만, 그가 분명했습니다. 영화에 그가 등장한 3초가 정말이지 좋아서, 몹시도 애틋해서 저는 눈물이 날 것만 같았습니다. 잔뜩 신이 났던 저는 그에게 왜 말하지 않았느냐고, 잘 봤다고 이야기했지요. 그에게 돌아온 대답은 차가웠습니다.

　아, 어.

　지금 생각해 보면 그는 어쩌면 3초 남짓의 자기 모습이 조금은 초라하다고 느꼈는지도 모르겠습니다. 하지만 역할이 작아도 그이고, 역할이 커도 그가 아니겠어요? 저에게는 삶을 충실히 살아가고 있는 그의 발자취 중 하나였을 뿐이었는데, 그에겐 스스로를 구차하게 만들어버린 일이었을까요? 그의 반응에 저 또한 서운함이 밀려왔습니다. 축하하는 마음은 일순간에 사라지고 인간적인 불편한 감정만 남았습니다.

　왜 내가 아무것도 모르고 있어야 해? 내가 바보야? 왜 이걸 다른 사람이 먼저 알게 하는데.

그는 아무 대답도 하지 않았습니다. 그렇게 그는 조금씩 저에게서도 자신의 모습을 감추었습니다. 말이 없는 자리엔 오해가 쌓였습니다. 사랑으로 쌓은 것이 아니었는데도 오해의 벽은 사랑으로 쌓은 것보다 견고했습니다. 어느 순간부터는 이것이 오해인지 진실인지, 사랑인지 증오인지도 분간이 되지 않을 정도가 되어 있었지요. 저는 도망치고 싶었습니다. 도망치지 않고는 죽어버릴 것만 같았습니다. 빛이 감돌았던 세상은 이미 완벽한 과거의 이야기가 되어 버렸고, 외로운 그의 날갯짓은 어느 순간부터 저를 숨 막히게 했습니다.

그냥 좀 적당히 하면 안 돼? 넌 그냥 자존심만 센 이기적인 새끼야.

그를 향한 원망의 말이 마음 안에서 끝도 없이 울려 퍼졌습니다. 제 마음이 그에게 날카로운 화살을 던지는 동안 그는 묵묵히 저를 외면했습니다. 한 번도 제 쪽으로는 시선을 두지 않은 채, 그는 앞을 향해 나아갔지요. 그는 정말이지 끝없이 앞을 향해 가야 하는 유전자가 있는 것인지 계속해서 움직였습니다. 그와 나누는 대화 속에서 제 마음이 향하고 싶은 곳이 사라졌습니다. 이제는 그의 모든 것이 더 이상 궁금하지 않았어요. 저는 어쩔 줄을 몰랐습니다. 어디서부터 어떤 게 잘못되었던 걸까요? 내 안에 가득 담아내고 싶었던 그의 말들이 이제는 왜 단 한 마디도 들리지 않게 된 걸까요?

너 나 사랑해?

무슨 소리야.

왜 이제 나를 사랑하는 것 같지가 않지?

또 왜 그래 나는 처음보다 널 더 사랑하는데.

또라니. 왜 또야.

있잖아, 나는 너랑 같이 사는 꿈을 단 한 순간도 안 꾼 적이 없어. 그러니까 사랑하냐는 이야긴 이제 그만해.

나는 맨날 너 뒷모습만 보는 것 같아.

바빴잖아.

너만 바빠? 너가 안 바쁜 날만 기다리며 살 순 없어.

너는 내 외로움은 안 보여?

너는? 너는 내 외로움을 봐?

너는 내 얘기 궁금해? 너가 밥이라도 해준 적이 있어?

갑자기 왜 밥이야? 내가 왜 너 밥을 해주는데. 너도 해준 적 없잖아.

너도 나한테 가장 필요한게 뭔지 하나도 모르잖아.

나는 우리 관계를 이야기하는데 너는 왜 너 이야기만 해.

이게 내 이야기야? 나한텐 우리 이야기야.

그는 저에게 이해받지 못했다는 서러움에 가시를 세웠고, 저 또한 그에게 이해받지 못함에 찔리고 말았습니다. 너를 정말로 많이 사랑한다고, 우리 사랑은 변함이 없다고. 우리 지금은 우리를 제외한 모든 상황이 자꾸 변하는 중이라 조금 혼란스러울 뿐이라고, 하지만 지금도 내내 사랑하고 있다는 것만큼은 변함이 없다고, 미안하고 고맙다고. 나누어야 했던 말이, 서로에게 듣고 싶었던 말이 명확히 존재했을 텐데, 우리는 자신을 지키느라 상대를 공격하고 말았습니다. 그게 자신을 지키는 일 또한 되지 않았지만요. 실제로 당시 그가 살이 너무 많이 빠져 모습이 아예 변했다는 것은 아주 나중에 깨달은 일입니다.

저에겐 그가 보이지 않았습니다. 그도 마찬가지로 저를 보지는 못했지요. 어쩌면 우리는 차디찬 돌을 손에 꼭 쥔 채 더 때릴 수 있는 곳이 없나 살폈는지도 모르겠습니다. 그리고 먼저 맞지 않기 위해 서로가 서로에게 돌을 던졌지요. 몹시 차가운 시간이었습니다. 하지만 그때의 저희는 그럴 수밖에 없었습니다. 둘 다 어렸고 둘 다 처음이었습니다. 그 이유 말고 다른 이유는 없습니다.

혜인의 몸이 헬륨 풍선처럼 가벼워져 두 발이 공중에 뜨게 되자 뒤도 돌아보지 않고 하늘 끝까지 날아올랐다. 먹구름을 뚫고 맑은 하늘을 마주했을 때 혜인은 자꾸 눈물이 났다. 그 이후로도 하늘을 날 때면 이유 없이 눈물이 흘렀다. 꿈같은 시간이었다.

내일 여기, 이곳에서
영영

찬영은 학교 다닐 때 공부를 지독하게 싫어했지만, 대세는 누구보다 잘 따르는 편이었다. 찬영의 엄마는 찬영에게 '애가 머리는 좋은데 공부를 안해!' 라는 말을 종종 했었고 찬영은 그 말을 철썩같이 믿었다. 타고난 머리로 남들 공부할 때 적당히 하면 될 줄 알았건만 이상하게 공부한 것보다 성적이 덜 나왔다. 수능 때 만큼은 반전을 기대하며 새하얗게 불태웠지만 별다른 반전은 없었다. 어렵사리 지방사립대를 나와 남들처럼 안정적인 평생직장을 꿈꿨다. 많이 바라지도 않았다. 딱 9급 공무원이면 충분하다고 생각했다. 안타깝게도 그즈음 거의 모든 취준생의 꿈이 공무원이 되었고 9급의 문턱은 밟아보지도 못하고 허송세월만 보냈다. 찬영은 그때만 생각하면 후회만 남았다.

공무원 준비를 그만두고 나서 알바보다 월급이 높은 공장에 간 것이 찬영의 첫 사회생활이었다. 찬영에게는 천직과도 같았다. 남들은 단

순노동을 기피 직업으로 여기지만 찬영은 가장 순수하고 가치 있는 노동이라고 여겼다. 고민과 걱정 없이 묵묵히 자신의 할 일을 하고 그 시간만큼 보수를 받을 수 있는 정당한 노동이 좋았다. 찬영은 특별한 자격증 하나 없이 이만한 직장이 어디냐며 나름 감사하며 살고 있다. 일은 고되지만, 같이 일하는 우즈베키스탄 친구들과도 합이 잘 맞고 어느 정도 이 공장에서 고인 물이 되어가고 있다. 공장 일은 단순반복적일 때가 많은데, 하다 보면 자연스럽게 딴생각이 들 때가 있다. 그렇다고 일을 제대로 하지 않는 것은 아니다. 정신을 집중하고 정확하게 일을 하면서도 생각을 딴 데 두는 것이 포인트라면 포인트다. 찬영은 공장에서 일한 지 23개월째가 되는 날 일 하는 몸에서 영혼이 분리되는 경지에 이르렀다.

찬영은 일하는 도중에 영혼을 분리하여 바닷가를 찾았다. 답답한 회사를 벗어나 아무도 없는 바닷가를 혼자 거닐었다. 땅을 보면서 걷다가 백사장에 쪼그려 앉아 파도가 금방 지나간 자리에 '버티자'라고 썼다. 다시 파도가 일어 글씨가 사라졌다. 모래 위 유난히 검고 둥근 돌 하나를 주워 바다에 던지기도 하고 신발을 벗어들고 밀려드는 파도에 발을 담가 보기도 했다. 그러면서도 수시로 손목에 찬 시계를 확인했다. 점심시간이 되려면 한참을 기다려야 했다. '변화가로 가볼까?' 그렇게 마음을 먹자 찬영의 두 발이 어느새 공중에 떠 있었다. 하늘을 나는 기분은 언제나 좋았다. 바람을 느끼면서 거대한 솜사탕 같은 구름을 지나 더 높이 날아올랐다. 도시의 뒷골목에 도착했을 때 찬영은 뒤에서 누군가 자신을 쳐다보는 느낌이 들어 두리번거렸다. 처음 있는 일이었다. 주변에 아무도 없는 것을 확인하고 나서야 마음이 놓였다. 평일 오전인데도 도시의 번화가에는 사람들이 붐볐다. 점심시간 전인데도 커다란 돈가스 모양의 간판 밑으로 사람들이 줄지어 대기하고 있었다. 도시의 사람들은 저마다의 목적을 가지고 바쁘게 움직였다. 간혹 휴대전화를 보면서 걷다가 찬영의 어깨를 툭 치고 가는 사람들도 적지 않았다. 찬영은 가만히 서서 빠르게 지나다니는 사람들을 바라보았다. 먼발치에서 누군가 멈춰서 찬영을 빤히 쳐다보고 있어 이내 서로 눈이 마주쳤다. 찬영은 화들짝 놀라 골목길로 숨어들었다. '뭐지?' 우연이라고 하기에는 그 여자도 놀라는 눈치였다.

사이렌이 울리고 사방에 빨간불이 깜빡였다. 찬영의 앞으로 에어컨 실외기 여러 대가 멈춰 서 있었다. "찬영이! 지금 뭐 하는 거야! 똑바로 안 해!?" 검붉은 얼굴에 중년의 팀장이 달려와 찬영에게 소리 질렀다. 우즈베키스탄 친구들이 기계들 사이로 얼굴을 내밀어 찬영을 일제히 쳐다봤다. 팀장은 밀려있는 실외기를 바닥에 내려놓고 다시 라인을 재가동시켰다. 찬영의 손은 평소보다 더 바빠졌다. 오늘 물량을 맞추려면 더 이상 유체 이탈을 할 수 없었다.

찬영은 공장 일을 마치고 저녁이 되면 라이더로 일했다. 35살에 남들보다 늦게 사회생활을 시작해 그동안 집이며 주변 친구들에게 진 빚도 갚고, 학자금대출에 밀린 월세에 돌려막던 카드 값까지 생각하

면 이걸로도 부족했다. 지금껏 성실히 일하지 않은 것을 자책하면서
오토바이를 몰았다. 그나마 다행인 것은 오토바이를 모는 일은 일하
는 것 같지 않았다. 마치 미션을 해결하는 게임 같았다. 늦저녁이라
한산한 도로에서 속도를 높이면 스트레스도 싹 날아갔다. '누구였을
까?' 찬영은 어제 번화가에서 마주친 여자를 생각해 냈다. 자기처럼
유체 이탈을 하는 사람이 또 있다니 신기한 일이었다. 찬영은 터널을
지나면서 전속력으로 달렸다.

아침 체조가 끝나자마자 팀장이 찬영을 불렀다.
"찬영아. 이번 달만 일하고 계약 종료인 거 알지?"
"예? 연장해 준다면서요?"
"회사에서 결정한 거라 어쩔 수 없네, 회사도 어렵단다."
찬영은 자리로 돌아가서 일을 시작했다. 자꾸 오만가지 걱정이 몰려
와 일이 제대로 되지 않았다. 정신을 차리기 위해 고개를 흔들어 가며
일했다. 쉬는 시간에 화장실을 다녀오니 자리에 빵이 놓여 있었다. 건
너편 작업자인 우글리가 손을 흔들었다. 찬영은 양손을 들어 쌍 따봉
을 날렸다. 귀를 찌르는 멜로디가 공장 전체에 울리고 생산라인이 돌
아갔다. 찬영은 아까부터 생각이 많아 머리가 지끈거렸다. 잡념을 쫓
아내기 위해서라도 일에 집중해야 했다. 찬영이 일에 집중하는 동안
영혼은 그 자리에서 공장을 벗어나 구름까지 빠르게 날아올랐다. 이
제야 좀 살 것 같았다. 찬영은 하늘을 가로질러 바다까지 날아갔다. 백
사장이 끝없이 펼쳐진 해변이었다. '고래불 해수욕장'이라고 쓰인 나

무 팻말이 백사장 한가운데 쓰러져 있었다. 파도가 거칠고 바람이 강하게 불었다. 찬영은 무작정 해변을 걸었다. 한결 마음이 차분해지는 느낌이었다. 저 멀리 하늘에서 무언가 떨어지는 것이 보였다. 찬영은 놀라서 자세를 낮췄다. 사람인 것 같았다. '여자?' 그는 바닷가를 유영하듯 날다가 모래사장에 착지하더니 털썩 주저앉았다. 바다를 보는가 싶더니 고개를 푹 숙인 체 어깨가 들썩였다. 찬영은 그녀에게 조심스럽게 다가갔다. 인기척을 느낀 그녀가 찬영을 보고 놀라 뒤로 물러나더니 갈라지는 목소리로 울부짖었다.

"너 때문이야! 너 때문이라고!"

　혜인은 요즘 들어 이래도 되나 싶을 정도로 삶이 행복하다고 생각했다. 그도 그럴 것이 불과 2년 전만 해도 집에 빨간딱지가 붙었다. 혜인의 아빠는 삶을 포기한 사람처럼 무기력해져서 누워만 있었다. 평소와 다르게 고성방가로 시끄러운 날이면 술에 취해 몸을 가누지 못했다. 혜인은 엄마 없이 혼자 애지중지 자신을 키운 아빠가 안쓰러웠다. 아빠를 일으키기 위해서라도 보란 듯이 일해야 했다. 지난 몇 년간 준비하던 작가의 꿈도 미련 없이 그만뒀다. 주중에는 공장에 나가고 주말에는 식당에서 서빙과 설거지를 했다. 공장일은 한 번도 몸 쓰는 일을 해본 적 없는 혜인에게는 고된 일이었다. 일을 하고 집에 오면 온몸이 부어 잠들 때까지 가만히 누워 있어야 했다. 적응하는 데 1년은 족히 걸린 것 같았다. 일은 그런대로 버틸 만했지만, 술에 취해 자신을 자학하는 아빠는 보기 힘들었다. 그럴수록 혜인은 더 악착같이 일했다. 그런 혜인의 모습이 혜인의 아빠에게도 영향을 미쳤는지도 모르겠다. 혜인의 아빠는 얼마 전부터 술을 끊더니 최근에는 아파트 경비 일을 나가게 되었다. 혜인은 열심히 일한 돈으로 빚도 조금씩 갚아나갔다. 쉬고 싶다는 생각이 들 때마다 더 독하게 일에 매달렸다. 남들보다 일찍 출근하고 남들이 하기 싫어하는 일도 도맡아 했다. 야근이 있는 날이면 빠짐없이 신청해 늦게까지 일했다. '독한년, 돈 독이 올랐네. 아주.' 그런 혜인을 두고 직장 언니들은 달가워하지 않았지만 혜인은 개이치 않았다. 혜인은 금세 일에 익숙해졌고, 어느 순간 일하는 몸을 두고 영혼이 분리되는 경험을 하였다. 혜인의 몸이 헬륨 풍선처럼 가벼워져 두 발이 공중에 뜨게 되자 뒤도 돌아보지 않고 하늘 끝까지 날아올랐다. 먹구름을 뚫고 맑은 하늘을 마주했을 때 혜인은 자꾸 눈물이 났다. 그 이후로도 하늘을 날 때면 이유 없이 눈물이 흘렀다. 꿈같은 시간이었다.

찬영을 만난 날 처음으로 공장 레일이 멈췄다. 혜인이 부착해야 할 에어프라이어 모터를 떨어트려 레일에 끼여 버린 것이다. 그날 혜인의 실수로 인해 라인 전체가 멈춰 혜인과 동료들이 조기 퇴근해야 했다. 회사에서는 자비가 없었다. 성실함으로 재계약을 약속받았던 혜인은 계약 연장이 되지 못했다. 회사에서는 혜인에게 손해배상청구를 하지 않은 것만으로도 감사하게 여기라고 했다. 혜인은 얼마 전까지 느낀 행복이 원래 없었던 것처럼 느껴졌다. 혜인은 더 이상 힘이 없었다. 그 누구를 원망할 힘도 미워할 힘도. 혜인이 할 수 있는 것은 아무것도 없었다. 그저 묵묵히 일하는 것밖에는.

　찬영은 혜인의 옆으로 다가가 앉았다. 바닷바람이 강하게 불었다. 소금을 머금은 습한 바람이었다. 둘은 밀려왔다 사라지는 파도를 바라보았다. 하얀 포말이 부서져 모래 속으로 사르륵 사라지고 다시 파도가 쳤다. 그렇게 한참을 있었다. 하늘 위에서 메아리처럼 쉬는 시간을 알리는 멜로디 소리가 들렸다.
"우리 내일 여기서 만나요."
　찬영은 수증기처럼 사라지는 혜인을 향해 소리쳤다. 둘이 사라진 바닷가는 고요했다. 수평선 뒤로 해가 넘어가고 찬영과 혜인이 앉아 있던 자리까지 밀물을 타고 파도가 들어오기 시작했다. 어느새 짙어진 무채색 밤하늘에 자른 손톱처럼 얇은 초승달이 뜨고 주변으로 작은 별들이 보일 듯 말 듯 반짝였다.

　혜인은 늦게까지 야근하고 회사 통근버스에 몸을 실었다. 버스 창밖으로 초승달과 나란히 떠 있는 개밥 바라기 별이 보였다. 늦은 밤인데도 차가 막혀 무슨 일인가 싶어 밖을 유심히 봤더니 승합차와 널부러진 배달용 오토바이가 보였다. 저 멀리 헬멧을 쓴 남자가 쓰러져 있고 사이렌 소리가 가까워지고 있었다. 사고 현장을 지나면서 헬멧을 쓴 사람이 고개를 드는 것을 보고 혜인은 안심이 되었다.

　찬영은 복잡한 머리를 비우기 위해 오토바이의 속도를 올렸다. 평소보다 빠른 속도로 미션을 해결해 나갔다. 가까운 거리보다는 먼 거리를 택했다. 늦은 저녁 시간에는 차량이 많이 없어 시원하게 달릴 수 있었다. 1차선으로 달리던 까만 승합차 한 대가 2차선으로 가던 찬영을 못 보고 끼어들었다. 찬영은 승합차에 부딪혀 중심을 잃고 쓰러졌다. 승합차에서 남자가 내려 쓰러진 찬영의 상태를 확인했다. 찬영은 잠시 쓰러져 있다가 정신을 차렸는지 고개를 들었다. "저, 저 괜찮아요. 괜찮아요." 양손을 흔들면서 고개를 연신 숙였다. 휘청거리는 다리로 넘어진 오토바이를 일으켜 세우려고 용썼다. 남자는 찬영에게 보험처리 해줄 테니까 병원부터 가자고 찬영을 부축했다. 찬영은 그제야 다리에 힘이 풀려 그 자리에서 털썩 주저앉았다.

찬영은 병원에 도착하자마자 각종 검사를 진행했다. 다리에 골절진단을 받아 깁스를 하고 당분간 입원을 해야 했다. 찬영은 여러 명이 쓰는 일반 병실로 옮겨졌다. 침대에 누워 있으려니 온갖 불안한 생각이 몰려와 마음이 편치 않았다. 다닥다닥 붙은 침대에 다리까지 불편해 움직일수도 없어 답답한 마음이 들었다. 모두가 잠든 밤에 유체 이탈을 시도했다. 좀처럼 몸과 영혼이 분리되지 않았다. 다음 날 오후쯤 돼서야 겨우 유체 이탈을 할 수 있었다. 찬영은 어제의 약속을 지키기 위해 병원에서 바닷가로 단숨에 날아갔다. 하늘은 구름 한 점 없이 맑았다. 해안가에 다다랐을 때 저 멀리 누군가 날아가는 모습이 보여 뒤쫓아 갔다. 혜인도 이내 찬영을 발견했다. 혜인과 찬영은 서로의 비행 실력을 뽐내듯 하늘을 자유롭게 유영했다. 둘은 묘기를 부리는 새들 같았다. 마침 그곳을 지나는 갈매기들도 비행하는 그들 주변으로 빙글빙글 돌았다. 혜인의 양 볼에 눈물이 또 흘렀지만 애써 닦아내지 않았다. 둘은 해변가에 사뿐히 착지했다. 찬영이 다리가 불편해 잘 걷지 못하자 혜인이 팔을 잡아주었다. 둘은 바닷가에 서서 잔잔히 파도치는 수평선을 바라보았다. 거칠던 바닷바람이 은근해졌다. 찬영은 이 순간이 영원했으면 좋겠다고 생각했다. 고요하던 수평선 너머로 멜로디가 크게 울려 퍼졌다.

걸음걸이가 어색하고 땅이 울렁거리는 것은 새로 맞춘 안경탓이지만 어쩐지 혜영은 그런 자신을 보는 그 때문에 더 비틀거리게 되는 것 같다.

러브 렌즈

일미

엄마! 엄마 개가 내 안경 또 물어뜯었어!

안경 알은 호준이의 송곳니에 잘근잘근 씹혀 금이 갔고 도저히 귀에 얹을 수 없을 만큼 축 늘어져 씹다 만 개껌처럼 보였다. 호준이는 엄마가 작명소에서 무려 15만 원을 주고 받아온 이름이며, 엄마가 너무나 안고 다녀서 버릇이 더럽게 없고 엄마의 위세를 등에 업고 틈만 나면 혜영에게 캉캉 짖어대는 아주 되먹지 못한, 세상에 이런 나쁜 개는 없다에 내보내고 싶은 그런 개다. 호준이의 침이 잔뜩 묻은 안경을 들고 엄마에게 소리를 치는 순간, 슬며시 귀를 옆얼굴에 붙이고 눈동자를 한껏 치켜올려 흰자를 보이게끔 한 뒤 불쌍한 표정으로 침대 위에 앉아 대기하는 녀석, 아주 요망한 개다.

혜영아, 안경을 맨날 어따두고 이 난리고, 책상에 쫌 올려놔라. 몇 번째고! 안경집에 돈을 다 갖다 바쳐라.

엄마는 부엌 식탁 위에 누런 5만 원권 지폐를 두 장 내려놓고 상황을 일단락 시킨다. 혜영은 돈을 잽싸게 가방에 넣고 졸졸 따라온 호준이에게 귀여운 똥깡아지시키라며 쓰다듬는다. 엄마에게 소리칠 때와는 사뭇 다른 분위기로 다정하게 쓸어내리는 통에 호준이는 분위기를 어떻게 파악해야 할지 꼬리를 흔들었다가 멈추는 걸 반복한다. 혜영이 문을 쾅 닫고 나가버리면 그제야 잘 씹어놓은 개껌을 빼앗긴 표정이 된다.

올해 대학생이 된 혜영은 고3이 끝날 무렵 라식 수술을 하시 않은 깃을 후회했다. 불과 몇 달 전만 해도 말이다. 입시생 시절이 끝났다고는 하나 미대의 과제는 매일 밤 실기실에서 야작('야간 작업'의 줄임)을 해야 할 만큼, 다음 날 화장실에서 앞머리만 감고 조별 발표와 크리틱에 참여해야 할 만큼 바빴다. 대학에 와서도 경쟁은 끝나지 않았고 과제를 발표할 때면 날선 질문과 공격에 심신도 지쳐갔다. 혜영은 이렇게까지 대학 생활이 팍팍할 줄은 예상 하지 못했다. 대학생활을 시작하며 못내 기대하던 로맨스는 혜영에게 오지 않을 듯했다. 렌즈를 빼두고 일상생활에도 두꺼운 안경을 착용했다. 충혈된 눈에 렌즈를 끼웠다 빼는 것도 어느 순간부터는 부질 없이 느껴졌으며 미대의 성비 불균형은 생각보다 심각했고 몇 없는 남자 동기들과는 서로 떡진 머리로 밤샘 과제를 하는 통에 동지애가 싹터버려 두근거림이나 호기심이라곤 없었다. 하루 중 잠시 심장이 두근거릴 때라곤 '점심에 뭐 먹을까'와 새로운 재료를 사러 화방에 들를 때뿐이었다. 더군다나 혜영이 다니는 대학의 미대는 다른 단대와 떨어져 외딴곳에 위치했고 대학 내부 자체에 사람이 별로 없었다.

혜영과 친한 선재는 늘 강의가 끝나면 혜영의 옆에 와서 '대학 생활이 이리 적적할 줄 알았더라면, 고3때 참지 말고 두루 연애를 해 볼 것을' 하며 한탄을 하고 혜영은 늘 어이없어하며 진정 생에 단 한번도 남자친구를 사귀어본 적 없는 자신의 앞에서, 고등학교 3학년 내내 한 명과 연애를 했던 선재를 어찌 바라봐야 할지, 한 번도 안 해 본 자가 나은 것인지, 그래도 한 번은 경험해 본 자가 나은것인지 쓸데없는 수다를 떨다가 집으로 돌아가곤 했다.

하루는 노을 질 무렵, 야작을 하기 앞서 선재가 부탁한 커피를 양손에 들고, 학교 입구로 들어서는 중이었다. 그날따라 교수님에게 된통 욕을 먹은 터라 기운도 없고 우울해서 샷을 잔뜩 때려 넣은 커피로 심신을 달래보려고 하던 차였는데 오토바이 한 대가 콜을 받으며 혜영의 옆을 스쳐 지나갔다. 혜영의 순발력이 아니었으면 정말 치였을 거리였다. 오토바이 운전자는 미안한 기색 없이 곧장 사라졌고, 혜영은 커피를 모두 자신의 앞치마와 교문에 쏟았으며 안경은 바퀴에 갈려 납작해져 있었다. 옷은 그렇다 치고 그 와중에도 남은 과제는 어떻게 해야 할지, 눈앞이 캄캄해졌다.

학교 후문에 하나 있는 안경집으로 향했다. 사랑 안경원. 대학가여서 가격도 저렴했고 선재의 말로는 그곳에 금토일 3일은 아주 멋진 아르바이트생이 일한다던 곳이었다. 혜영은 선재의 말을 귓등으로 넘겨들었다. 왜냐면 선재가 이야기한 멋진 남성이 근무한다는 곳은 정문의 카페와 화방 옆 치킨집 역근처의 꽃집, 아이스크림 가게 등등 무수히 많았고 막상 가보면 사람의 멋짐에 대한 기준이 이리 다양할 수 있구나 하며 놀라기 일쑤였다.

 물감이 묻은 앞치마에 커피향까지 더해 차림새 그대로 안경을 맞추러 갔다. 사람의 얼굴도 잘 안 보이는 판에 예쁜 안경테까지 고를 여유가 어디 있을까. 혜영은 그냥 제일 저렴한 뿔테를 하나 집어 들고 시력검사를 했다. 초록 들판 사이로 난 고속도로의 초점이 흐려졌다 진해졌다 했고 소파에 앉아 15분쯤 기다렸다. 금세 "다 됐습니다"소리가 들렸다. 거울 앞에 섰더니 아르바이트생이 안경을 씌워줬다. 흐릿했던 눈앞에 나타난 건, 그래 선재야, 너도 언젠가는 내인생에 도움이 되는구나. 혜영은 저도 모르게 헉 소리가 입으로 세어 나올 뻔했다. 그는 무심하면서도 친절했다. 특별히 혜영이 그에게 반했다기보다는 대학가의 유일하게 호기심이 생긴 사람 정도라고 해야 할 것 같다. 그 뒤로는 안경의 다리가 휘었다느니 테가 이상하다느니 하며 안경원을 들락거렸고 나중에는 끼지도 않는 원데이 렌즈까지 사러 다녔다. 주말에는 혜영도 아르바이트를 하니까 그가 일하는 금요일 오후 5시쯤을 택해서.

두어 달을 그러고 나니 아르바이트로 번 쥐꼬리만한 용돈은 금세 흔적도 없이 사라졌고 안경점 방문 정당성 또한 쉽사리 만들어지지 않았다. 뿔테안경이 너무나 잘 만들어진 튼튼한 국산인 것이 한탄스러웠다. 혜영은 침울한 표정으로 침대 위에서 장난감을 잘근잘근 씹고 있는 호준의 옆에 누웠다. '이놈의 안경을 어쩐다' 혜영이 실수로 호준의 궁둥이를 툭 친다. 성질이 더러운 호준이 자신의 장난감을 빼앗길까 봐 으르르 하며 송곳니를 보여준다. 혜영은 호준을 혼 내키려다 되레 '굿 보이' 하며 칭찬을 한다. 엄마의 애정도 1순위인 호준이가 치는 사고는 엄마의 지갑 프리 패스권임을 떠올린다.

어쨌든 모든 게 다 잘 맞아떨어졌다. 금요일 오후 5시, 혜영이 사랑 안경원의 문을 열고 들어간다. 사장님이 홀로 앉아있어 '다음에 올게요' 하고 말이 튀어나올 뻔했는데 창고에서 그가 나왔다. 사장님에게 너스레를 떨며 "저희집 개가 이래놨네요. 안경테는 못 살리겠죠. 그럼 제일 저렴한 걸로… 골라보겠습니다." 안경테를 고르는 건지 새 안경알을 닦고 있는 그의 콧날을 구경하는 건지 혜영 스스로가 생각해도 지금까지 들키지 않은 것이 용한 일이었다.

혜영은 안경이 만들어지는 동안 안경점에 들고 나는 사람들을 구경했고, 소리 없이 틀어진 tv를 봤고, 그 사이사이 손님을 대하는 그를 안 보는 척하면서 힐끔거렸다. 아직까지 말 한번 제대로 건네보지 못했기에 오늘은 무슨 말이든 건네보리라 다짐을 한다. 그가 혜영을 부른다.

마혜영님, 안경 다 됐습니다.

혜영이 쪼르르 달려가 계산대 앞에 서는데 또 새로운 손님이 온다.
새로운 손님은 그의 단골손님인 듯 익숙하게 그에게 인사를 건넨다.
사장님이 그에게 가보라는 듯 혜영 앞에 서서 방금 만들어진 안경이
든 통을 잡는다. 혜영도 안경 통을 잡고 간절한 눈빛으로 사장님에게
애원한다. '그를 나에게 보내주세요. 제발.' 손님과 때아닌 신경전을
하던 사장님은 혜영의 눈빛을 읽어준다.

선호야, 이 손님마저 봐드려라.

커다란 거울 앞에서 그가 혜영에게 안경을 씌워주려고 한다. 안경을
건네는 줄 알았던 혜영의 손이 올라가려다 어색하게 내려온다. 혜영
은 조금 긴장한 듯하다.

어떠세요?

좋아요.

착용감은 괜찮으세요?

좋아요.

좋아요란 말 밖에 할 줄 모르는 사람처럼 좋아요하는 혜영이다.

여기 실내에서 조금 걸어보시겠어요?

네.

그가 시키는 대로 걷는다. 걸음걸이가 어색하고 땅이 울렁거리는 것
은 새로 맞춘 안경 탓이지만 어쩐지 혜영은 그런 자신을 보는 그 때문
에 더 비틀거리게 되는 것 같다.

도수가 좀 안 맞는 거 같은데요.

혜영의 말을 듣고 안경을 다시 가져간 그가 확인을 마치고 돌아온다.

도수는 저번이랑 똑 같구요. 잠시만요. 한 번 더 착용해 볼게요.

다시 한번 직접 씌워준다. 그리고 한 걸음 더 가까이 와서 혜영의 얼굴을 본다. 정확히는 혜영의 얼굴에 얹힌 안경을 살피는 중이다. 혜영은 자신도 모르게 숨을 참는다. 눈 둘 곳을 찾지 못하다가 그의 신발코를 쳐다본다.

손님, 제 눈을 쳐다보시겠어요?

혜영은 그의 눈을 잠시 쳐다보고 시선을 떨군다. 쳐다본다고 봤으나 시선의 길이가 짧았다. 무표정한 그의 얼굴.

제가 확인을 좀 해야 해서 쭉 제 눈동자를 쳐다봐주세요.

혜영은 어렵게 시선을 옮겼고 곧 그의 눈동자에 정확히 고정되어버린다. 여름의 녹음 담긴 오묘한 빛깔이었다. 깊은 눈동자에는 담담한 배려와 신뢰가 보였다. 혜영이 더 어색해지지 않게 하려는 배려, 혜영도 애써 담담하게 그의 눈에 시선을 고정한다. 그의 눈은 그저 손님이 쓴 안경과 손님의 눈동자를 살피는 중이었다. 일을 마친 그의 눈이 혜영이라는 사람의 눈으로 잠시 초점을 돌린 순간에서야 진짜 서로의 눈이 마주친다. 혜영은 자신의 눈동자가 심장이 뛰는 것처럼 흔들리고 있음을 느낀다.

저번에 썼던 안경이랑 눈동자의 위치가 조금 달라서 어지러울 수 있어요. 지금 쓴 안경이 테가 좀 내려가서 다시 올려드렸거든요. 지금은 어떠세요? 한 번 더 걸어보시겠어요?

혜영이 다시 어색한 걸음을 내딛는다. 처음 걸음마를 뗄 때는 아이처럼 부끄러운 기분이 들었지만 이번에는 훨씬 편안하게 걷는다.

아까 보다 괜찮은 거 같아요. 근데 귀 뒤가 좀 아픈데요.

다시 봐 드릴게요.

손님을 먼저 보낸 사장님은 두 사람을 잠시 지켜보다 뒤돌아 믹스커피를 한잔 만들어 마신다.

그는 이리저리 안경을 휘어보고 내려놓고 수평을 살핀다. 그가 잘 만져진 안경을 다시 혜영의 얼굴에 얹는다. 이번에는 어색하게 손을 올리지 않고 그가 하는 대로 순순히 얼굴을 내민다. 그런데 이번에는 그의 초점이 뭐랄까... 손님을 보는 초점이라기보다 혜영을 한층 더 선명하게 바라보는 느낌이 든다.

어떠세요?

좋아요.

네 됐네요.

형식적인 인사를 하고 조금 서둘러 가게를 나온 혜영은 깨끗한 안경알 너머로 뚜렷해진 사물들을 조심조심 눈으로 짚어본다. 기분이 산뜻해진다.

손님 저 손님!

자신을 부르는 줄 모르고 돌아보지 않는 혜영을 향해 이름을 부르고

야 마는 그.

혜영 씨!

화들짝 놀란 혜영이 뒤를 보면 성큼 안경점의 그가 가까이 와 있다. 그의 손에 안경 통과 안경 닦는 천이 들려있는 걸 보고 아차 하며 건네받는다. 안경점 밖이어서 인지, 뛰어와서 인지는 모르겠지만 새 안경렌즈 너머 그의 얼굴에 자신을 향한 옅은 미소가 보인다. 한층 더 호기심 어린 눈빛이 된 그의 눈동자. 마주 선 두 사람의 옆으로 담벼락에는 능소화가 화사하게 피었고 곧 노을은 타버릴 듯 짙어진다. 그는 혜영에게 안경 통을 건네고 다시 꾸벅 인사를 하고는 안경점으로 되돌아간다. 이렇게까지 뛰어와서 주고 가지 말지 하는 마음으로 그의 뒷모습을 쳐다보는 혜영. 무심결에 안경 통을 열어본다. 만개했던 능소화 몇 송이가 바람이 실려 날아간다. 반듯하게 접힌 안경천 위로 아주 조그맣게 접혀 있는 쪽지 하나를 발견한 혜영은 자리를 뜨지 못하고 얼마간 그 자리에 서 있는다.

이르게 불이 켜지는 가로등, 그 너머 하늘에는 아쉬운 주황빛 위로 밤의 푸른 빛깔이 더해진다. 선선하고 명료한 6월의 밤이었다.

06 토요일

걸려 오는 전화도, 상담을 요구하는 학부모도 없을 때 미선은 가만
히 데스크에 앉아 투명 자동문을 바라보며 자신이 투명 인간이 된 상
상을 했다.

토요일에 한 일

귤선생

미선은 입시 국어 학원 데스크 직원이다. 학원 원장과 미선의 둘째 이모가 오랜 지인이라 미선이 낙하산으로 채용된 것은 학원 내에도 공공연한 사실이지만 미선은 전화응대도 학부모 맞이도 그럭저럭 무난하게 해내는 편이었기에 딴지를 거는 사람은 없었다. 그러나 그만큼 그녀에게 관심을 두는 사람도 없었다. 걸려 오는 전화도, 상담을 요구하는 학부모도 없을 때 미선은 가만히 데스크에 앉아 투명 자동문을 바라보며 자신이 투명 인간이 된 상상을 했다. 아무도 그녀를 보지 못하고, 그녀 본인조차도 스스로를 볼 수 없는 그런 투명 인간.

소미는 그런 그녀에게 말을 걸어왔다. 월, 수, 금 마다 출근하는 6개월 차 국어 강사인 소미는 쉬는 시간이 되면 커피가 담긴 텀블러를 들고 데스크에 몸을 살짝 기댄 채 미선에게 여러 질문을 던졌다. 그것은 동정이나 빈정 같은 것이 아닌 순전한 호기심이었다. 미선의 MBTI와 미선이 다니는 미용실을 물어봤다. 미선이 자주 입는 남방셔츠의 구매처와 미선의 취미에 대해서도 궁금해했다. 미선은 그런 소미를 괴짜로 여겼지만 솔직히 말하면 소미를 조금 기다렸다. 소미는 아담한 키에 갈색 단발머리가 아주 잘 어울렸고 활짝 웃을 때면 입술 밑에 작은 보조개가 생겼다. 여느 날과 같이 구부정하게 데스크에 기대어 소미는 미선에게 이렇게 물었다.

"이번 주말에 뭐 하세요?"

7평 남짓 원룸에 8년째 혼자 살고 있는 미선은 주말이면 침대에 누워 16시간씩 잠을 자고 집에 있는 늙은 고양이와 놀아주는 것으로 시간을 죽였다. 미선은 괜찮은 거짓말을 생각해 내야 했다. 망설이던 미선의 시선이 소미와 마주쳤다.

"이번 주말엔 가족들과 여행을 가기로 했어요."

가족을 보러 가는 것은 사실이었다. 하지만 여행이 아니고, 어머니의 등쌀에 못 이겨 억지로 참가하는 가족 모임이며, 죽기만큼 가족들을 마주하고 싶지 않다는 것이 진실이었다.

"아쉽네요. 이번 주말에 집들이를 하는데 초대하려고 물어봤어요. 가족여행이라니, 멋진 계획이네요."

소미는 싱긋 웃어 보이고 손목시계를 확인한 후 교실로 들어갔다. 소미의 집들이라니, 미선은 당장이라도 가족과의 계획을 취소하고 싶어졌지만 소미를 제외한 누구와도 어울리지 못해 거실 바닥 어딘 가에 어정쩡하게 앉아 있는 모습을 떠올리며 오히려 다행이라 위안했다.

토요일 아침 7시. 미선은 어머니의 전화벨 소리에 깨어났다. 기차 시간에 맞춰 7시 30분에 알람을 맞추었는데 30분이나 일찍 깨버렸다. 짜증이 났지만 그럴 수 없었다. 미선이 대학교를 삼수했을 때부터, 어렵게 들어간 회사를 4개월 만에 퇴사했을 때부터, 결혼생활 1년 반 만에 이혼했을 때부터, 알코올 중독 판정을 받았을 때부터, 점점 체중이 늘어나기 시작했을 때부터 미선에게 짜증을 낼 자격 따위 사라졌다. 수화기 너머 어머니는 왜 아직도 자고 있는지, 기차 예매는 제대로 한 게 맞는지, 짐은 제대로 쌌는지 쏘아붙였다. 가까스로 전화를 끊으니 7시 15분. 미선은 어렵게 침대에서 몸을 일으켜 루비에게로 갔다. 루비는 미선이 7년째 키우고 있는 고양이다. 루비는 평소 좋아하는 화장실 문 옆에 잠들어 있었다. 루비의 사료를 챙기던 미선은 문득 이상함을 느꼈다. 사료를 꺼내는 소리에도 루비가 움직이지 않았다. 가까이 다가가 보니 루비가 숨을 쉬지 않았다. 1년 전 엑스레이 검사에서 폐종양을 발견해 종양 2개를 떼어내는 대수술을 했지만 잘 버텨주던 루비였다. 미선은 루비를 끌어안았다. 루비의 몸이 축 늘어지고 방 안은 고요했다. 가슴이 뻥 뚫려 칼바람이 지나갔다. 미선은 어린아이처럼 주저앉아 울었다. 그때 다시 전화벨 소리가 울렸다. 어머니였다. 어머니는 루비의 존재를 몰랐다. 없는 형편에 고양이를 키우고 있다는 것을 알면 고래고래 소리 지를 것이 뻔했고, 또 어머니는 그냥 고양이를 싫어하기 때문에 끝까지 숨겨왔다. 미선은 목소리를 가다듬었다. 어머니는 부산역에 내리면 26번 버스를 타고 한정식집으로 오라고 했다. 아버지가 기다리시니 절대 늦지 말라는 당부와 함께. 미선이 대

답할 겨를도 없이 전화를 끊어버려 울음은 감출 수 있었다. 이제 시간
은 8시 2분. 슬슬 나가야 버스를 타고 예매했던 기차를 탈 수 있었다.
루비를 안고 슬퍼할 시간도, 묻어줄 시간도 없다. 일반적인 사람이라
면 이런 상황에서 가족 모임을 취소하거나 미룰 것이다. 하지만 미선
에게는 그런 선택지가 없었다. 미선은 루비의 위로 담요를 덮어두고
거칠게 눈물을 닦았다. 숨을 한번 크게 쉬고 밖으로 나갔다.

　서울역으로 가는 버스 안은 만차였다. 사람들 사이에서 미선은 계속
울었다. 미선이 우는 걸 아는 사람은 없었다. 마치 투명 인간이 투명
눈물을 흘리는 것처럼. 버스에서 내리니 기차 출발 1분 전이었다. 서
울역의 높은 계단을 힘차게 오르며 뛰어봤지만 기차는 이미 떠난 후
였다. 다음 기차가 30분 뒤에 올 예정이었다. 가쁘게 숨을 내쉬며 기
차 예매 앱을 확인해 보니 이미 매진이었다. 미선은 다리에 힘이 빠져
벤치에 앉아 얼굴에 묻은 눈물을 닦아냈다. 휴대폰에 깔린 펫 캠에 들
어가 집 안에 있는 루비를 확인했다. 그대로 누워있었다. 그때 어머니
에게서 문자가 왔다. *기차 탔니?* 어머니는 미선을 신뢰하지 않는다.
올해로 39살이 된 미선이 기차 하나도 제대로 못 탈까 봐 노심초사한
다. 그리고 미선은 진짜 기차를 놓쳤다. *네.* 미선은 거짓말을 했다. 미
선은 평생토록 두려웠다. 어머니가 보고 있는 미선이 진짜 미선이고,
그녀가 미선에 대해 규정하는 모든 말들이 진짜일지도 모르기 때문이
다. 다음 기차가 선로로 들어왔고, 미선은 인파에 휩싸여 기차에 올라
탔다. 그리고 지나가는 역무원에게 이실직고해 원래의 기차비보다 비

싸게 돈을 지불했다. 앉을 곳이 없어 바닥에 주저앉았다. 루비 생각이 떠나지 않았다. 루비를 두고 부산으로 가고 있는 현실이 믿기지 않았다. 미선은 기차 벽에 머리를 기대어 눈을 감았다. 생각하고 싶지 않았다. 기차가 흔들릴 때마다 머리를 쿵쿵 찧었다. 가까스로 선잠에 들었을 때 아버지가 꿈에 나왔다. 젊은 시절의 아버지가 미선보다 10배는 커 보였다. 아버지는 어린 미선을 때렸다. 발로 걷어차기도 했다. 그 모습을 현재의 미선이 목격하고 있었다. 다시 눈을 떴을 때, 너무 얕은 잠이라 잠에 든 것 같지 않았다. 잠시 눈을 감고 아버지를 떠올린 것 같았다.

부산역에 내렸을 때, 미선은 늦지 않기 위해 택시를 탔다. 해운대 앞 한정식집에 도착하니 택시비가 만 원을 넘겼다. 어머니에게 전화를 걸었지만 받지 않았다. 한정식집 앞은 그늘 하나 없는 땡볕이었다. 시계는 12시 2분을 가리키고 있었다. 전화를 한 번 더 걸자 어머니가 전화를 받았다.

"저 도착했는데 들어가면 돼요?"

"예약 시간을 착각했어. 1시 30분까지와."

전화가 끊어졌다. 미선은 더위를 피하기 위해 근처 편의점으로 들어갔다. 이온 음료를 사려던 미선은 수입 맥주 4캔을 구입했다. 그리고 편의점 안에서 내리 4캔을 마셨다. 피가 돌았다. 미선은 소주 한 병과 컵라면을 더 샀다. 안 그래도 부모님은 미선이 많이 먹는 것을 싫어하기에 미리 배를 채워 놓으면 좋을 듯했다. 미선은 다시 아버지를 떠올렸다. 문득 그녀의 부모가 바뀌지 않을 걸 깨달았다. 그리고 그들을 용서하지 않을 자유가 있다고 확신했다. 라면 국물을 들이켜고 나니 1시간이 지나있었다. 미선은 가글을 사 입을 헹구고 다시 한식집 앞으로 갔다. 이제 막 주차를 마친 어머니와 아버지, 남동생, 올케, 조카가 차에서 내렸다. 여전히 해가 뜨거워 그들은 인상을 찌푸리고 있었다.

올케는 미선에게 그새 살이 빠진 것 같다고 했다. 만날 때마다 하는 소리였다. 조카는 올해로 7살이 되었고 나이에 맞게 시끄러웠다. 미선을 볼 때마다 조카는 미선이 남자인지 여자인지 물어보았다. 그럴 때마다 미선의 남동생은 재밌는 놀이라도 되는 양 조카에게 맞춰보라고 했다. 미선은 매년 조카에게 여자라고 말해주었지만 조카는 1년마다 리셋되는 두뇌를 가지고 있는 것 같았다. 어머니는 미선의 새치에 대해 지적했다. 미선은 취한 상태였기에 타격감이 없었다. 심각한 얼굴을 하는 대신 그래야겠다고 너스레를 떨었다. 음식이 하나둘 나오고 아버지가 눈을 감고 식전 기도를 시작했다.
"아버지 왜 갑자기 기도를 하세요?"
남동생이 묻자 어머니가 대신 답했다.
"너네 아버지랑 두 달 전부터 교회 다니기 시작했어."
미선의 가족은 처음으로 눈을 감고 아버지의 기도를 들었다. 제법 좋은 기도였지만 미선은 토할 것 같은 느낌이 들었다. 단시간에 너무 많은 양의 술을 마셨다. 미선은 기도가 끝나고 나서도 앞접시에 음식을 덜어놓기만 할 뿐 먹지 않았다. 올케도 입맛이 없는지 식사를 거의 하지 않았고 조카의 식사만 챙겼다. 어머니가 올케에게 왜 이렇게 먹지 못하느냐고 물을 때쯤 미선은 당장 화장실로 달려가 토를 해야 할 것 같았다. 미선이 자리에서 일어나려던 찰나, 미선의 동생이 할 말이 있는 듯 목소리를 가다듬었다. 동생은 자신의 아내와 눈을 맞추며 둘째를 임신했다고 밝혔다. 입덧이 심해 음식을 가려 먹는 시기이니 이해해 달라고 덧붙였다. 어머니가 아주 기뻐하며 조카에게 동생이 생긴다고 알려주었지만 조카는 그 의미를 제대로 이해하지 못하는 것 같았다. 헛구역질이 올라왔다. 아버지가 입을 열려는 듯 헛기침을 했다. 일순간 식탁이 조용해졌다.

"나도 할 말이 있다. 이렇게 좋은 자리에서 할 말은 아니지만."

아버지는 그렇게 말하고는 입을 꾹 다물었다. 어머니가 옆에서 말을 이었다.

"아버지 폐암 재발하셨어. 말기란다."

말하는 어머니의 얼굴이 순식간에 일그러졌다.

"왜 하필 지금이에요?"

미선은 그렇게 말을 내뱉고는 식탁에 토를 했다. 양손으로 막으려 해도 계속해서 토가 나왔다. 그 모습을 본 올케도 덩달아 토를 했다. 자리에 앉아 있던 모두가 몸을 일으켜 세웠고 조카가 울기 시작했다. 미선은 부모님이 어떤 표정을 짓고 있을지 보지 않아도 알고 있었다. 미선은 식당 밖을 뛰쳐나와 4차선 도로를 무단횡단해 해수욕장으로 향했다. 비틀거리며 모래사장 위를 걸었다. 모래사장 위에서도 토를 했다. 비로소 모든 것이 다 몸 밖으로 나갔다고 느껴질 때 미선은 모래에 드러누웠다. 비치 매트를 깔고 누운 사람들이 많았기에 미선이 그리 이상해 보이진 않았다. 미선은 그제야 눈앞에 펼쳐진 바다를 보았다. 파도가 미선을 덮치려는 듯 가까워졌다가 이내 다시 멀어졌다. 사람들의 말소리가 웅웅거리며 들려왔다. 미선은 생각했다. 집으로 돌아가면 루비 장례식을 준비해야 한다. 소미 씨에게 토요일에는 바다를 봤다고 이야기해 줄 것이다.

하지만, 무슨 탓이라도 하지 않으면, 도저히.

저는 떠돌이 신세가 되었습니다. 집을 잃었습니다.

주정차위반 의견진술서
우리가 우리로서 할 수 있는 우리다운 마지막 일

세루코

나 지금 너네 집 근처에서 밥 먹고 카페 갈 건데, 밥 같이 먹을래?
밥은 괜찮고 커피만 땡겨. 카페로 갈게, 카페에서 봐.

그는 어느 순간부터 저희의 관계에서 철저히 자기의 필요만 생각하며 움직이는 사람이 되어 있었습니다. 자기 세계를 지키는 것까지는 이해할 수 있었지만, 자기 세계를 지키는 것에서 넘어가 어느 순간 자기 세계만 보이는 사람 같았지요. 그 문자 메시지에 저는 또다시 마음이 다쳤습니다. 그래요, 사실 이해는 할 수 있었습니다. 또 한 번 이해는 할 수 있었어요. 별 일도 아니었지요. 갑작스러운 제안이 부담스러웠을 수 있잖아요. 이제 막 밥을 먹었을 수도 있고 속이 안 좋아서 정말로 밥 생각이 없었을 수도 있어요. 그래도 제가 근처에 와 있으니 얼굴을 보러 일부러 나오는 것이었을 테지요. 시간과 마음을 내어서요. 그에게는 그게 저에 대한 배려였고 저를 향한 애정이었는지도 모르겠어요. 하지만, 이것만은 확실했습니다. 그는 제가 어떤 음식으로 배를 채울지 궁금하지 않았고, 흔하디 흔한, 맛있게 먹으라는 인사치레의 말 또한 없었습니다. 원래도 인사치레 같은 것은 할 줄 모르는 사람이었지만, 그 고집스러운 솔직함이 전 그때 참을 수 없이 경멸스러웠습니다. 그를 이해할 힘이 사라진 저는 느낄 필요 없던 치욕스러움과 외로움으로 밥을 먹는 내내 눈물을 삼켰습니다. 물론 저도 그가 밥을 먹었는지, 왜 밥은 괜찮은 건지 궁금해하지 않았습니다.

카페에서 그를 어떤 얼굴로 봐야 할지 자신이 없었습니다. 카페에 들어온 그를 저는 쳐다도 보지 않았습니다. 이제야 눈치를 살피며 이런저런 말을 건네 보는 그의 말에도 저는 계속 시큰둥하게 반응했지요. 제 삐친 마음을 알아달라는 심정이었는지, 이제 더 이상 너와 아무것도 할 수 없겠다는 의사 표현이었는지, 그땐 몰랐습니다. 이런저런 노력을 해 보던 그는 아인슈페너를 마시다 말고 컵을 테이블 한쪽에 내려놓았습니다. 그리고는 갑자기 제 한쪽 팔을 단단히 잡고 말했습니다.

우리 얘기 좀 하자. 어쩌면 마지막일 수도 있어. 그러니까 우리, 정말 이야기를 하자.

마지막일 수도 있다는 말에 정신이 번쩍 들었지요. 마지막은 정말로 마법 같은 말이에요. 우리 관계에 끼어 있던 거추장스러운 감정은 다 치워 버려 주었거든요. 단 한순간에요. 마음의 군더더기들이 순식간에 달아났습니다. 저는 그를 응시했습니다. 반드시 도망은 없어야 했습니다. 설사 내가 그를 때릴지언정, 그가 나를 때릴지언정 버티고 서서 서로를 봐야 했습니다. 그제야 저도 제가, 그리고 그가 눈에 보였습니다. 마지막을 말한 그의 마음은 제 마음 못지않게 닫혀 있었고 또 다쳐 있었습니다. 연인의 자리에 계속 머물러 있다간 서로가 서로를 할퀴는 일만이 반복될 것이 그려졌습니다. 그는 이제 와서 저 때문에 날갯짓을 멈출 수 없었고, 저는 이제 와서 그 때문에 날갯짓을 시작할 수 없었습니다. 그는 자신의 비행만으로도 고단했고 외로웠으며, 저는 그의 비행을 지켜만 보기에도 고단했고 외로웠거든요.

지켜보는 사람도 힘들어. 지쳤어. 많이 지쳤어.

저는 관계를 놓는 말을 그렇게 대신했습니다. 결국 이별의 말은 그의 입에서 나왔습니다.

미래에 어떤 일이 일어나서 시간이 우리를 어떤 모양으로 만들지는 모르겠지만, 지금은 서로를 놓는 편이 맞는 것 같네. 그게, 우리가 우리로서 할 수 있는 우리다운 일이겠다.

저희의 헤어짐은 저희의 능동적인 선택이었습니다. 흘러가는 시간에 저희가 더 망쳐질 때까지 저희를 놔두지 않도록 그 흐름 바깥으로 저희를 건져 올린 선택이요. 저희는 함께 지냈던 그 오랜 시간을 같이 봉합했지요. 사랑보다 관계가 먼저 끝나 버렸습니다. 물론, 관계의 모양이 바뀐 것이리라, 그땐 그렇게 생각했습니다.

헤어지기 직전, 그는 여느 때처럼 손가락으로 작은 하트를 만들며 인사했습니다. 그가 어떤 표정을 지었는지 그는 아마 모를 것입니다. 잔뜩 울어 코가 동그래졌고 입은 웃고 눈은 울고 있었습니다. 어쩐지 토이스토리에 나오는 미스터 포테이토 같은, 그 만화 캐릭터 같은 모습에 전 피식 웃음이 터져 나왔고 그에게 마지막 인사를 건넸습니다. 몇 발자국 걸어 코너를 돌면 계단이 나올 테고, 다섯 계단을 내려가면 더 이상 저희는 볼 수 없을 것입니다. 저희는 항상 늘 그 지점에 다다르기 직전, 그러니까 네 번째 계단에 내려가서 마지막 인사를 나누었었지요. 그날은 네 번째 계단에서 멈추어 다시 뒤돌아 그에게 인사를 건네지 않았습니다. 저를 보고 있을 그를 뒤로 한 채 그렇게 저는 몇 계단을 더 내려갔습니다. 그의 시선에서 제가 아예 사라졌겠지요. 그는 아마도 제가 뒤를 돌아볼 줄 알고 기다리고 있었을 텐데요. 그러면 또 언제나처럼 다시 한번 하트를 보이며 마지막 인사를 했을 텐데요. 하지만 그 모습을 한 번 더 볼 자신이 제게는 없었습니다. 그의 입장에선 마지막 인사도 채 하지 못하고 그냥 제가 사라져 버린 것이겠지요. 허탈하고 무력했을 그를 떠올리니 마음이 사무쳐서 어떻게 할 수가 없었습니다. 그 계단에서 저는 와르르 무너졌습니다. 울음을 토해 냈습니다. 저 밑바닥에서부터 고통이 제 속을 비틀며 쏟아져 나왔습니다.

아무렇지 않게 서로의 인생에 나타나서 저희는 꼭 맞는 퍼즐처럼 서로를 사랑했습니다. 너무도 달랐는데 이상하게 너무도 잘 맞았습니다. 어쩌면 너무 달라 그 긴 시간 동안 서로를 완벽히 읽을 수 없었고, 그랬기에 질릴 수도 없었던 것이리라 생각합니다. 완벽하다는 말이 실로 완벽하지 않을 정도로 어여쁜 사랑이었습니다. 지난 과거를 되돌릴 길이 없어 한동안은 매일 밤 기도했습니다. 저란 사람은 참 간사하여 결국 제 살길만을 찾습니다. 저는 그와 함께 보낸 20대의 기억이 지워지길 기도 했습니다. 함께 여행했던 나라는 죄다 사라져 버리길 기도했습니다.

만약에 그 기억을 지워 주신다면 뭐든 하겠어요. 만약에 그 나라가 아예 없는 세상이 되어버린다면 차라리 살만 하겠어요. 그리고 만에 하나 '만약에'라는 가정이 정말 현실이 된다면, 그럴 수만 있다면, 가장 현실로 만들고 싶은 가정은 이건 데요. 이것만 들어주신다면 다른 건 다 필요 없어요. 과거로 돌아가게 해 주세요. 과거로 돌아가서 제가 못 본 척하게 해 주세요. 제이크 질렌할이라는 잡소리는 집어치우게 해 주세요. 연기를 하라던가, 제이크 질렌할이라던가, 고독 덩어리라던가, 타고났다던가. 주제넘게 입방정을 떨었던 저에게 침묵할 수 있는 힘을 주세요. 차

라리 모진 말을 하게 해 주세요. 네가 무슨 예술을 하겠냐고. 아예 싹을 잘라버리게 해 주세요.

제가 그를 부추기지만 않았어도, 그는 전공을 살려 기술자가 됐을지도 모를 일입니다. 그러면 그런대로 삶은 얄궂게 또 어떤 어려움으로 우리를 데려다 놓았을까요? 우리는 결국 어차피 헤어질 운명이었던 걸까요? 하지만 어차피 헤어질 거라면 기술자가 된 그와 헤어지는 편이 나았습니다. 결국 이 이별의 시작점에 제가 있었을지도 모른다는 생각이 아주 오랫동안 저를 몹시 아프게 했습니다. 저는 결국 제 옆에서 반짝 거리는 그를 보지도 못한 채 영영 잃게 되었지요. 제가 시킨다고, 제가 부추긴다고, 하고 싶지 않은 것을, 자신에게 흥미롭지 않은 것을 할 사람은 아니었습니다. 저도 알고 있었습니다.

하지만, 무슨 탓이라도 하지 않으면, 도저히.
저는 떠돌이 신세가 되었습니다. 집을 잃었습니다.

그렇게 그와 헤어지고 5년이 흘렀습니다. 그간 저는 두 번의 연애를 더 했고, 사랑이고, 관계고. 연애의 필요는 더 이상 모르겠다고 생각하게 되었지요. 그는 간간히 스크린에서 볼 수 있는 사람이 되어 있었고, 저는 대학원에 진학해서 번역 공부를 하고 있었습니다. 간혹 그 생각이 나기도 했지만 거기까지였습니다. 그에게 건넸던 연락은 설렁탕집에서가 마지막이었고, 그는 단 한차례도 제게 연락하지 않았습니다.

저의 사랑은 실패했습니다. 실패한 일은 그대로 덮어 두면 그만이지요. 지금 와서 바꿀 수 있는 건 없으니까요. 이번 달은 학회에 발표에 행사가 참 많은 달이었습니다. 매일 눈코 뜰 새 없이 바쁜 와중 그날 하루 유일하게 쉬는 날이었어요. 혼자 방 안에 틀어박혀 귤이나 까먹고 싶었는데, 동기 언니가 무조건 그날 집들이를 해야 한다는 것입니다. 서른일곱 나이에 본인이 첫 독립이라는 걸 했다고 한껏 들떠서는, 그날이 유일한 쉬는 날인데 그날 모이지 않으면 평생 넌 우리 집에 못 올지도 모른다고, 너와 나의 쉬는 날이 겹치는 행운은 또다시 없을지도 모르는데 네가 안 온다면 그날 하루 종일 울고 말겠다고 갖은소리를 해대며 엄포를 놓았습니다. 학교 공부며 간간히 있는 강의 자리며 언니에게 여러 모로 신세를 지고 있던 터라 제안을 거절하면 안 될 것 같았습니다. 언니의 집은 합정역 근처였습니다. 운전을 하고 합정에 온 건 처음이라 낯설면서도 익숙한 감각이 있었습니다. 여기선 좌회전, 여기선 우회전. 여기선 직진 후에 좌회전. 그 흐름이 어딘가 자연스러워서 저는 저의 감각으로 운전을 이어가고 있었습니다. 단 한순간 방심했을 뿐인데 아차, 길을 잘못 들고 말았습니다. 왜 여기로 왔지? 여기가 어디지? 하는데 아주 묘하게 익숙했습니다. 분명 처음 보는 가게인데 이상하게 낯이 익었어요. 바로 깨달았습니다. 그러니까, 그 설렁탕이요. 설렁탕. 그 설렁탕 집이었습니다. 제가 그 설렁탕집을 유난히 잘 기억하는 이유는 가장 첫째로는 그가 그 설렁탕집 설렁탕을 좋아한다는 것이었고, 둘째로는 그 설렁탕집의 주차공간 때문이었습니다. 설렁탕집 크기에 비해 주차공간이 턱없이 부족했거든요. 딱

두대 간신히 들어갈 정도의 비좁은 주차공간을 보면서, 무슨 음식점 주차장이 이렇게 좁냐고, 저는 그에게 그곳에 갈 때마다 이야기했습니다. 지금 그곳은 그 주차공간만 그대로인 채 어느 카페가 되어있었습니다. 주차장에는 당연히 자리가 없었고 저는 카페 앞에 불법 주차를 한 채 카페 안으로 들어갔지요. 서른일곱 인생에 첫 독립한 언니의 집에서 달달한 디저트를 먹어볼까 마음이었지만, 사실은 이유를 알 수 없었습니다.

　카페 안엔 다양한 디저트가 있었습니다. 케이크며 쿠키며 스콘이며. 모두 다 수제로 직접 만든 것 같았고 먹음직스러워 보였습니다. 사실 저는 스콘을 별로 좋아하지 않아요. 그런데 그날따라 스콘을 먹고 싶었습니다. 치즈 스콘이 세 개, 초코 스콘이 한 개 남아있었습니다. 사람의 심리가 괜히 한 개 남아 있으면 더 갖고 싶어지지 않나요? 저는 초코 스콘을 쟁취할 생각에 묘한 우열감을 가졌습니다. 하지만 계산대 앞에서 제 앞 누군가가 초코 스콘을 주문해 버리는 것이 아니겠어요? 순식간에 어떤 패배감이 저를 에워쌌고, 그럼 대체 뭘 고르지? 머리를 굴리고 있는데 저 쪽에서 갓 구운 초코 스콘 열 개가 나왔습니다. 열 개의 초코 스콘을 본 순간, 초코 스콘의 희소가치는 사라졌고, 이제는 갓 나온 빵이라는 것에 가치가 생겼습니다. 초코 스콘 열개 주세요. 저는 난데없이 그 초코 스콘을 다 제 차지로 만들어 버렸습니다. 갓 나온 빵이라는 특수성으로도 모자라 아무도 이것을 가지지 못하게 하겠다는 이상한 소유욕까지 발동한 제 자신이 어처구니가 없었지만,

그냥 그랬습니다. 저는 기이한 뿌듯함에 도취되어 의기양양해져 저의 스콘이 포장되어 제 손에 쥐어지길 기다리고 있었습니다.

야, 하나만 나 주면 안 돼?

5년 만에 만난 그가 건넨 첫마디였습니다.

엄마는 낯빛이 어두워지는 날이면 나를 데리고 시외버스를 탔다. 한
시간을 달려 도착한 곳은 진주 시외버스터미널이었다. 터미널에서 남
강을 옆에 두고 길을 따라 걷다 보면 금세 촉 성루가 나왔다. 엄마는
나무 그늘에 앉아 흐르는 남강을 하염없이 쳐다봤다.

옆방에 할머니

영영

아내와 함께 아침부터 카페에 갔다. 평소보다 부지런하게 움직인 이유는 다름이 아닌 내 생일이기 때문이다. 오늘은 카페를 최소한 두 곳 정도는 가야 태어난 것에 대한 보답 받는 기분이 든다고. 나에게 주는 가장 큰 선물이라고 아내에게 며칠 전부터 말했다. 토요일 오전의 카페는 채광이 잘 드는 큰 창과 하늘거리는 커튼, 빛을 머금은 공기가 공간을 채우고 있었다. 나는 꾸덕한 휘핑크림이 올라간 비엔나커피를 시키고 아내는 바닐라라테를 시켰다. 디저트로 바스크 치즈케이크를 나에게 선물로 주었다. 더 이상 바랄 것 없는 시간이었다. 휴대전화가 울리기 전까지는.

"삐~ 삐~ 삐~"

톨게이트를 지나자, 차 밖에서 경고음이 들렸다. 시선을 떨궈 밑을 봤더니 하이패스 단말기와 연결되는 시가잭이 뽑혀있었다. 지끈거리는 머리를 벅벅 긁어댔다. 아내가 물었다. "오늘 꼭 가야겠지?" 나는 시선을 정면으로 고정한 채 고개를 끄덕였다. 이내 엄마에게서 전화가 왔다. 엄마는 다짜고짜 말했다. "오고 있나? 내일 할머니 요양병원 들어간다고 했제? 웬만하면 오늘 와서 봐야 한다. 요새 코로나 때문에 면회도 힘들 단다." 나는 짧게 대답했다. "알았다. 지금 간다." 양쪽으로 차들이 내 차를 앞질러 갔고, 몇몇 차들은 뒤에서 클랙슨을 울려댔다. 그럴 때마다 나는 아차 싶어 액셀을 밟았다.

창밖으로 나무들이 하나 둘 씩 일정한 속도로 빠르게 뒤로 넘어갔다. 최면이라도 걸린 듯 과거의 기억이 떠올랐다. 내가 주변 친구들보다 늦게 걸음마를 뗐을 때 우리 집은 대식구였다. 아빠, 엄마, 할아버지, 할머니, 삼촌, 고모들, 그리고 형과 나까지. 식구는 많았고, 매 끼니 그 많은 식구를 챙겨 먹이기에는 무침 요리만 한 게 없었다. 둥글고 큰 고무통에 배추나 오이 같은 것들을 넣고 고춧가루와 다진 마늘, 액젓, 매실액을 대충 넣어 맨손으로 무쳤다. 나는 엄마 옆에 붙어 버무려지는 야채들을 물끄러미 쳐다보고 있다가 "영아야 찬장에서 깨소금 좀 가온나."라고 말하면 잽싸게 가서 깨소금 통을 가져다주었다. 빨갛게 버무려진 배추를 먹기 좋게 집어 내 입 앞으로 내밀면 나는 냉큼 받아먹었다. 엄마는 요리할 때면 할머니에 대한 원망 섞인 푸념을 나에게 털어놓곤 했다. 할머니는 엄마가 시집오자마자 대가족의 집안 일을 바톤터치 하듯 고스란히 물려주고 만세를 불렀다고 했다. 그 당시는 고모가 셋, 삼촌까지 아직 학교도 졸업하지 않은 고모들과 삼촌의 도시락을 싸려면 새벽 4시쯤 일어나야 했다고. 그런 상황을 아랑 곳하지 않고 할머니는 밖으로 나다니기 바빴고 세탁기도 없던 시절이라 그 많은 빨래를 손으로 세탁한다고 하면 아무도 믿지 않는다며 엄마의 하소연은 끝날 줄 몰랐다. 집안일은 온종일 해도 끝이 보이지 않았다. 나는 그런 엄마 옆에서 말동무가 되기도 하고 서툰 조수 역할도 자청했다. 할머니는 내가 부엌에 드나드는 것을 두고 "남자가 정지에 드나들면 부랄 떨어진데이."라고 혀를 끌끌 찼다. 그러거나 말거나 나는 부엌에서 엄마가 조금씩 집어주는 나물의 간을 봤다.

엄마는 낯빛이 어두워지는 날이면 나를 데리고 시외버스를 탔다. 한 시간을 달려 도착한 곳은 진주 시외버스터미널이었다. 터미널에서 남강을 옆에 두고 길을 따라 걷다 보면 금세 촉성루가 나왔다. 엄마는 나무 그늘에 앉아 흐르는 남강을 하염없이 쳐다봤다. 나는 옆에 있는 문화재 설명을 반복해서 읽었다. 이곳은 논개가 임진왜란 당시 일본군 장수를 끌어안고 투신했다고 한다. 그런 일이 일어났던 장소답지 않게 운치 있고 강물은 잔잔하게 빛났다. 고즈넉한 풍경과는 별개로 나는 그 시간이 참 지루했다. 손수건으로 얼굴을 가리고 어깨가 들썩이는 엄마에게 차마 빨리 집에 가자고 말할 수 없어 벤치에 앉아 헛발질만 해댔다. 그렇게 한참을 있다가 저녁 시간이 되기 전에 집으로 갔다. 집에 들어서자마자 엄마는 부엌으로 가 밥을 안치고 무침 요리를 했다. 나는 옆에서 작은 손으로 엄마를 거들었다.

정신을 차리니 옆으로 HITE 맥주 공장이 보였다. 곧 있으면 동마산 IC가 나오고 그러면 부모님 댁에 다 와 간다는 뜻이었다. 어느새 땅거미 진 하늘에는 분홍빛의 노을이 지고 있었다. 집에 들어서자마자 엄마와 아빠에게 눈인사하고 할머니 방으로 갔다. 할머니의 얼굴이 부쩍 마르고 어두워 보였다. 인사를 하자 기력이 없는지 누워서 내 손을 잡으며 들릴 듯 말 듯 한 소리로 말했다. "영아야 왔나?" 나는 뒤에 물러나 있던 아내의 손을 잡았다. "같이 왔어요." 할머니는 아무 말이 없었다. 엄마 말로는 치매가 심해져서 고모들도 알아보지 못한다고 했다. 지난번 설에도 봤던 아내를 알아보지 못했다. 엄마는 분주하게 식사 준비를 했다. 나는 팔을 걷어붙이고 엄마를 거들었다. 아내는 아빠에게 다가가 이런저런 이야기를 나눴다. 식사 준비가 끝나고 4인용 식탁에 모여 앉았다. 엄마는 근 3년간의 할머니 치매 수발에 관해 이야기했다. 할머니를 요양원에 보내는 것을 결정하기까지 고모들과 삼촌의 반대를 무릅쓰고 요양원에 가기 위한 준비를 마쳤다고 했다. 그리고 40년간 할머니를 모시고 살았던 자신에게 매정하다며 욕을 퍼부었던 삼촌과 고모들에게 정 그러면 자식인 너희가 할머니를 모시라고 했더니 아무도 나서는 사람이 없었다고 했다. 엄마는 남 이야기하듯 덤덤하게 이야기하고 나에게 미역국을 떠줬다. "영아야, 많이 먹어라." 나는 미역국을 바라봤다. 생일상으로 나온 따뜻한 미역국 한술을 떠서 삼켰다. 미끄덩한 미역이 목을 타고 넘어갔고 눈물은 하염없이 흘렀다. 옆에 있던 아빠도 머쓱하게 콧물을 훌쩍거리셨고, 맞은 편에 앉은 아내도 어깨가 미세하게 들썩거렸다. 엄마는 손수 만든 잡채를 아내에게 내밀며 말했다. "새아가 많이 먹어." 침묵 속에서 식사는 계속되었다, 이따금 옆방에 누워계신 할머니의 기침 소리가 들려왔다.

그날 이후 한 달이 지났다. 엄마는 한동안 몸살에 시달렸다고 했다. 고모들과 삼촌들이 엄마에게 그동안 미안하다고 100만 원을 모아 현금으로 줬다고 했다. 그 돈이 자신이 바친 40년을 대신하는 것 같아서 죽어도 받기 싫다고 했지만, 중간에서 아빠가 받아왔다고 했다. 아빠는 가지고 싶었던 고가의 선글라스를 사고 온수매트를 사고 아빠의 낡은 잠옷을 새 잠옷으로 바꿨다고도 했다. 새로 산 잠옷이 맘에 들었는지 아침부터 잠옷을 입고 엄마 앞에서 자랑했다고 했다. 결국 엄마를 위해 쓴 돈은 하나도 없었지만, 엄마는 그게 정말 어이없어서 계속 웃음이 났다고 했다. 엄마는 그 말을 하면서도 웃음이 자꾸 새어 나왔다. 엄마가 이렇게 잘 웃는 사람이었구나. 이해되지 않지만, 엄마를 그렇게 웃게 만드는 아빠라서 지금까지 같이 살고 있는 게 아닐까 생각했다.

이제는 명절 때마다 할머니를 뵈러 요양원에 들른다. 할머니는 예전보다 더 정정하고 밝은 모습이었다. 같이 간 고모들은 알아보지 못했지만, 오랜만에 만난 나를 보고 "영아야 왔나?"라며 반겼다. 엄마는 다시는 할머니를 안 볼 것 같이 말했지만, 매번 같이 요양원에 동행했다. 코로나로 인해 투명 아크릴 벽에 거리를 두고 봐야 하지만 오히려 그 전보다 더 가까워진 것 같았다.

탄식과 웃음을 뒤섞는 어른들을 모두 냄비에 넣어버리고 싶었다.

다리 밑에서

일미

할머니, 할머니 딸, 복자 왔어요.

대문 없는 시골집 안마당에 들어서며 내가 소리쳤다. 엄마는 일곱 살짜리 딸이 친구처럼 자신의 이름을 되바라지게 불러대자 웃음을 터뜨렸다. 우리가 왔음을 고함치며 알리면 할머니가 감나무 아래서나 장독대 혹은 외양간에서 나타나 나를 반기며 '아구 소승, 왔나! 우야꼬 이제 즈그 엄마만 하네.' 해야 하는데 소식이 없었다. 주말마다 꼬박 만나는 사이지만 할머니는 꼭 한 달 만에 본 사이처럼 말했다. 내가 두리번거리는 사이 아버지가 자신의 짐을 들고 피곤한 얼굴로 걸어 들어왔다. 별말 없이 안방의 TV를 켰고 뒤이어 오빠도 자신의 미니 게임기에 코를 박은 채 작은 방으로 들어가 문을 닫았다.

엄마와 나는 할머니를 찾기 위해 손을 잡고 뒷산으로 갔다. 거기서도 나는 아랑곳하지 않고 크게 외쳤다. 엄마가 또 웃었다. 비탈진 숲에서 나만큼 작은 할머니가 나타났고 바구니에 가득 든 밤을 보여주었다. 장갑 낀 손으로 까슬한 밤 송을 열어 오동통한 알밤을 꺼내 보여주었는데 구슬같이 어여뻤다. 할머니는 나에게 눈을 반짝이며 집에서 무언가를 보았냐고 물었고 나는 필시 무언가 변화가 생긴 것이리라 할머니에게 매달리며 답을 요구했지만, 할머니는 집에 도착할 때까지 비밀인 양 꾹 참고 말해주지 않았다.

  밤이 든 소쿠리를 들고 다시 할머니 집에 도착했을 때, 오빠가 마당의 개집 앞에 엎드려 있었다. 나는 소쿠리를 엄마에게 떠밀 듯이 맡기고 개집으로 기어들어 갔다. 잠에서 깬 강아지들이 내 얼굴을 핥았고 배꼽부터 간지러움이 올라왔다. 뒤에서 빨리 나오라던 오빠가 거칠게 내 옷자락을 잡아당기며 무릎이 쓸렸지만 아픈 것도 모른 채 아쉬워하며 기어 나왔다. 뒤에서 흐뭇하게 보던 엄마에게 매달렸다. 엄마는 아버지에게 허락을 받으라고 했다. 평소 같았으면 그 말을 듣고 포기했겠지만 나는 아버지에게 성큼성큼 다가갔다.
  아버지, 강아지… 키우면….
  말이 끝나기도 전에 아버지는 무섭게 노려보며 입으로 뱀 쫓는 소리를 냈다. 그 뒤로 찍소리도 못하고 저녁상 차리는 것을 도왔다. 나물과 김치 가자미조림이 상에 올랐지만 나는 조용히 엄마가 가져온 김을 꺼내 먹었다. 집에 돌아가기 전, 개집에 들러 강아지들에게 인사를 했다. 손을 타고 오르는 누렁이 한 마리를 들어 올려 보았다. 꿈을 꾸는 듯했다.

주차장까지 배웅을 나온 할머니를 뒤로하고 아버지의 차는 어둡고 좁은 시골길을 아슬아슬하게 빠져나갔다. 아버지의 봉고는 뒷좌석이 마주 보는 형식이었는데 엄마와 오빠가 정방향으로 앉고 나는 역방향으로 앉았다. 평소였다면 정방향의 좌석을 두고 오빠와 싸웠을 것이다. 거꾸로 어딘가로 빨려 들어가는 불쾌한 느낌이 계속됐지만, 무릎에 얹어놓은 가방이 따뜻해 잠이 왔다. 엄마와 오빠가 모두 잠들었을 때 가방의 지퍼를 조심히 열어 손을 집어넣었다. 그렇게 한 시간을 달렸다. 잠에서 깬 엄마가 가방이 무거워 보였는지 바닥에 내려놓으라고 했다. 나는 내려놓을 수 없어서 얼버무렸다. 엄마가 곧 이상하다는 듯 쳐다봤기 때문에 하는 수 없이 가방을 살짝 열어 보여주었다. 누렁이는 곤히 잠들어 있었다. 난처해하던 엄마가 운전하는 아버지의 뒷모습을 살피는 것을 보고 그제야 심장이 뛰기 시작했다. 그렇게 30분을 더 달려 집에 도착했다. 엄마는 차에서 내리며 아버지에게 내 가방에 강아지가 있음을 알렸다.

　정신이 있나 없나로 시작하는 호통 소리에 있던 정신도 달아났다. 가방에 개 좀 넣어왔다고 이렇게까지 혼날 일인가 서럽기만 했다. 다 그치던 아버지가 묵묵부답인 내 등을 몇 대 때렸다. 한 번 더 손이 올라갔다.

　그만하소. 애한테. 어쩔긴데, 지금 다시 갈 수도 없고. 다음번에 갖다주면 되지.

　아휴, 속 편한 소리 하네.

　가방 속의 개는 부부 싸움으로 번졌다. 나는 방으로 갔다. 오빠는 개가 물고 있는 양말을 뺏으려다 말했다.

야, 넌 진짜 또라이다. 이렇게 될 줄 몰랐나?

나는 대꾸하지 않고 개 옆에 앉았다. 눈치를 보던 개가 조심스럽게 다가와 얼굴을 핥아 주었다.

금세 여름이 왔다. 누렁이는 두 배는 더 커졌고 엄마도 더는 봐줄 수 없다는 듯 아버지의 타박을 막아주지 않았다. 주말에 친척들과 다리 밑에서 야유회를 마치면 할머니 댁에 개를 돌려주기로 약속했다. 개 는 '진수'라 불렸고, 학교 갔다 와서 '진수야' 하면 온몸을 흔들면서 귀를 쭉 내리고 나에게 왔다. 만지려고 하면 배부터 보여줬다. 좋아하 는 사람의 바지에는 꼭 오줌을 지렸고 형제들이 많아서 였는지 밥을 주면 늘 정신없이 먹어치웠다. 내가 진수와 놀고 있으면 엄마는 아버 지의 눈치를 봤고 털이 너무 날린다고 했으며 아버지는 끔찍한 표정 으로 손을 씻으라고 했다. 사계절을 같이 보내고도 아버지는 진수를 짐승이라고 불렀다. 지금껏 참아준 것은 단지 내가 너무나 좋아했기 때문이었을 터다.

아버지 차의 에어컨이 고장이 났고 가족들 모두 땀을 뻘뻘 흘리며 도착을 했다. 이미 두어 번의 부부 싸움 끝에 출발을 했던터라 다리 밑에 도착해서도 두 사람은 냉랭했다. 다리 밑 그늘에 들어섰을 때는 한기가 들었다. 이미 친척들이 와서 음식 준비를 마쳤으며 다른 어른 들 사이에 있으니 분위기가 풀리는 듯했다. 조금 떨어진 곳에서는 커다란 냄비가 팔팔 끓고 있었다. 자리를 잡은 뒤 곧바로 냄비에 든 음식을 플라스틱 그릇에 담아주었다. 하얀 플라스틱 그릇이 뜨거웠고, 붉은 국물이 그릇에 묻은 곳마다 색이 물들었으며 한 번 국물에 빠졌던 하얀 플라스틱 숟가락마저 붉은 기름이 묻어왔다. 비릿한 냄새가 났으며 친척들의 분위기가 이상했다. 나는 먹지 않겠다고 하고 재빨리 진수를 안아 들고 자리를 떴다.

주변을 크게 빙 돌아 걸으며 친척들의 식사가 빨리 끝나기를 기다렸다. 한참을 뱅글뱅글 돌고 있는데 커다란 자갈에 발목이 휘청거렸다. 진수가 품에서 빠져나가 가족들에게 달려갔다. 큰아버지는 달려오는 진수에게 고기 한 덩이를 던져 주었다.

하지 마!

나는 비명에 가까운 소리를 질렀다. 냄비 속에 든 고기가 개라는 사실을 어리다고 모르지 않았기 때문이다. 나는 하지 말라는 말만 되풀이했다. 엄마는 당황했고 아버지는 허허 웃었다. 오빠의 표정은 일그러졌다. 진수는 아랑곳하지 않고 허겁지겁 고기를 먹었다. 진수가 아니라 다른 개가 온 것 같았다. 탄식과 웃음을 뒤섞는 어른들을 모두 냄비에 넣어버리고 싶었다. 나는 분노에 부들부들 떨며 진수를 데리고 개울로 갔다. 차가운 개울물을 손으로 떠서 진수의 입을 씻긴 다음 발버둥 치는 진수의 등을 몇 차례 내리쳤다. 다시는 다리 밑으로 오지 않겠다고, 다시는 친척들과 상종하지 않겠다고 마음먹었지만, 자리가 파하면 아버지의 차를 타고 외할머니 댁으로 가야 했다. 그리고 또 언젠가 어딘가로 아버지의 차를 타고 가야 했다.

 할머니와 엄마는 밭에서 빨갛게 익은 고추를 수확했다. 나도 거들어
보려 했지만, 나무가 상한다고 비켜나 있으라고 했다. 둑에 앉아 괜히
진수의 털을 뒤적거렸다. 아버지는 자신이 가져온 어린 감나무를 할
머니 밭에 심었고, 오빠는 잠자리나 메뚜기를 잡아 다리를 뜯었다. 일
을 마친 아버지는 해가 넘어가기 전에 서둘러 집에 가야 한다고 엄마
를 재촉했다. 할머니는 챙겨야 할 것이 많은데 너무 서두르지 말라고
아버지를 나무랐다. 엄마는 마음이 급해져 상추를 뿌리째 자루에 담
았다. 할머니의 밭을 터는 도둑 같았다. 진수는 잠이 오는지 얌전하게
옆에 누웠다. 아버지가 엄마에게 두 번 더 채근했을 때, 엄마는 '가져
가면 잘만 먹을 거면서 맨날 저래' 하고 혼잣말을 했다. 아버지의 차가
다시 꼴통 엔진 소리를 내었고 이미 운전석에서 아버지가 기다리고
있었다. 할머니는 서운한 얼굴이 되었고, 나는 마지못해 진수를 할머
니에게 넘겨줬다. 할머니는 어디선가 끈을 가지고 와서 진수의 목에
걸었다. 차에 타서 멀뚱히 나를 보고 있는 진수에게 손을 흔들어주려
다 관뒀다. 진수가 낑낑대며 오줌을 지렸다. 아버지의 차는 좁은 시골
길을 빠져나갔다. 할머니와 진수는 집에 돌아가지 않고 밤새 그 자리
에 서 있을 것만 같았다. 산을 넘는 구불구불한 길에서 나는 검은 비
닐에 구토했다. 오빠는 짜증을 내며 헛구역질을 했고, 엄마는 등을 두
드려주었다. 아버지의 차는 멈추지 않고 빠르게 달려 도시로 가는 4
차선 도로 위로 올랐다.

07 일요일

"민망해하실 필요 없습니다. 저는 지금 엉덩이를 문지르는 게 아니
라 외회전근을 풀어주고 있는 것입니다."

"좀 조용히 할 수 없나?"

이삿날
굴선생

AM 9:30

철식은 딸의 자취방 문 앞에 서서 머리를 매만졌다. 철식의 곱슬머리가 날씨의 젖은 기운에 맞춰 흐트러져 있었다. 초인종을 누르자 현관문 안쪽에서부터 쿵쿵쿵 과격한 발소리가 들려왔다. 곧이어 우혁이 웃는 얼굴로 문을 열어젖혔다. 방금 샤워를 마쳤는지 수건을 목에 두른 채 머리가 약간 젖은 상태였다.

"얼른 들어오세요. 덥죠? 물이라도 드릴까요?"

철식은 대답 없이 우혁을 지나쳐 집 안으로 들어갔다. 이미 몇 개의 이삿짐이 포장되어 있었다. 우혁은 바닥에 철퍼덕 주저앉아 화장대에 놓인 스킨, 로션을 박스에 넣었다.

"어떻게 이렇게 저희 둘이 이사를 하게 됐네요. 이것도 추억이 될 것 같아요."

언젠가 철식이 서현에게 남자친구는 어떤 사람인지 물었을 때 서현은 마치 개 같다고 설명했다. 친화력이 좋은 개. 처음 만난 사람의 옆으로 달려가 마구 손을 핥고 애정을 간청하는 조금은 막무가내인 개. 철식은 원래부터 그런 유형의 인간을 싫어했다. 65년이 넘도록 쌓아온 데이터로 봤을 때 그런 사람은 보통 가볍다 못해 경솔하고 부주의하고 건방지기 일쑤였다. 게다가 그는 서현의 남자친구다. 결혼 생활 10년 만에 찾아온 소중한 막둥이 딸. 서현이의 남자친구로는 그 누구도 눈에 차지 않는다.

"노래라도 들으면서 할까요?"

우혁은 물음과 동시에 휴대폰을 꺼내 노래를 틀었다. *Who knows how long I've loved you. You know I love you still. Will I wait a lonely lifetime.* 철식에게 익숙한 선율의 음악이었다.

"비틀즈네."

"비틀즈 좋아하세요?"

"서현이 엄마가 좋아했지."

서현에게 말로만 전해 듣던 우혁을 처음 만난 건 혜정의 장례식장에서였다. 딸의 남자친구와 처음 대면하기에 적합한 장소는 아니었다. 곧 혜정의 1주기다. 혹자는 사별한 후 처음 3개월은 정말 상상도 할 수 없이 아플 것이고, 그 후에는 또 점점 괜찮아지다가 1주기가 될 때쯤 또 다시 사무치게 그리운 순간이 온다고 했다. 철식은 그 말을 믿지 않았다. 철식은 괜찮아지지 않았다. 혜정을 떠나보낸 아픔은 내내 아플 뿐이었다.

"고등학교 때 폴 매카트니가 내한 왔었거든요. 그때 처음으로 혼자

서울에 가봤어요. 집이 가난해서 부모님이 겨울에 패딩 한 벌 사주신 적이 없거든요? 그런데 30만 원짜리 티켓을 별말 없이 그냥 사주셨어요. 그 순간이 저한테 평생 어떻게 남을지 부모님은 아셨던 것 같아요."

철식은 즉시 우혁의 말에 대꾸한 것을 후회했다. 처음 만났을 때도 느꼈지만 우혁은 미끼 하나를 던지면 물고 끊임없이 말을 늘어놓는 타입이어서 금방 옆에 사람을 피곤하게 만들었다. 비틀즈의 음악이 끝나자, 전혀 다른 분위기의 노래가 흘러나왔다.

"이 노래는 뉴진스의 하입보이라는 노래입니다."

우혁은 묻지도 않은 정보를 말해주며 책장에 꽂힌 책들을 상자에 옮겨 담았다.

AM 10:00

우혁이 박스를 조립해 테이프를 붙이는 사이, 철식은 물건들을 상자에 차곡차곡 수납해 나갔다. 상자가 다 채워지면 우혁이 다시 상자에 테이프를 붙여 봉합하고 상자를 들어 복도에 내놓았다. 철식은 짐을 싸면 쌀수록 서현의 집에 우혁의 물품이 너무 많다는 생각이 들었다. 한두 개는 그렇다 쳐도 이건 너무하지 않나? 문득 이 좁은 원룸 방에서 우혁과 서현이 함께 사는 모습이 그려졌다.

"이사 가는 집이 그리 안 멀다고 했지?"

철식이 물었다.

"네. 여기서 차 타고 30분이면 갑니다."

우혁이 대답했다.

"방 보러 다닐 때도 같이 다니고 그랬나?"

철식이 덧붙여 물었다.

"네. 그랬죠."

철식은 언짢았다. 더 넓은 집으로 이사를 가는 것은 더 제대로 함께 살기 위함일까? 본격적인 동거? 철식은 우혁에게 더 단도직입적으로 묻고 싶었지만 참았다. 막상 물었다가 이 실없는 놈이 어떤 대답을 늘어놓을지 알 수 없었고 철식은 그런 대답을 들을 준비가 아직 되어 있지 않았다.

AM 10:30

짐을 들고 빌라 밖을 나오자 어느새 비가 내리고 있었다. 철식과 우혁은 비를 맞으며 철식의 스타렉스에 이삿짐을 하나둘 넣었다. 철식의 머리가 점점 꼬부랑해지고 있었다.

"비 올 때 이사하면 잘 풀린다는데 서현이 영화가 잘 되려나 봐요."

동물 병원에서 일하던 서현은 어느 날 갑자기 신의 계시라도 받은 것처럼 영화감독이 되겠다더니 일을 그만두고 전국에서 제일 알아준다는 영화학교에 입학했다. 서현의 예술적 감각은 분명 혜정에게서 온 것이리라 철식은 짐작했다.

서현은 우혁을 영화학교에서 만났다. 둘 다 다른 일을 하다가 뒤늦게 영화의 길로 입문해 동병상련의 마음이 커져 연인 사이로 발전했다. 그 사이 서현은 점점 그럴듯한 영화감독이 되어갔다. 영화를 한두 편씩 찍더니 작년에 찍은 영화는 일본에 꽤 규모가 큰 영화제에 선정되어 엊그제 일본으로 떠났다. 분명 서현이 몇 번이고 영화제의 이름을 말해주었는데 철식이 기억하기에 그 이름은 너무 어려웠다. 아빠와 남자친구에게 본인 집 이사를 몽땅 맡겨두고 갈 정도라면 매우 중요한 영화제인가 보다 싶었다.

"이사는 우리 둘이 다 하는데 왜 그놈이 잘되나. 억울하게."

문득 이 고생을 하게 만든 서현이 얄미워진 철식이 툴툴대며 말하자 우혁이 소리 내어 웃었다.

"왜 웃나."

"아니, 서현이한테 아버님은 어떤 사람이냐고 물었던 적 있었거든요. 그때 서현이가 했던 말이 생각나서."

철식은 순간 긴장했다. 서현과 교감하는 건 항상 혜정의 담당이었다. 서현도 분명 철식이 본인을 얼마나 사랑하는지는 알 테지만 부녀 사이에는 항상 보이지 않는 선이 존재했다. 특히 혜정이 떠나고부터는 덩그러니 남아버린 서현과 철식의 사이를 어떻게 채워나가야 할지 고민이었다.

"은근 귀엽다고 했습니다."

바보 같이 서 있는 철식을 지나쳐 우혁은 스타렉스에 짐을 마저 실었다.

AM 10:45

차 안은 조용했다. 창밖의 거세진 빗줄기 소리만 들려올 뿐이었다.

"노래 좀 틀까요?"

"아까 들었던 노래 듣지."

우혁은 알겠다고 큰 소리로 대답하더니 뉴진스의 노래를 틀었다. 철식은 비틀즈 노래를 듣자는 말이었지만 또다시 피로감이 몰려와 가만히 있었다.

AM 11:20

새집에 도착하자, 철식은 이 집에서 우혁과 서현이 함께 있는 모습을 생각하지 않을 수 없었다. 서현은 우혁과 결혼을 하려고 할까? 한다면 언제? 너무 이르다. 철식은 하나뿐인 딸을 떠나보낼 준비가 되지 않았다.

AM 11:40

마침내 모든 짐을 집 안에 욱여넣었을 때, 철식의 표정이 점점 굳어져 갔다. 긴장이 풀리자 허리에 통증이 몰려온 것이다. 35살이나 어린 우혁과 괜히 경쟁심이 생겨 무리해서 짐을 나른 게 문제였다. 순식간에 통증이 철식의 몸 전체를 휩쓸었다. 손으로 허리를 이리저리 눌러보았지만 통증은 가시지 않고 더욱 거세져만 갔다.

"허리 다치셨어요?"

우혁의 눈이 반짝였다.

"제가 만져드릴게요."

"뭐?"

"저 물리치료학과 나왔어요. 잠시 엎드려 누워보세요."

우혁이 마침내 철식에게 잘 보일 수 있는 기회로 여기는 것 같아 철식은 질색했지만 우혁은 끝끝내 철식을 침대에 눕혔다. 우혁의 손길이 허리에 닿은 순간, 철식은 비명을 질렀다.

"조금만 참아주세요. 곧 편안해지실 거예요."

갑자기 우혁은 지나치게 프로페셔널해진 모습이었다. 마치 처음부터 물리치료를 하러 온 사람처럼 이야기했다. 허리를 짓누르던 우혁이 철식의 엉덩이 쪽을 문지르기 시작했다.

"민망해하실 필요 없습니다. 저는 지금 엉덩이를 문지르는 게 아니라 외회전근을 풀어주고 있는 것입니다."

"좀 조용히 할 수 없나?"

10분가량의 마사지 동안 우혁은 땀이 송골송골 맺힐 정도로 열심이었다. 다시 자리에 앉은 철식은 훨씬 통증이 사라진 것을 느꼈다. 그동안 느끼지 못했던 시원함이었다. 철식은 고맙다고 말하는 대신 다른 말을 하기로 선택했다.

"짜장면 먹겠나."

우혁은 격하게 고개를 끄덕이고 배달 앱을 켰다.

이삿짐 박스에서 접이식 테이블을 끄집어내 대충 물티슈로 닦고 식사를 시작했다. 둘 다 간짜장을 시켰다.

"동거 중인가?"

우혁은 입에 넣었던 면을 도로 뱉었다. 이사하는 내내 철식의 마음에 걸려있던 말이었다.

"죄송합니다."

대답 대신 우혁은 사과했다. 짜장면을 먹다 말고 사뭇 분위기가 진지해졌다. 우혁이 나무젓가락을 내려놓고 무릎을 꿇는 자세로 고쳐앉았다.

"사랑하나?"

우혁이 본인의 뒷덜미를 쓰다듬었다. 에어컨을 풀가동해 집 안 가득 냉기가 도는데도 이마에서 땀이 나는 듯했다. 우혁은 무슨 말을 할지 몰랐다. 무슨 말을 해도 철식의 마음에 들 수는 없을 것 같았다. 우혁은 가까스로 입안에 머물던 말을 중얼거렸다.

"항상 재수가 없었어요. 친구들이랑 똑같이 놀아도 꼭 저만 찍은 문제 다 틀리고, 똑같이 땡땡이쳐도 항상 저만 선생님들한테 걸리고. 어떤 해에는 팔다리 다 부러진 적도 있고, 대학도 계속 떨어져서 삼수하고…. 진짜 간만에 좋아해서 시작하게 된 영화라는 일은 재능이 없어요. 그런데요…. 서현이를 만난 건…."

"신이 내 편이라는 생각을 들게 하지."

철식은 창문 밖을 바라봤다. 어느새 비가 그쳐 해가 뜨고 있었다.

"네. 맞아요."

철식이 다시 젓가락을 들어 간짜장을 먹었고 우혁도 따라 먹기 시작했다.

PM 1:30

철식이 스타렉스 시동을 걸 때까지 우혁은 철식을 배웅했다. 이사를 끝낸 뒤의 철식은 지칠 대로 지쳐있었고, 반면 우혁은 여전히 밝은 미소를 지으며 인사를 건넸다.

"아버님 오늘 수고 많으셨…"

그 순간 우혁의 전화벨이 울렸다. 서현이었다. 우혁은 철식의 눈치를 한번 살피고 스피커폰으로 전화를 받았다.

"어. 서현아. 마침 아버님이랑 이사 끝났어."

"나 상 받았어!"

서현의 목소리가 잔뜩 상기되어 있었다. 철식으로선 그런 목소리는 처음이었다. 철식과 우혁의 몸이 휴대폰 쪽으로 쏠렸다.

"무슨 상?"

철식이 끼어들었다.

"아빠! 아빠 나 대상 받았어. 어떡해."

서현의 우는 목소리가 들려왔다. 철식도 울컥하는 마음이 들어 고개를 돌리려는데 우혁은 이미 울고 있었다.

"그래. 서현아. 너무 고생했어. 정말."

"우리 딸 장하다."

뜨거운 눈물의 전화가 끝나자 또다시 둘 사이에는 정적이 찾아왔다. 우혁은 계속 눈물을 훌쩍였다. 오버하는 우혁을 보고 있던 철식이 처음으로 피식 웃었다. 자기에게는 없는 재능을 마음껏 펼치는 여자친구를 저렇게까지 응원하다니 참 속도 없는, 정말 듣던 대로 개 같은 청년이구나 싶었다. 철식은 별다른 인사 없이 차를 출발했다. 백미러로 자신의 차를 바라보고 있는 우혁의 모습이 보였다. 철식은 갑자기 후진해 우혁에게로 빠르게 다가갔다. 순간 우혁은 철식이 자신을 들이 받아버리려는 건 아닐까 몸을 잔뜩 웅크렸다. 우혁의 옆으로 바짝 다가온 철식이 창을 내렸다.

"또 한국에 폴 매카트니가 오면 말해줄 수 있나?"

우혁이 놀란 표정으로 철식을 바라보았다.

"네. 말씀드릴게요."

"영화에 재능이 영 없으면 물리치료를 계속해보게. 그 쪽에는 재능이 확실히 있는 것 같으니까."

철식은 우혁이 대답을 하기도 전에 다시 차를 출발했다. 갈 길이 멀었다.

창 너머까지 비릿하게 피 냄새가 전해졌습니다. 냄새로만 얼핏 존재
하던 피가 형체를 띄었습니다. 나는 피를 볼 수도 만질 수도 있게 되
었습니다. 더욱이 완전한 피가 되어 그에게서 나로, 나에게서 그로, 우
리 사이에 피가 가득 넘실거렸습니다. 거리는 완벽하게 핏빛이 되었
습니다.

주정차위반 의견진술서

의견진술서

세루코

나 하나만 주면 안 돼? 뭘 그걸 그렇게 다 사가냐.

얼떨떨하고 당황스러웠지만 이내 웃음이 나왔습니다. 그는 오 년이라는 시간을 얄궂게도 한숨에 뛰어넘어 제 앞에 있었습니다.

어, 이따 하나 줄게.

아무렇지 않게 받아치자 그는 웃었습니다. 저도 따라 웃었습니다. 그는 잠깐만, 하더니 카페 안 쪽으로 들어갔습니다. 그곳에는 작고 귀여운 여자아이가 앉아있었습니다. 저 사람도 연기를 하는 사람일까? 예쁘게 생겼네. 여자는 그를 보고 싱긋 웃었고, 저 멀리서 저에게도 같은 미소로 인사를 건넸습니다. 불안감도, 궁금증도 없는 투명한 미소였습니다. 이미 저에 대해 알고 있거나, 제가 누구여도 아무 상관없는 사람처럼. 그 순간 어딘가 첨예한 칼로 아주 완벽하게 도려내진 기분이 드는 건 왜였을까요? 갑작스레 당한 칼질에 절단면은 변화를 재빠르게 알아채지 못하고 잠시 머뭇거렸습니다. 그리고 잠시 후, 이제야 상황 파악이 되었다는 듯 저릿하더니 피가 솟는 것 아니겠어요? 그런데 참 이상하죠, 분명 도려내져서 피가 샘솟는 중인데 시원했습니다. 고여있던 물이 확 뚫려나가는 기분. 휘몰아쳤습니다. 샘솟는 피를 멈추고 싶지 않았지요. 싱긋 웃는 여자아이의 신뢰를 받으며 그는 한 발 한 발 반짝이며 저를 향해 걸어왔습니다. 그 걸음을 보자마자 알았습니다. 저렇게 걷는 사람은 그 사람 단 한 명뿐입니다. 지금 그가 저에게 걸어오고 있습니다. 제 앞에 그가 있습니다. 그가 점점 거리를 좁히며 저에게 다가오고 있습니다. 저는 그가 제 앞에 도착하는 동안 시원하게 피를 뿜어댔습니다. 그런데 정말 이상한 일이 일어났습니다. 제 앞에 멈춰 선 그에게도 피 냄새가 나는 것 아니겠어요? 어쩌면, 그 사람은, 완전한 신뢰로 본인을 바라보는 저 귀여운 아이가 있음으로 어딘가 도려내졌는지도 모르겠어요. 그라면 분명 저보다도 먼저 저의 절단을 알아챘을 테니, 절단된 저의 마음이 그의 어느 부분을 도려냈을지도 모르겠습니다. 그는 저의 아픔을 외면할 수 있는 사람이, 여전히 아니었습니다. 저릿한 피 냄새에 저는 고개를 숙이고 그냥 한 번 웃었습니다. 고개를 들어 어떻게 지냈느냐고 물으려 했는데 이상하게 점점 더 피 냄새가 짙어졌습니다. 저의 것인지 그의 것인지 알 수 없었습니다. 제 것이었더라도 그의 것이 진해졌을 것이고 그의 것이었더라도 제 것이 진해졌을 테지요. 서로 철철 넘치는 피를 마주하다 역시나 저는 그냥 고개를 돌려버렸습니다. 그런데 그때, 도로에서 주정차 위반 단속을 하고 있는 것 아니겠어요? 딱지가 붙을 다음 순서는 제 차일 것만 같았습니다.

좋아 보이네. 어떻게 지내? 너 공부한다고 들은 것 같은데, 대단하네. 나는 요즘 그래도 잘…

그의 이야기가 허공에 흩날렸습니다. 계속 거리에 놓여있는 차 생각이 났습니다. 겨우 4만 원이야. 제발 좀. 때마침 그의 음료가 나왔고, 그는 다시 한번 잠시만, 하고는 그 음료를 들고 그의 작고 귀여운 여자아이에게 갔습니다. 저에게 더없이 상냥했던 그 사람이 이젠 누군가에게 그 상냥한 모습을 내어주고 있었습니다. 그건 그가 제게 했듯 꾸밈없는 종류의 상냥함은 아니었지만, 굳이 애써서 상냥한 척을 하는 작위적인 연기 또한 아니었습니다. 그는 그냥 누군가에게 상냥할 수 있는 사람이 되어있었습니다. 제 안에 있는 것 아니면 조금도 행할 수 없던 그 사람은, 이젠 타인의 요구를 어느 정도 들어줄 수 있는 조금의 온기를 가진 사람이 되어 있었던 것입니다.

너는 또 너인지라, 앞으로 갔구나. 늘 어딘가로 향하는 너의 습성은 지난 5년 동안에도 역시나 안 멈추었구나. 저는 고개를 끄덕였습니다. 제가 한 번도 받아보지 못했던 철든 온기에 그 사람이 조금은 얄미웠지만, 그가 저에게 상냥했던 순간은 온전히 진실이었으니, 오히려 모든 순간 사랑만 있었다는 마음을 방증하는 것이리라 오만한 마음도 생겨났습니다. 그런데 말입니다, 자꾸만, 정말 자꾸만 차가 신경 쓰였습니다. 지금 나가면 딱지 신세를 면할 수 있지 않을까. 돈이 아까운 건지, 법을 어긴 죄책감인지, 찰나의 불법행위였는데 운이 없다고 느껴지는 좌절감인지, 저는 이 대화에 집중을 하려야 할 수가 없었습니다. 저는 오줌 마려운 강아지처럼 옴짝달싹 못했습니다. 그는 그런 제 모습에 어쩐지 피식 웃어버렸고, 저는 그 웃음에 눈물이 쏟아질 것만 같았습니다. 저는 그의 웃음에 닿을 수가 없었거든요. 때마침 스콘 나왔습니다. 소리가 들려왔습니다.

 어, 그럼 좋은 시간 보내.

 저는 스콘을 받은 즉시 그를 향해 소리를 던진 채 뒤를 돌았습니다. 그 말은 말이라기보다는 몇 개의 소리였습니다. 무책임하게 소리를 던져 놓고 그의 대답은 듣지도 않은 채 손에는 초코 스콘 열개를 쥐고서 카페 밖으로 나갔습니다. 그리고 서둘러 건너편에 주차되어 있는 제 차 앞으로 갔지요. 이제 막 제 차에 주정차 위반 딱지를 끊으려던 찰나였습니다. 저는 단속하시는 분들을 향해 지금 차를 뺄 것이고, 차를 댄 지 2분도 채 지나지 않았다. 저는 정말 가난한 대학원생이며 지금 몸이 너무 아파 약국에서 약을 사 오는 길이었노라 나불거렸습니다. 법에 어긋나는 일이라며 한사코 안된다는 단속반 분들 앞에서 저는 갑자기 기운을 축 빼고 몸을 늘어뜨려 차 쪽으로 넘어지는 명연기까지 펼쳤고, 이에 그분들은 혀를 끌끌 차며 에이 여기 주차하시면 안 돼요. 라는 말을 끝으로 다른 차로 향했습니다. 저는 그제야 카페 쪽으로 몸을 돌려 창 너머의 그 사람을 보았습니다. 그는 그 자리에서 저를 바라봐주고 있었습니다. 무슨 일 없는 거지? 괜찮은 거 맞지? 물어주는 표정이었습니다. 저는 얼떨떨한 기분으로 고개를 끄덕였습니다. 그제야 그 사람은 뒤를 돌아 그의 작고 귀여운 아이를 향해 돌아서 갔습니다. 창 너머까지 비릿하게 피 냄새가 전해졌습니다. 냄새로만 얼핏 존재하던 피가 형체를 띄었습니다. 나는 피를 볼 수도 만질 수도 있게 되었습니다. 더욱이 완전한 피가 되어 그에게서 나로, 나에게서 그로, 우리 사이에 피가 가득 넘실거렸습니다. 거리는 완벽하게 핏빛이 되었습니다.

나한테 검도는 칠 수 있는 거리에서 최선을 다해 상대를 보는 거야. 넌 그날 칠 수 있는 거리 자체를 아예 안 만들었잖아. 그렇게 물러서기만 하면 아무것도 일어나지 않아. 그렇게 무승부가 나면 뭘 하나. 진짜 상대를 본 적이 한 번도 없는데. 상대가 들어온다고 무서워? 널 때릴까 봐 무서운 건가? 때론 버티는 힘도 필요한 거야. 맞더라도 버텨 서서 상대를 봐야 해. 그래야 진짜 볼 수가 있다니까. 그렇게 도망만 다녀서야 원. 이 겁쟁아.

초코 스콘. 그거 하나 주기로 했었는데 말이죠. 그에게 초코 스콘을 하나 주고 왔다면 참 좋았을 텐데 말입니다. 아, 이 모든 게 다 불법주차 때문입니다. 빌어먹을. 빌어먹을 차 때문에. 저는요, 저는 사실 번역가가 아니라 글을 쓰는, 작가가 되고 싶었습니다. 초코 스콘 같은 건 먹지도 않는데. 오늘은 집에서 쉬고 싶었는데. 귤이. 귤이 집에 두 박스나 있는데. 그걸 다 먹을 시간도 없는데. 정말 빌어먹을. 이 모든 건 죄다 불법주차 때문입니다. 부과되지 않은 딱지에 이의 제기든 의견 진술이든 과연 할 수 있는지는 잘 모르겠지만 저는 주정차 위반을 했음이 옳습니다. 9월 20일 오후 2시 10분경 서울 마포구 양화로 11길 92 부근입니다. 사진 한 장 동봉하오니 함께 확인 부탁드리며 조속히 조치를 취해주십시오.

기왕 비에 맞은 김에 근처 운동장에 들러 달렸다. 빗물인지 땀인지
눈물인지 모르겠지만 한껏 쏟아내고 나니 속이 후련했다.

정류장에서
영영

  평소보다 여유롭게 정류장에 도착해 주변을 살폈다. 인도가 약간 좁은 편이라 그 흔한 가로수 하나 없었다. 궁색한 버스정류장 팻말하나 덩그라니 서 있었다. 주변이 원룸촌이라서 출근길에는 사람들이 붐볐다. 인도와 도로의 폭은 좁은데 차들은 아랑곳 하지 않고 쌩쌩 달렸다. 좁은 인도에서 휴대폰을 보고 서있는 사람들이 위태로워 보였다. 회사로 가는 503번 버스가 멀리서 보였다. 나는 버스카드를 찾기 위해 호주머니와 가방을 번갈아가며 뒤졌다. 버스가 다가올수록 지갑이 내게 없고 집에 있을 거란 확신만 자꾸 들어 깊은 한숨이 절로 나왔다. '이대로 집까지 뛰어 가야하나?' 생각을 하고 있을때 누군가 뒤에서 내 어깨를 툭툭 건드렸다.

  "저기… 버스비가 없나 봐요. 같이 타요. 내가 찍어줄게요."

  정장차림을 한 중년의 아주머니가 나에게 말을 걸었다. 매번 같은 버스를 기다리던 분이었다. 거의 매일 마주치다보니 서로의 존재를 알고 있으면서도 한 번도 인사를 나눠 본 적은 없었다.

"아… 네… 감사합니다."

나는 고개 숙여 인사했다.

"두 명이요."

아주머니를 뒤따라 버스에 올라탔다. 사람들 사이로 비좁은 틈을 지나 뒤쪽으로 갔다. 버스 기사님의 괴팍한 운전솜씨 때문에 버스 손잡이에 매달려 이리저리 끌려 다닌 끝에 회사 근처 정류장에 도착했다. 번화한 곳이라서 그런지 정류장도 통유리로 사방이 막혀있고 에어컨까지 나오고 있었다.

회사에 30분 일찍 도착해 청소를 했다. 의무사항은 아니었지만, 사장이 은근히 바랬고, 나도 대학 졸업 후 첫 직장이다보니 뭐든 의욕이 넘쳤다. 사장과 가끔 출근하는 사모님과 일을 배우고 있는 사장의 아들이 있는 가족회사에 직원은 경리와 나 뿐이었다. 처음에는 일을 배워야 된다는 이유로 인턴이었다가 축구를 좋아하는 사장이 조기축구회에 나를 데려간 뒤로 대리가 되었다. 결정적인 순간에 사장에게 골을 양보한 보람이 있었다. 청소가 끝날 즈음 경리가 도착했고, 사장과 사장의 아들이 출근 했다. 나는 컴퓨터를 켜고 어제부터 하고 있던 안경디자인 도면을 열었다. 그리고 다른 모니터에는 내 그림을 찍은 사진을 보정 하기 위해 띄워 두었다.

새로 디자인한 안경의 샘플을 만들기 위해 창고로 들어갔다. 기계를 작동하는 사이에 전화가 왔다. 대학동기 도혁이 였다.

"야, 그 소식 들었어?"

"무슨 소식?"

"k가 저번에 독일 간거 알지? 그거 원래 네가 가기로 되어 있었잖아."

"그래서?"

"요즘 전시만 했다 하면 다 팔고, 그림 주문이 밀려 있대."

"잘됐네."

"야, 네가 취직만 안했어도 더 잘나갔을텐데, 네가 우리 과에서 알아주는 천재 아니냐."

"바쁘니까, 쓸데없는 소리 말고 전화 끊어."

취직을 하고 일주일 정도 지났을 때 미술협회에서 전화가 왔었다. 한국−독일 미술작가 교류프로그램에 내가 작가로 내가 선정됐다는 것이다. 비행기표와 한 달 정도 체류비까지 제공되었지만, 당장 일을 그만둘 수는 없었다. 당시 나는 무리하게 개인전을 준비하느라 여기저기서 돈을 빌린 상태였고, 생활비마저 떨어져 돈이 필요한 상황이었다. 급한 데로 후배 k를 추천했는데, 그 k라는 후배가 독일에서 주목을 받게 됐다는 소식이 들렸다. 열심히 하는 후배였고, 국내로 돌아와서도 전시를 꾸준히 하였다. 전시할 때마다 초대를 해줬고 매번 가서 축하해 줬지만 속이 쓰리는건 어쩔 수 없었다.

점심시간도 되기 전에 사장이 요리를 해먹자며 두 손 가득 장을 봐왔다. 점심은 항상 장우동이라는 식당에서 각자 먹고 싶은걸 시켜 먹고 한 달 단위로 회사에서 결제하는 방식이었는데, 사장은 그 식당의 음식이 질릴 때면 한 번씩 장을 봐왔다. 나는 요리를 잘하는 편이 아니지만 나서는 사람이 없어 할 수 없이 휴대폰으로 레시피를 검색해가며 요리를 했다. 사장은 내가 한 음식이 입맛에 맞았는지 그 이후로는 내가 요리를 담당 해야 했다. 가스버너위로 커다란 후라이팬을 올리고 그 위로 삼겹살과 오징어, 파와 양파등 각종 야채를 올리고 레시피대로 만든 양념장을 올리면 뚝딱 오삼불고기가 되었다. 사장은 밥을 먹을 때면 자신이 얼마나 힘들게 이 회사를 키워 왔는지를 늘어놓았고, 이야기의 말미에는 꼭 비품을 아껴 쓰라는 당부를 했다.

안경 샘플을 공장으로 보내기 위해 퀵을 불렀다. 퀵 배달비를 계산하기 위해서는 현금 7000원이 필요했다. 회사 공금은 사모님이 담당하고 있어 함부로 그 돈을 사용할 수 없었는데, 사모님이 아직 출근을 하지 않았고, 내가 가진 현금이 없다보니 사모님의 책상서랍을 열어 현금을 꺼내 배달기사님께 건넸다. 사모님이 출근하면 얘기할 생각이었다. 막상 사모님이 출근하고 퀵비 지불에 대해 이야기를 꺼냈을 때 고막이 떨어져 나가라 소리쳤다. 자신 말고는 그 누구도 서랍을 열지 말았어야 한다고. 한참을 그렇게 고개 숙이고 나니 머리가 멍해졌다.

나는 지금 무얼하고 있는가? 그림을 그리기 위해 돈을 벌고 있다지만, 어느새 돈을 위해서 일을 하고 있는 나를 발견했다. 하지만 살아가기 위해서는 돈이 필요했다. 학자금대출도 갚아야하고 전시 준비로 여기저기 빌린 돈도 갚아야 하고 월세에 각종 공과금도 내야 했다. 그 와중에 정신건강도 챙겨야하니 카페도 가야하고, 스트레스를 다스려야하니 맛있는것도 좀 사먹고, 생필품도 사야했다. 이 모든걸 하면서 원래의 목적인 그림도 그려야 하니 정작 그림은 어느새 뒷전이 되었다. "탁!" 주문처럼 골프공 튕기는 소리가 들렸다. 사장이 옥상에 만들어 놓은 실내골프연습장에서 골프를 치는 소리였다. 정신이 번쩍들었다. 안그러면 이대로 이런 말도 안되는 블랙홀에 빠져 나올 수 없을 것만 같았다.

사장 아들의 새 차가 회사에 도착했다. 사장은 군대를 다녀와서 아직 대학생이 타기 좋은 차라며 신형 아반떼를 회사 법인차로 구매했다고 늘어놓았다. 사장은 차 뒤에 초보운전 문구를 출력해서 붙이라는 지시했고 회사 유일의 디자이너로서 어떻게 하면 센스있는 디자인일까 고민하면서 여러 이미지들을 출력해 사장에게 내밀었다. '무한도전'이라는 프로그램이 인기 있을 때라 '도전'을 '초보'로 바꾼 '무한초보'가 선택 되었다. a4용지에 출력하여 신형 아반떼 뒷 쪽에 붙였다. 사장 아들은 들뜬 얼굴로 시운전을 위해 차를 몰고 나갔다. 사장 아들은 사장과는 다르게 자기주장이 없고 회사에는 관심이 없었지만 사원과 같은 공간에 있으면서 이따금 사장의 또 다른 눈이 되어 여러모로 신경쓰이는 존재였다. 이대로 차를 몰고 나타나지 않았으면 했다.

마칠 때가 되니 밖에 비가 쏟아졌다. 다행히 저번에 두고 간 우산이 있어 다행이라고 생각했다. 퇴근 시간이 됐는데도 사장은 나갈 생각이 없었다. 나는 괜히 CCTV 근처로 가서 사무실 정리를 했다. 사장이 조금 늦은 퇴근을 하고 곧바로 경리와 나도 퇴근했다. 비가 많이 내려 퇴근길에 버스가 좀처럼 앞으로 나가지 못했다. 집에 한 정거장 정도 남았을때 아침에 버스비를 대신 내준 아주머니를 버스 뒷문에서 마주쳤다. 나는 가볍게 눈인사를 했다. 버스가 멈추고 뒷문이 열렸다. 우산을 펼치고 집으로 가려는데, 아주머니가 비를 맞고 가는게 보였다. 나는 아주머니에게 우산을 쥐어 드리고 반대편으로 뛰어갔다. 오랜만에 비에 흠뻑 맞았지만 기분이 좋았다. 나는 기왕 비에 맞은 김에 근처 운동장에 들러 달렸다. 빗물인지 땀인지 눈물인지 모르겠지만 한껏 쏟아내고 나니 속이 후련했다. 집에 돌아가는 길에 언제 그랬냐는 듯 하늘이 거짓말처럼 맑아졌다. 나는 시원하게 샤워를 하고 오랜만에 그림 도구들을 꺼내들었다.

사랑한다는 말은 음정 사이사이, 꾹꾹 눌러 손으로 그린 악보로 대
신하마. 낭만적으로 살아라. 가능하다면.

처박힌 악기들을 위한 연주곡

일미

꽉 다문 입술, 날선 눈매, 왁스를 발라 잘 넘긴 헤어스타일, 구김 하나 없는 양복 차림, 웬, 얼굴 보고 뽑는 건지, 날 선 콧날 하며, 또 또 재수 없게 웃지도 않고 딱딱하게 지 할 말만 하려고 기다리고 있는 본새를 보아하니 이제 곧 시작되겠구나. 변호사도 서비스직 아니었어? 최변은 지가 변호사인지 법무사인지 모르는 게 아닐까 싶을 정도로 늘 딱딱하게 굴었어. 근데 얘들아 난 그게 퍽 마음에 들지 뭐냐. 허리 굽혀 수임료 떼어먹는 놈들보다 재수 없고 깐깐하면서 애살 없는 저놈이 훨씬 더 뭐랄까, 상상할 수 있는 사연이 많달까. 인간에게는 가끔 허를 찌르는 사연과 상상력이 필요하지.

다 모이셨으니 진일영님의 유언장을 읽겠습니다. 고인의 유지를 받들어….

갑자기 눈을 감고 뜨더니 마치 빙의한 사람처럼 눈빛이 변한다. 가

죽 소파에 모여 앉은 중년의 남녀 넷이 모두 눈을 동그랗게 뜨고 최 변호사를 말없이 바라본다.

 너희들이 별안간 나의 편지를 받고 심히 놀라지 않을까 걱정이 되다가도 그래, 노파심 그건 단지 노파심이겠지 싶구나. 내 믿을만한 최 변호사를 통해 유언장을 남기는 것은 내가 떠난 이후에 우왕좌왕할 너희들이 애석해서다. 테이블 위에 놓인 자물쇠 달린 상자가 보일거다. 이게 너희들에게 남기는 내 마지막 서프라이즈~ 잠긴 자물쇠를 어찌 열 수 있는지는 이제부터 알려주겠다. 다만 늙은이 구구절절 이야기는 마지막으로 좀 들어줘야 하지 않겠니?

 내 팔십 평생 열심히 살다 보니 자연스레 생긴 부동산이며 조막만한 땅 몇 평 그리고 운이 나쁘지 않아 주식 덕분에 차오른 통장 잔고가 꽤 되더구나. 내가 병원에 누워있을 때도 심심치 않게 내 자산을 궁금해하던 너희들이니 아주 반가운 얼굴이 되었겠구나. 지 애미 장례식 중인 줄도 잊어버릴 만큼 말이다. 니들이 어릴 때는 참으로 영특하고 아름다웠다. 네 남매 모두 하나같이 보드랍고 다정한 성품으로 내 삶을 충만하게 만들어줬지. 작은 곤충과 풀잎에 맺힌 영롱한 이슬을 몇 시간이고 관찰하던 아름다운 아이들, 미술과 음악을 사랑했고 세상 밝아지는 웃음소리를 내던 너희들이었다. 내가 어느 순간 처녀적에 이루지 못한 음악가의 꿈을 꾸면서, 나만의 낭만에 빠져서 어쩌면 너희들의 삶에 찾아온 변화에 제대로 도움을 주지 못했는지도 모르겠구나. 그리하여 잃어가는 빛도 나는 눈여겨봐주지 못했다. 그 사실만은 아주 가슴이 미어지게 안타깝고 미안하게 생각한다.

 기억나는지 모르겠다만 첫째가 7살이었을 때까지는 외할머니의 제삿날 모두 모여 연주회를 했었다. 나의 엄마 또한 나처럼 낭만적인 사람이었으니까. 첫째 동식이는 첼로를 둘째 현주는 플룻을 셋째 미연이는 바이올린을 넷째 현철이는 피아노를. 모두 한껏 차려입고 악기를 들고 모였지, 아주 어여쁜 모습이었다. 한 가지 안타까웠던 사실은 너희들도 알다시피 너희들 모두 음악에는 일말의 재주도 없었던 것이지. 서글펐다만 더는 바라지 않았어. 너희들이 음악가가 되는 것 까지는 더더군다나. 사는 동안 음악이 작은 힘이 되길 바랐을 뿐이다.

 사는데 어찌 힘든 일이 없지 않겠나, 어찌 슬프고 억울하고 기운 빠지는 일이 없겠나. 그럴 때마다 그저 무언가 한 가지 너희들 곁에 있어주는 것이 음악이길 바랐다. 아무것도 할 수 없어질 때마저 그래도 악기 하나 들고 그 시간을 뚱땅거리면서 보낼 수 있으면 좋겠다며 낭만적인 생각을 했지. 그래 너희들도 모두 알겠지만 나는 정말 온 생을 낭만적으로 살았다. 이 유서 또한 낭만에 빠진 늙은이가 끝까지 고집을 부린다 생각할 수 도 있겠구나. 어쩌겠니. 내 인생의 마침표, 내가 찍으마. 오래 고민하지 않았다. 내 마침표는 음표가 될 거다. 곧 너희들이 연주하게 될.

박동식 님, 박현주 님, 박미연 님, 박현철 님
진일영 님이 남기신 것입니다.

최 변호사는 자물쇠를 열고 둘둘 말린 양피지 종이 같은 것을 펼쳐 보였다. 손때가 묻은 악보였다. 제목은 [처박힌 악기들을 위한 연주곡]

희끗하게 자라난 새치와 중년의 외모를 가진 아이들을 창가에 서서 바라보고 있는 일영의 혼은 자식들의 표정이 몹시 궁금해졌다. 아니나 다를까 기대했던 것과는 영 딴판이었는지 욕을 짓거리는 아이와 엉엉 울어버리는 아이가 있었다. 그 와중에 정신을 똑바로 차리고 일영이 남긴 것이 해독 문자라도 되는 양 좋은 머리로 뚫어져라 보고 있는 첫째 동식은 일말의 기대마저 사라졌다는 판단이 섰는지 땅이 꺼질 듯 한숨을 푹푹 쉬었다.
그래서 엄마가 이 악보로 우리 보고 뭘 어쩌라는 겁니까?
이 악보의 저작권은 저희가 가지는 거겠지요?
막내가 변호사에게 물었다.

난 단지 먼 길 가는 중에 내가 만든 음악이 너희들 손으로 연주되어 울렸으면 좋겠다. 별거 없어. 너희들 집에 처박힌 악기들을 찾아 손에 잡거라. 손과 입이 기억할거다. 너희들이 사랑했던 음악을. 수많은 아티스트들의 영혼을 담은 멋들어진 음악은 이미 들을 만큼 들었다. 완벽하길 바라지도 않아. 무슨 말인지 알겠니? 어른이 되고 나서 어느 순간부터는 좀체 만나려 들지도 서로 말을 섞으려 하지도 않는 너희들을 보고서 먼 길 떠나기 전에 홍도 안 나고 말이지.

괜찮다면 (애미의 재산을 물려받고 싶거든) 시간을 내어 신랄하게 싸우렴, 음정이 틀렸다느니 박자를 놓쳤다느니 하면서 아주 웃기겠구나. 덕분에. 한바탕 싸우고, 한바탕 웃고, 한바탕 머쓱해지는 시간을 가진 다음에 나의 장례식에 내가 너희들을 위해 만든 음악을 연주해주렴. 사랑한다는 말은 음정 사이사이, 꾹꾹 눌러 손으로 그린 악보로 대신하마. 낭만적으로 살아라. 가능하다면.

  마지막으로 장례식이자 연주회의 공중은 최변과 내지인들이 설계다. 애미를 얕잡아보지 말거라.

 이상입니다.

 아니 이게 무슨 어린애들 장난도 아니고 씨발, 엄마아아아! 거기서도 그럴 거야~!

  정수기 앞에서 기포가 올라오는 것을 보던 일영의 혼은 자신을 부르는 셋째 딸의 고함소리에 깜짝 놀란다.

 그래서 이제 뭐 어째?

 시계를 들여다보는 명석한 두뇌의 첫째.

 저녁에 손님들 들이닥치기 전에 집에 가서 다들 악기 찾아와.

 뭐래는 거니 오빠. 진짜 이게 무슨 말이야 엄마 노망났어. 아니 엄마 돌아가셨지. 엄마악! 낭만적으로 슬퍼할 틈을 안주네.

야 시끄러, 조용히 좀 해봐. 감정적으로 풀 일이 아니야.

최변, 이건 좀 웃기잖아요?

네. 웃기네요.

하나도 웃지 않는 얼굴로 웃기다고 말하는 최변.

장례식 내에 연주회가 이루어지지 않을 시 진일영님의 모든 재산은 일영 음악장학 재단에 기증됩니다. 남은 시간, 75시간쯤 남았네요.

최변의 말이 모두 끝났는데 아무도 일어날 생각을 하지 않는다. 제일 먼저 엉덩이를 들썩거린 것은 첫째다. 담배를 태우러 나가겠다는데 뒤이어 모두들 저마다의 일로 바쁜 듯 하나 둘 방을 나선다. 이제 방에는 최변과 일영의 혼만이 남았다.

최변의 어깨에 손을 얹는 일영.

자네 첨 봤을 때부터 어쩐지 쎄하다 했어. 귀신들이 좋아하는 변호사야. 유언 전문 변호사 명함 하나 파지 그래.

수고하셨습니다. 그럼 이제 장례식에 참석하시죠.

됐네. 여기서 피아노나 좀 치면서 애들을 기다려야지.

네, 그럼.

뒤도 돌아보지 않고 나가는 최 변호사. 혼자 남은 일영의 혼이 아름다운 피아노 연주를 시작한다. 멈춰있던 공기가 다시 흐르듯 피아노 음이 공간을 채운다. 창을 투둑 때리는 굵은 빗방울, 곧 소나기가 내린다. 후두둑 커다란 통유리창 너머 땅으로 곤두박질치는 빗방울의 소리가 벽을 타고 넘어온다. 빛이 사라진 빈 방에 울려 퍼지는 애절한 피아노 소리와 빗소리.

내 죽음의 날에 겨우 이제야 나를 위한 연주를 시작합니다. 여러분, 아름다운 음악을 갖고 이 세상에 온 여러분, 나의 연주가 당신에게 가 닿았다면 가만히 눈을 감고 느껴보세요. 작은 바람 소리가 들리시나요, 당신의 음악은 어떤 파동일까요. 나는 어리석게도 살아생전에는 궁금해하지 않던 소리들이 이제야 궁금해졌습니다. 우리 아이들은 어떤 소리를 낼 수 있을까요? 완벽하지 않겠지만, 어설프고 귀가 찢어질 듯 고약한 소리를 낼 수도 있겠지만 그건 또 그것대로의 멋이 있지 않겠어요? 여러분, 아름다운 음악을 갖고 이 세상에 온 여러분, 나의 글, 나의 이야기, 나의 유언을 함께 읽어주어 마음속 깊이 감사드립니다.

작가의 말

귤선생

  첫눈에 반한다는 말이 친구 사이에도 적용될 수 있다는 걸 아늑한 친구들에게서 배웠다. 이들을 처음 만났을 때 나는 한눈에 알아볼 수 있었다. 그들은 불안하고, 단단하고, 노력하고, 쉽게 웃고, 쉽게 감동하는, 다시 말해 나와 비슷한 어딘가를 바라보고 사는 이들이었다. 서로를 알아본 우리는 신속히 똘똘 뭉쳐 함께 살아갈 궁리를 시작했다. 마침 연말이라 다가오는 새해에 대한 막연한 조바심이 고조되던 시점이었다. 뭔가 재밌는 걸 구상해 보자고 서울에서 모인 그날, 우리는 회의와는 전혀 상관이 없는 국립현대미술관에 가서 전시를 보고 만둣국을 먹고 커피를 마시며 서울 투어를 했다. 만나기로 한 목적을 제외한 모든 것을 하고 나니, 어느새 해가 넘어가고 있었다. 정말 이대로 헤어질 순 없겠다 싶어 무작정 들어간 정독 도서관 로비에서 소곤소곤 긴급회의를 진행했고 그곳에서 지금의 아늑한 세계 형태가 갖추어졌다.

  우리의 공통점은 지켜보면 더 잘 한다는 것이었다. 서로의 감독관이 되어 한 달에 한 번씩 글을 써 사람들에게 메일을 보내고 팟캐스트를 녹음한다는 핑계로 한 달에 한 번 만나 수다를 떨기로 했다. 그 핑계 덕분에 봄에는 함께 벚꽃을 보고, 여름에는 함께 바다 수영을 하고, 가을에는 프로젝트를 마무리할 수 있었다. 겨울이 된 지금 후기를 쓰며 그동안의 일들을 떠올려보니 참 괜찮은 구실이었다는 생각이 든다. 이제까지와는 다른 삶을 살아보겠다고 다짐하던 올해 1월의 내가 결국 총 2편의 에세이, 4편의 단편 소설, 1편의 시나리오를 완성할 수 있었던 건 모두 다정한 눈길로 나의 글을 읽어내 준 아늑한 감독관들 덕분이다. 이 책을 세상에 내보내며, 첫눈에 우리의 글을 알아보는 이들이 있기를 바란다. 내가 우리를 첫눈에 알아본 것처럼 말이다.

세루코

주정차위반 의견진술서. 이 글은 명백히 소설임을 다시 한 번 힘 주어 밝힌다.

이 글은 20대 후반, 지금으로부터 5년 전 어느 날로 거슬러 올라간다. 당시 나는 오랜 연애를 갈무리하며 쏟아지는 감정통을 풀어낼 통로가 필요했고, 연애동안 느꼈던 희노애락을 배설하듯 써 내려갔다. 그것이 지금 이 소설의 초고가 되었다.

5년이 흐른 뒤 <아늑한 세계> 안에서 하나의 단편 소설을 완성해 보겠노라, 다시 이 글을 꺼내 보았을 때 나는 생생함과 생경함을 동시에 느꼈더랬다. 참 아름다운 사랑이었노라고 스스로 덮고 나온 관계 위에서 눈물을 머금고 써내려갔던 초고에서 나는 5년 후 미래까지도 감히 꿈꾸어 보았다. 실제 5년이 지나 있는 이 시점에서 당시의 희망을 마주하니 그때의 꿈이나 소망 중 지속되는 것이 없었음을 발견하며, 시간은 언제나 어디서나 흐른다는 것, 그 힘의 위대함, 오히려 그런 것들을 느끼며 새로운 힘이 솟아났다.

초고의 많은 부분이 현실의 나를 만나, <아늑한 세계>의 포맷에 따라, 수없이 각색되었다. 이쯤이면, 원형을 잃어버렸다고도 할 수 있겠으나, 당시 꿈꾸었던 미래의 모습(의견진술서 편)은 최대한 원형을 유지해보고자 했다. 그것은 관계를 놓고 싶지 않았던 과거의 나를 향한 위로였고, 마주해야 하는 것은 반듯하게 마주하여 다음 페이지로 넘어가야 한다는 현재 나의 소망이 담겨 있다.

　나의 20대를 함께해 준 모든 사람들, 그리고 그 이후 5년동안 지금의 나를 만들어 준 모든 존재들에 무한한 감사를 느낀다. 알 수 없는 우연으로, 설렘으로, 눈물로, 행복으로, 분노로 점철된 우리네 인생은 쉼 없이 반복되겠지만, 매번 분명하게 시간은 흘러 주어서, 이 다음으로 넘어갈 수 있다는 것은 지금의 나에게 여전히 가장 희망적인 사실 중 하나이다.

　<아늑한 세계>를 통해 동료들의 끈끈한 응원을 받으며, 청취자분들의 애정 섞인 관심을 받으며, 결국, 마침내, 이 소설을 완성할 수 있었다. 서로의 글을 읽으며 감탄했던 지난 칠 개월이 마치 전생처럼 아득하다. 우리에겐 앞으로 어떤 내일이 기다리고 있을까? 부디 우리가 함께 했던 기억이 앞으로의 우리에게 작은 힘이 되기를 희망하며, 이 희망이 미래의 우리에게 닿지 않을 수도 있음마저도 용감하게 받아들이며 이만 이번 여정을 마치기로 한다.

　한 시절의 소중함을 머금으면서도 동시에 놓아버리고, 새로운 챕터를 힘차게 맞이할 수 있기를, 맞이 하실 수 있기를 진심으로 바란다.

영영

내 별명은 '빈 커서'였다. 글을 쓴다고 컴퓨터 앞에 앉았는데, 흰 화면에 깜빡거리는 빈 비커서만 바라보고 있었기 때문에 아내가 내게 붙여준 별명이다. 작고 가는 커서가 일정한 간격으로 깜빡이는 것을 보고 있자니 최면에 걸린 것처럼 온몸이 굳어버렸다. 작대기에서 글씨가 나올라치면 마법같이 사라졌다. 하고 싶은 말은 있는 것 같은데, 막상 그 말을 적으려 하면 다시 사라지는 마법. 난 끝내 한 단어도 쓰지 못했다.

아늑한 세계를 하자고 했을 때 나는 덜컥 겁부터 났다. '난 빈 커서인데...' 그 말이 귓가에 맴돌았다. 무슨 용기가 났는지 내가 먼저 나서서 하자고 했다. 함께 하는 이들이 있다면 할 수 있을 것만 같았다. 모두들 흔쾌히 아늑한 세계를 원했고, 든든한 동료가 함께 한다면 저주 걸린 마법이 풀릴 것만 같았다.

빈 커서는 빈 커서였다. 동료들이 대신 글을 써줄 수도 없는 노릇이고 그렇다고 쉽게 사라질 마법도 아니었다. 한 달에 한번 a4용지 2~3장 분량의 글을 쓴다는 것은 쉬워 보이지만 결코 쉬운 일이 아니다. 게다가 글만 쓰고 살아갈 수 있는 처지도 아니었기에 여러 가지 사는 문제도 만만치 않았다. 골머리를 앓느라 잠을 설치던 날 밤 문득 "아내가 좀비가 되면 어떨까?"라는 생각이 들었다. 잠이 확 달아나면서 휴대폰 메모장에 그 이야기를 쓰기 시작했다. 휴대폰 화면 속 빈 커서에서 글이 쏟아지는 순간이었다.

아늑한 세계의 주제는 '요일'이었다. 월요일부터 시작해 일요일까지 총 7개의 글을 썼다. 요일과 연관시키기 어려울 때는 해당 요일에 벌어진 일처럼 쓰고, 요일에 대한 글을 쓸 때는 요일에 의미부여를 하며 썼다. 대부분은 해당 요일에 일어날 일이 되어 버렸다. 글을 쓰다가 막히면 종종 베란다로 가 풍경을 보는데 월요일에는 메마르고 차갑던 세상이 일요일을 쓸 때쯤에는 따뜻한 빛으로 녹음이 우거져 있었다. 그렇게 각자 쓴 글들을 가지고 여러 지역에서 모여 팟캐스트를 했다. 서로의 글을 나누고 서로의 글을 응원했다. 팟캐스트를 하는 날이면 마음이 더없이 아늑해졌다.

계획했던 대로 출판을 위해 내가 쓴 원고들을 출력했는데, 그 분량이 제법 많았다.
"내가 올해 읽은 책 보다 쓴 글이 더 많은 것 같아."
나는 아내에게 달려가 한 손 가득 든 원고를 보여주었다. 아내는 지그시 눈을 감으며 고개를 끄덕였다. 아늑한 세계에서 나는 위로받고 성장했다. 여자 셋에 혼자 남자여서 이기도 했지만, 천성이 말주변이 없는 탓에 팟캐스트에서 '말 없음'을 담당하고 있다. 그 역할이 미안하면서도 한편으로는 나를 내치지 않은 것에 감사할 따름이다.

일미

　이들과 함께한 시간을 뭐라고 설명하면 좋을까, 사실 글쓰기나 책 만들기는 핑계였을지도 모르겠다. 그걸 핑계 삼아 이들의 세계를 엿보고 힘을 얻고 사랑과 존중을 나누었다. 그리하여 올해 내가 세운 계획 중에 가장 성공적으로 마무리되었고, 페스츄리 같이 겹겹이 새롭고 신기한 이들의 세계를 이렇게 책으로 만나게 되었다. 그 안에 얇디얇은 홑겹의 나도 함께 껴 있을 수 있어 뿌듯함 마저 든다. 우리의 세계가 지속적으로 견고해져서 더 많은 사람들에게 가닿았으면 좋겠다. 타인의 세계를 읽는다는 것, 무심히 인쇄된 명조체의 문장들 안에서 생각지도 못했던 이야기를 만난다는 것, 글을 쓴다는 것, 이것은 우리가 나눌 수 있는 최고의 사랑과 존중이었다. 이 책을 시작으로 우정의 새로운 면모를 깨닫는 중이다.

　아래는 일곱 편에 대한 짧은 소개를 적어볼까 한다. 다정한 글쓰기의 경험과 감각들로 충만했던 그 시절에 쓴 글이 여러분들에게도 뭉근히 다가갔으면 좋겠다.

　어느 날 갑자기 아무것도 하지 못하게 되는 사람의 이야기 [희대의 악필]은 너무 두려워 말라는 당부이다. 점 하나, 선 하나로 다시 시작해 스스로의 용기를 발견해 내는 것에 집중해야 한다. 분명 두려움에 가려져 있을 뿐 용기는 정확히 그곳에 존재한다.

[신묘탕]과 [다리 밑에서]는 모두 유년의 기억을 바탕으로 한다. [신묘탕]이 갓 구워낸 빵 같은 포슬포슬한 어린 시절의 이야기라면 [다리 밑에서]는 그 빵이 채 포장도 되기 전에 하수구에 처박힌 것만 같은 어린 시절의 이야기라고 할 수 있다.

나의 내면에는 자라지 못한 어린아이가 늘 웅크려 있었다. 아이는 즐겁고 행복했던 기억보다 외롭고 괴로웠던 순간들만을 복기하며 표면의 내가 나이를 먹는 동안 버텨왔다. 아이가 좋아할 만한 모험을 만들고 그 시절의 냄새와 피부로 느껴지는 엄마와의 기억을 선물하고 싶었다. 이 이야기는 그녀에게 보내는 일종의 사과 편지다.

어떻게 해도 채워지지 않을 것 같은 공허함이 낯선 이들과 함께 보내는 시간으로 채워질 때가 있다. [야식금지클럽] 이 이야기는 동명의 단편영화로도 만들어졌다.

새 안경을 맞추러 갔다. 완성된 안경을 씌워주는 이가 짝사랑하던 그라면…[러브 렌즈]

세상이 채워지지 않는 수족관 같고, 내가 있어야 할 곳은 좀처럼 알 수 없을 때 [아쿠아월드 31]

마지막으로 [처박힌 악기들을 위한 연주곡]은 정말 창고에 먼지가 수북이 쌓인 기타를 보고 떠올렸다. 서툴게라도 소리 내어 보았으면, 그리하여 당신이 낭만을 곁에 두었으면 좋겠다.

아늑한 세계

© 귤선생 세루코 영영 일미 2024

대구영상미디어센터 2023 미디어 커뮤니티 지원사업 지원작

1판 1쇄 2024년 1월 25일

지은이 귤선생 세루코 영영 일미
편집 귤선생 세루코 영영 일미
펴낸곳 고라니북스
디자인 고라니북스
대표메일 goranibooks@kakao.com

ISBN 979-11-969610-5-3